Raúl Guerra Garrido
Lectura insólita de *El Capital*

Raúl Guerra Garrido

Lectura insólita
de *El Capital*

Premio Eugenio Nadal 1976

Ediciones Destino
Colección
Áncora y Delfín
Volumen 517

© Raúl Guerra Garrido
© Ediciones Destino
Consejo de Ciento, 425. Barcelona-9
Primera edición: febrero 1977
ISBN: 84-233-0669-0
Depósito legal: B. 6180-1977
Impreso por Tecnograf S.A.
Torras y Bages, 33 - Barcelona
Impreso en España - Printed in Spain

A Maite, Raúl, Agustín y Luz

Se engaña uno a sí mismo si cree poder hacer constar el más sencillo hecho histórico sin un ingrediente especulativo.

Julio Lasa Barriola.

(Breve Historia de Eibain)

—¿Quién anda ahí?

—Nadie, hombre, no te preocupes. Estáte tranquilo de una vez, toma.

Libe puso la bandeja con el vaso de leche y la cápsula diaria sobre el montón de periódicos, en la camilla. Revolvió las tres cucharadas de azúcar, cumplía el rito de la cotidianidad pasara lo que pasara fuera.

—¿Se ha ido la Miren?

—Si, y le ha dado al chisme, yo misma lo he comprobado.

—Ya lo sé.

—Entonces tranquilo, pronto pasará la cosa, no hay mal que cien años dure.

—No tengo sueño.

—¿Pongo la tele?

—No.

—¿La radio?

—Dentro de media hora, a ver si radio París dice algo, mira que tiene gracia. ¿Has oído?

—Nada.

—No disimules, estás temblando. Voy a ver si...

—No vayas.

—Quieto.

Con angustia, superponiéndose al diálogo, la palabra quieto se vocalizó en el mismo tono de la conversación intimista, a espaldas del matrimonio. El encapuchado dio un lento rodeo a la habitación comprobando la puerta entornada, las persianas bajas, detalles meticulosos, por fin les encaró a la luz de la lámpara de pie, adelantando el cañón de la pistola.

—Buenas noches.

El tono era igualmente confidencial, pero distinto, había por lo menos dos extraños en la sala, el del quieto seguía a sus espaldas, invisible.

9

—¿Cómo ha entrado?

—Atención. Esto es un rapto. Normas para conservar la vida. Las manos siempre a la vista con los dedos extendidos. No hablar. Obedecer. Los movimientos suaves. ¿Comprende?

Había un algo voluntarioso y forzado en aquel hablar entre telegrama y manual de instrucciones. Imponía un extraño respeto. El temor se concentraba en el negro orificio, prolongación de la mano enguantada.

—De sobra, ¿quién es y qué...?

—Calla, Joshe, por favor.

—No lo ha entendido. Recapacite.

Levantó el percutor. El chasquido metálico dio paso a un silencio denso, pegajoso, al rumor de un trailer sobre el viaducto, a un ladrido agonioso, a una íntima ausencia.

—Así me gusta. Ha comprendido. Abelbi, acompaña a la etxekoandre a la cocina. Usted termine su mala leche.

Se movió desde atrás. La figura corpulenta de Abelbi, también encapuchada, por un momento resultó familiar, casi provoca un nombre propio, absurdo, quizá la complexión de los hombros, un reflejo que se disipó ante la inquietud inmediata.

—¡A ella ni tocarla!

—Calla, Joshe, por el amor de Dios.

Los ojos enmarcados en la tela negra fueron más persuasivos que el ruego y el arma, fijos, cargados de un mensaje indescifrable, telegrama en clave, imponían el respeto del miedo.

—Es su segundo fallo, señor Lizarraga, al tercero se acaba el rapto. Nunca le preocupó demasiado a la seguridad en el trabajo, ¿verdad?

—No la tocaremos, está fuera de la operación.

—No te salgas del raíl.

Abelbi admitió el error de la frase con un movimiento de cabeza. Educado cedió el paso a la mujer, conocía el camino. La patética pareja abandonó la sala.

—¿Ha terminado? ¿Tomó la pastilla? Levántese, así, muy bien, despacio, al hall. ¿Esa chaqueta es suya? Póngasela. La boina. Baje las escaleras, a la calle. Alto. Hay que esperar.

Llegó el segundo hombre sin precederle ningún rumor de pisadas. Del bolso de mano sacó una linterna sorda, enchufó el haz luminoso al ojo del receptor fotoeléctrico y así cruzaron el sistema de alarma conectado con la comisaría sin el menor inconveniente. Antes de abrir la puerta confirmaron la situación.

—¿Abelbat?

Les respondió el carraspeo de un motor, una aceleración larga y dos cortas.

—Salga y túmbese en el asiento trasero, en el suelo.

Obedeció, era un mil doscientos. Sintió algo duro en los riñones al mismo tiempo que una masa amorfa le envolvía la cabeza, era una bolsa de fieltro sin orificios, le angustió más la posible falta de respiro que de visión, hizo de alfombra, en marcha, sin prisas, procuró orientarse por los baches y el cambio a segunda, bajaban las curvas de Arrizar hacia la carretera general, cualquier detalle podría servirle.

—Tuerce.

—Calla.

El del volante seguía mudo, el acento, los ademanes de los otros dos eran demasiado familiares, demasiado comunes al hombre común del pueblo. No era la general, el traqueteo parecía de campo a través, sin ruido de cruces, ni adelantamientos, ni tráfico urbano, el de Villafranca, por ejemplo, a esa velocidad y en la dirección correcta deberían estarla atravesando, aunque tan tarde no se sabe, nunca se escucha el ambiente nocturno bajo una máscara hermética, volvió a ladrar un perro agónico, lo dijo por incidir en las circunstancias de forma exploratoria.

—Me hacen daño.

—Cállese, es mi último aviso.

Presionaron más las suelas de goma contra su cuerpo, pero ya su mente estaba dando vueltas al fallo que consideraba inexcusable, no se preocupe, usted tranquilo, dijeron los instaladores, del hilo musical sabrían mucho pero de alarmas electrónicas lo dudaba, insistió en lo del haz infrarrojo y no le hicieron caso, seguro ciento por ciento, si lo sabremos nosotros, siempre que oía el no se preocupe le daba algo, la bandera que tremolan los ineficaces es siempre la misma, no se preocupe, en realidad debieran decir nosotros no nos preocupamos de que alguien entre en su casa y le meta un cargador en las tripas, de momento no se lo habían metido y le parecía absurdo estar más preocupado por el fallo del sistema de seguridad que por lo del cargador, toda orientación era ilusoria, deberían estar dando vueltas sabe Dios por dónde, el más caro, el más eficaz del mercado, el dos por pronto pago y fuera de servicio sin la menor dificultad, ya les daría por chapuzas, muy largo para stop, parada, tampoco podía calcular el tiempo, los nervios, no quería reconocerlo pero eran los nervios.

—Atención. Hemos llegado. Incorpórese despacio. Deme la mano y avance sin ningún movimiento brusco. Sin hablar. ¿Comprende? Mueva la cabeza para contestar.

La movió afirmativamente. Oprimió la mano enguantada, muy ancha y fuerte, como la suya o más.

—Ahora vamos.

Intentó dominarlo, adelantarse al posible pánico que sentía amagado en un fondo aún profundo, jamás en la vida consintió su flameo exterior, sabía mantener el tipo y el hábito ayudaba, pero tenía miedo. Al contacto con la brisa se le evaporaron las gotas de sudor escalofriándole. Estaban en un descampado. Le sorprendió el ruido de los sigilosos pasos que le rodeaban, sin embargo los suyos no producían el menor sonido audible, pisaba algo un tanto elástico y resbaladizo, un andamio suspendido en el vacío, imposible, pero hacían equilibrios, con un chasquido, de puerta, de rama rota, cambió el suelo a firme y sin diferencia con las demás pisadas avanzó sobre algo similar a un parquet mal igualado.

—Final de trayecto.

—¿Puedo hablar?

—Y gritar si eso le desahoga, pero preferiría una actitud comedida.

—No soy ningún histérico.

—Según.

—Quiero saber lo que pretenden, ¿qué me van a hacer?, ¿a qué viene todo este misterio?

—Lo sabe de sobra.

—No te salgas del raíl.

—Vale, perdona.

—Atención. Siéntese en el suelo. A su derecha hay un saco de dormir. Utilícelo. No se quite la máscara. No intente huir. Mañana seguirá la operación. Eso es todo. ¿Comprende?

—Estoy demasiado nervioso para dormir, quiero saber si corre peligro la vida de mi mujer y la mía.

—Mañana.

—Pero bueno, es que...

—¡Mañana!

El primer síntoma de pasión fue imperativo, lo recibió casi como un consuelo ante el monótono platicar anterior de letanía sin inflexiones. Se sentó tanteando hasta dar con el saco y corrió la cremallera, acolchado, parecía nuevo, nunca había dormido en un saco, en el suelo sí, muchas veces, muchos años atrás en agostos de viento sur, sobre la hierba, bajo el nogal de la entrada, era otro el olor, tan distinto y al mismo tiempo tan familiar, de nuevo le empapaba el sudor, intentó acomodarse inútilmente, pero quedó inmóvil, escuchando, se habían alejado de él, ¿cuánto? diez o más metros, muy lejos para una habitación, muy abrigado para almacén, para nave industrial, se estaban relajando o lo hacían a propósito para confundirle con pistas falsas.

—...marcha, ¿no?

—Mejor no podía haber salido, de telenuit. Te quedas y ya sabes, las normas a rajatabla.

—Okey.

—A ver si dormimos un rato, nos sentará bien.

—Si lo necesitas, llama.

—Iros, leche.

—Agur.

El cerebro le flaqueaba con la falta de información sensorial, las emociones confundían el proceso normal del raciocinio, aguzó el oído, nada, ¿estaba solo?, imposible, una loca noche de imposibles con el circuito inutilizado por una simple linterna, como para no preocuparse, el único resquicio hacia la claridad era cerrar los ojos, apretarlos y saborear las aguas confluyentes de los distintos negros, la ceguera es algo terrible, el tacto sí le respondía y la espalda lo acusaba, rígida por la columna, blanda por el amenazante lumbago, se

14

agitó reptilíneo para provocar alguna reacción, para acomodarse en el embutido saco, nada, algo más cómodo salvo el cuello con la misma flexión caediza por falta de apoyo, de almohada, procuró concentrarse, abandonar la obsesiva idea del fallo del sistema de seguridad y pensar en el peligro inmediato, si sólo fuera un rapto tranquilo, si fuera una ejecución, imposible, eso es de telediario, noticias del extranjero, tanteó el reloj, si pudiera quitarle el cristal sabría la hora, no era tan fácil, se haría el dormido contando, ¿ovejas?, ¿las piezas que escupía la máquina de troquelar? Qué tontería, segundos, despacio, de uno en uno hasta mil, mejor intentar lo del cristal aparentando un vencimiento por el sueño, iban unos cuantos muertos, policías, chivatos, traidores, pero de los raptados nadie, claro que principio requieren las cosas y siempre hay un primero de la lista.

¿Por qué yo?

Se encontró a sí mismo contando cadáveres, hombres lanudos con forma de borrego, colgados del nogal de la entrada, recientes, sangrantes, se había dormido, una cabezada, lo del reloj era interesante por hacer algo, apoyó el borde del cristal en la punta de la hebilla del cinturón, la ley de la palanca, un brazo de potencia y moveré el mundo, falló por el deslizamiento, probó en diferentes ángulos, tras varios resbalones le sorprendió el clinc, con el cristal se fueron las agujas y parte de la piel, adiós a la hora, sangraba de verdad, volvió a contar evitando los borregos, segundos, latidos, la herida no le molestaba, pero la tensión nerviosa se hacía insoportable.

¡Por qué yo!

El grito de la agoniosa pregunta resonó en su alma, sólo allí, en ningún sitio. Inició el movimiento relentizado de

quitarse lo que fuera le cubría la cabeza, necesitaba ver
y más aún respirar, airear el rostro empapado, llenar los
pulmones sin el obstáculo de la felpa ya húmeda de
baba y sudor, un poco más arriba, sintió el fresco en el
cuello.

—Quieto, matusa.

—Necesito respirar.

—No sigas o te frío. Mañana harás de todo.

—¿Qué Abel eres tú?

—Eso no te importa.

—Sois tres, ¿no? Supongo que nos conoceremos por la
abundancia de capuchas, al menos de vista. Jóvenes
imberbes, espero que seáis tan conscientes de lo que
queréis como audaces en los medios para conseguirlo.

—No deduzcas tan de prisa. Yo llevo barba.

—Ya.

—Pero puede ser postiza, o puede que no y mañana me
la afeite, todo es relativo.

—Quisiera una almohada.

—Lo siento, no estaba prevista. Mañana.

Eterna canción la de los imprevistos, seguía dándole
vueltas a la poca fiabilidad del timbre de alarma, si no
compruebas personalmente los detalles estás perdido y
estos muchachos no podían ser una excepción, porque
eran muchachos, ningún activista llega a los treinta
años, ni siquiera a los veinte, corpulentos, atléticos, el
vientre liso quién lo pillara, ¿y por qué activistas?,
podían ser simples gangsters, por el rescate, ahora caigo
en el rescate, sería lo de menos, nimio detalle, si estás
atento ganas la partida, evitas el robo si evitas la
oportunidad, tanta técnica policiaca, allá por los
tiempos del robo institucionalizado en forma de
estraperlo y la mejor medida fue la más simple, aparcar
los camiones muy cerca uno del otro, los ladrones no

tenían suficiente espacio para abrir las puertas y se le ocurrió a él, siempre la misma canción del imprevisto, abel, bat, bi, iru, lau,[1] así hasta cien, se sorprendió contando raptores, segundos, latidos.

—¿Abel?

No contesta pero lo intuye allí; tenso, vigilante.

—¿Por qué lo de Abel? ¿Qué significa?

—Si tú eres el caín nosotros somos los abeles. Ya va siendo hora de que cambie el curso de la historia.

—No creo en historias, ¿a cuál te refieres?

—A la de un proteccionismo tan considerable como mal aprovechado del que algún día tendrás que rendir cuentas, está en la Biblia.

—Vaya, hombre.

—Una historia tan antigua que puede que empezara en la guerra del catorce o algo así.

—No soy tan viejo.

—Eres eterno.

Para él es historia, para mí es infancia, recuerdo tantas cosas atropelladas, síntoma de vejez, de miedo, dicen que antes de morir acude de golpe la biografía entera a despedirse en apoteosis final, como en las revistas de antes con el escenario lleno de coristas emplumadas y en traje de baño, lo dicen los ahogados que pudieron salvarse con un boca a boca a tiempo, en un instante la película entera de la vida y hacia atrás, hacia el claustro materno, así lo veo yo porque me siento morir, me siento en peligro de muerte y no echo de menos al cura ni a mi sufrida Libe, ¿qué estará haciendo la pobre? Si acaso la policía, nunca han sido muy despiertos para

---

1. Abel uno, dos, tres, cuatro.

estas cosas ni para ninguna de las mías y no me gusta recurrir a la fuerza pública, como si me estuviera viviendo de nuevo y soy incapaz de diferenciar lo que es vivencia propia de lo que es cosa oída, las repetidas anécdotas familiares de tan sabidas se convierten en la mismidad intransferible, en lo íntimo recóndito, parece que fue ayer cuando el paseo a Zumaya, a la ballena, de la mano del padre, contacto protector que barría la influencia maléfica del monstruo, extrañas conexiones con el antiquísimo arpón vascongado en punta de lanza, buen hierro y mejor temple, de niño, mar y acero se hacen mis egoísmos mezclados, la preocupación vergonzante por mí mismo, yo y nadie más que yo, eso es lo que me preocupa de forma obsesiva y sin remedio.

ANÓNIMO I: Disculpe, pero de nombres nada, sales escrito en los papeles y todito se te enreda, y ya está aquí bien liada la cosa, está hecha la picha un lío, la casa sí se la digo y le acompaño, pues no faltaría más, sígame, aquí, a la vuelta, te agachas a coger un papel y cuando te levantes ya está el gorra de plato con que si clandestino, comunista, separatista, pues claro que no soy de aquí, ¿no se me nota el acento?, de la tierra del ronquido, la de Jaén me quita el sueño, casi nadie al aparato, yo aquí veraneando, ya lo ve, más de un mes, dos sin dar ni golpe y el puchero criando telarañas, pues no es aventurera la aceituna ni nada, como el hijo de mi madre que ya no sabe por dónde le sopla el viento, allí payo y aquí maqueto, la madre que me parió y los parió a todos a ver si se acaba de una vez y así sea, amén, ya son ganas de venir por curiosidad, mire, ésa es la casa, perdidita de fusiles, ahora, ¿para qué?, podía vivir en un palacio pero ya sabe cómo son estos vascos, prefiere un piso, o prefería según le haya pasado, dicen que por dentro está de miedo, dicen porque yo no lo paquivelé nunca, y ya puede estar cuajadito con lo que tiene, aquí me iba a quedar yo con lo suyo, si hasta el sirimiri cae negrillo, de la contaminación, que se pone todo como ombligo de recién nacido.

LEANDRO SANTAMARINA: Pasar, si la familia quiere recibirle, puede pasar, ahora bien, le recomiendo que sea lo más breve posible y si escribe algo que tenga cuidado, no es periodista y no puedo decirle más, dé su domicilio al teniente y avísele si cambia de pensión, no, no es obligatorio, simples recomendaciones, dé señales de vida todos los días y cuanto antes termine mejor, hay estado de excepción y lo sabe, aténgase a las consecuencias y no me venga después con lo de no sabía, no quería, espero no le guste jugar al martirio ideológico, ya tenemos bastantes complicaciones con las naturales. Tome su carnet, llévelo siempre encima.

IGNACIO LIZARRAGA MÚGICA: Respeto su idea, pero me parece una impertinencia venir con ella en estas circunstancias, además yo apenas podría contarle pues no sé de la misa la media, José María se encarga de todo, yo llevo los aspectos jurídicos en mi bufete de Madrid y son confidenciales, como los de un cliente más, a pesar del tamaño sigue siendo una empresa familiar, yo diría más bien que personal, si soy el Presidente del Consejo es por cubrir un requisito legal, la industria no es lo mío ni me interesa, puede hablar con mi hermana la monja, Edurne también es del Consejo, la han dejado salir del convento y está muy entera, no sabe gran cosa, yo creo que la superiora sabe más del negocio que nosotros dos juntos, pero como tiene ganas de desahogarse si le dice algo con eso que se encuentra, según le dé, con su esposa Libe lo siento pero no puede hablar, se lo prohíbo, tiene una depresión aguda y está en tratamiento. No hay nada publicado ni sobre Joshemari ni la empresa, ni tesis doctoral ni nada, ¿por qué habría de haberlo?, no estamos en el ranking de las cien primeras industrias nacionales, incluso en Guipúzcoa hay varias de mayor dimensión económica, no sé por qué tienen que dirigirse siempre a él, por supuesto que es un líder industrial con una personalidad muy acusada, pero no interviene en la vida pública como digamos un Barreiros o un Ruiz Mateos, ahí sí que tiene materia, o más similar un Patricio Echevarria, está muerto y si es lógica una biografía, se la merece, no sé, no quiero ser descortés pero no voy a contarle ni una anécdota, ¿una taza de café?, tampoco voy a darle permiso para la biografía, al menos en cuanto no esté él presente, hace años se publicó una novela con base en la factoría número dos, *Cacereño* creo que se llamaba, pues bien, desvirtuaron la realidad y eso nos creó ciertas complicaciones, le iba a demandar al autor pero renuncié pues fue una tormenta en un vaso de agua, pasó pronto, esto de ahora es mucho más grave, como puede comprobar no se trata de juegos florales y espero se tiente la ropa antes de hacer nada, la demanda sería efectiva y demoledora, no nos gusta la publicidad y menos la del cotilleo, lo siento. ¿Azúcar?

HERMANA MARÍA DE LAS NIEVES (EDURNE LIZA-RRAGA): Pues mire por dónde soy argentina, todavía conservo el pasaporte, supongo que por pereza, Dios me perdone, total es lo mismo, no voy a ninguna parte, a lo mejor está caducado, no me muevo del convento, no se lo creerá, pero hacía más de un año que no salía de Kiskitza, celda, capilla y huerto es mi itinerario y soy feliz, pues sí, allá, del otro lado del charco, en Bolívar nací y allí empezó la historia del trébol de Lizarraga, mi padre creía en los símbolos, el cardo solar, el trece, por eso la marca del trébol de la suerte, de cuatro hojas, quizás también por el emblema vasco del lauburu, cuatro cabezas, era euskaldún de pura cepa y la pampa no se lo rebajó ni un ápice, al contrario, no hacía más que hablarnos de su tierra, aitá es el hombre a reivindicar y no José María, se llamaba Iñaki, como el mayor, los tiempos eran difíciles, no había trabajo y tuvo que emigrar, emigraban familias enteras de vascos con el corazón limpio, dispuestos a luchar y a volver, todavía se creían cosas como El Dorado, nada más desembarcar, en el muelle, encontró una moneda de oro, iba con los bolsillos vacíos pero con una fe tan grande que de una patada la tiró al fondo del mar y jamás volvió a ver otra, todo era duro, todo estaba por hacer, tan por hacer que los metros en vez de cuadrados te los daban lineales, cinco kilómetros y todo lo que fuera uno capaz de cultivar hacia el interior, hasta los Andes, trabajaba veinticinco horas diarias, decía, pues se levantaba una antes de lo debido con la angustia de los cálculos de la lechera, hago esto, compro aquello, vendo lo de más allá, levantó una estancia preciosa, así la recuerdo yo entre mares de trigo, siempre afanado, sudoroso, pero alegre, con el rebenque colgado de la muñeca, era su símbolo, aún debe andar por el caserío, un látigo de cuero negro, brillante, su símbolo favorito, el poder, de dos golpes, zas, mataba las cascabel, el ganado las oía antes que el hombre y nervioseaba, la serpiente era un peligro entre muchos otros al que la amá no se pudo acostumbrar, el peor la soledad, siempre sola, los hombres en el campo y no se entendía con las indias, sólo hablaba euskera lo cual la desplazaba aún más, las enfermedades eran rabiosas y los partos de muerte, una vez al año se reunía la colonia vasca, cuando la Virgen, precisamente en Bolívar, un villorrio infame, pero con iglesia y la fiesta duraba dos o tres días, y salían los pastores con la makila golpeando en el suelo al ritmo del bertsolari, ¡riau!, acababan emocionando a todos, fiesta por lo alto llena de bautizos, comuniones, aniversarios, todo se dejaba para esa fecha, qué remedio, y se bailaba y se bebía, pero dentro de un orden, de un respeto, mantenían su dignidad contra viento y marea, los indios eran los peligrosos, con el alcohol salían a relucir revólveres y machetes, una vez hubo un muerto, eran vagos y belicosos, no se les podía dar confianza y eso que la mayoría estaban cristianados, una vida muy dura con la riqueza prometida sin aparecer por ninguna parte, amá cogió una letanía, para vivir así, la América está en casa y cuando cogió unas tifoideas de caballo no pudo más y para casa se vinieron, aitá era un gran hombre, espera mujer, nos faltan cinco años tan sólo, pero cedió y acertaron, se vinieron a tiempo, en uno de los últimos barcos tranquilos, antes de la Gran Guerra y de que los submarinos alemanes bloquearan el Atlántico, mucho antes de la depresión, al final de los veinte o así, entonces sí que regresaron vascos semiarruinados, nuestros vecinos sin ir más lejos, nunca se sabe dónde está la suerte, tuvo que volver mucha gente y de mala manera, nosotros volvimos con algo más de con lo que marchamos, cosa nada difícil pues los padres fueron con lo puesto, cuando el cura les amonestó, una vez hincada la tobera y adornada, señal de noviazgo definitivo, juntaron los dos sus ahorros y con ellos sacaron el pasaje, su viaje de bodas fue el de la emigración, nos lo contaron mil veces, volvieron al caserío de Irún, pura ruina pero precioso con un nogal en la puerta y allá empezó sin descorazonarse su nueva conquista de América, poco a poco con lo del taller, pero a fondo con lo agrícola, Ave María qué sudores y eso sí que ya lo recuerdo de forma vivida, ya no eran veinticinco, eran treinta horas diarias, los hijos colaborábamos como el primero y sin necesidad de recurrir a la santa virtud de la obediencia, el rebenque colgado en la alacena, quieto, entonces la familia estaba muy unida, hacíamos de todo, el pan, la cal y labrar a dos manos, cada año en la mitad de la tierra poníamos maíz en primavera para recoger en otoño y sembrar trigo que se cosechaba en verano y detrás el nabo, lo más duro era tras la cosecha llevar a hombros la tierra hacia arriba en el terreno porque con la labranza se iba corriendo hacia abajo, eso y destripar terrones con la laya, Ave María qué trabajo.

HERMANA MARÍA DE LOS DESAMPARADOS: Le voy a decir una cosa curiosa para que vea la diferencia de los tiempos, desde el púlpito nuestro capellán, que era el párroco, no hacía más que reñir y poner en el infierno a las mozas que layaban entre los hombres, pues ya sabe cómo se trabaja con esa herramienta, ¿no?, se ponen en fila india varios layaris que levantan pedazos de tierra a la vez, en las esquinas los más fuertes, las mujeres en medio, pues el señor cura protestaba porque las mozas al levantar el pie para meter la laya enseñaban la pantorrilla tentando a los hombres. Claro, eso no iba con la hermana Edurne, entre hombres de la familia. Esa es la diferencia, antes demasiado prieto y ahora todo suelto. Antes se caminaban kilómetros antes de perder una misa, hoy ni con la del sábado se cumple.

HERMANA MARÍA DE LAS NIEVES (EDURNE LIZA-RRAGA): Bueno, una ya sentía la vocación y las tareas de labranza fueron desapareciendo según crecía el taller de fundición, aitá, repito, sí que era un gran hombre, no era leído, en realidad aprendió a leer en la mili, pero con ojos en la cara sabía hacia dónde caminaba el mundo y tenía una gran habilidad manual e intuición para la técnica, le entusiasmaban todos los adelantos, la fotografía por ejemplo, con una máquina que era una caja de madera nos hizo unos retratos preciosos a toda la familia, nadie le enseñó, montones de fotos incluyendo esas cochinonas desnuditos sobre un cojín que tanto nos avergüenzan de mayores, no, es una delicia contemplarlas, qué diferencia en las modas, las niñas parecíamos enanas, hoy las mujeres se pirrian por parecer niñas, al revés, él seguía trabajando sus días dobles a lo argentino, le daba tiempo a todo, era muy meticuloso, hasta apuntar en una libreta de hule la puesta diaria de huevos, la ferramenta le fue absorbiendo a él tiempo y al caserío terreno, tuvo discusiones con los vecinos por la ampliación, que si el humo, Ave María, hacía multitud de objetos de hierro colado, qué tronchos, aún recuerdo su olor amargo y su tacto áspero, era muy mañoso o lo que fuera, pero mucho, salía de la fragua tiznado como un demonio, se especializó en verjas de balcones y así, se las pedían de todas partes, hizo unas preciosas para la iglesia nueva, tiene que ir a verlas, todavía se conservan como recién, él sí que fue un hombre importante, si lo hubiera conocido, un gran hombre de veras.

JULIO LASA BARRIOLA: La industria es un buen filón para los estudios humanísticos, cuál no lo es, cualquier actividad humana da base a relaciones interpersonales, pero la industria contemporánea es más proclive al estudio sociológico que el campo que a mí me llena, el etnográfico, la historia en mi obra es un inciso, una debilidad más bien, como hijo agradecido de Eibain le he dedicado muchos desvelos y no cabe duda que su historia no se puede escribir sin nombrar a Lizarraga, en este siglo forman un binomio indestructible, por otra parte es un fenómeno muy guipuzcoano esta identificación entre líder y pueblo industrial, así Esteban Orbegozo y Zumárraga, Patricio Echeverría y Legazpia, Aristrain y Olaverría, etc. Quizá marque la pauta de toda una concepción muy sui géneris del mundo fabril. De antes de venir a instalarse aquí, a Eibain, allá por el treinta, poco sé, un caso sin importancia de lingüística al que nadie ha prestado atención, entre otras cosas porque no la tiene, pero que en fin, a mí siempre me gustaron estas nimiedades. A Lizarraga, José María, por supuesto, de joven le llamaban «Jenti» y aún hoy sus amigos íntimos se lo llaman de vez en cuando, en la sociedad, a la hora de las copas, por ejemplo. Esta es tierra de diminutivos, apócopes y apodos, pero éste de «Jenti» nadie lo ha explicado, tampoco se ha visto escrito lo cual dificulta la localización del origen, yo me atrevo a interpretarlo como una pronunciación de «genti» o lo que es lo mismo «gentil». Los gentiles en Euskalerria fueron los no convertidos al cristianismo con lo cual se segregaron creándose a su alrededor un aura mítica que les atribuía caracteres extraordinarios, en especial la fuerza física en base de que parecían venir de una época más remota que los católicos y puesto que, según creencia generalizada, cuanto más se sumerge uno en el pasado más fuertes son los antecesores ya que nosotros vivimos en un periodo de decadencia, y como se dedicaban a la minería, a trabajar el hierro y a lanzar rocas a distancias inverosímiles, el nombre le venía como anillo al dedo. Era un joven de una fuerza legendaria, se cuentan anécdotas increíbles, trabajaba en el campo y en el taller y por lo visto movía piedras y hierros con facilidad pasmosa, eso aquí da mucho prestigio, no le ganaban ni los levantadores profesionales. Su aire de ferrón mítico también acentuaría el distanciamiento aristocrático propio de un gentil. Tenía un compañero de fatigas ya fallecido, un tal Olaso, por cierto, un hijo suyo trabajaba en la número dos, también fortísimo, al que también llamaban «Jenti». Una serie de cromlechs se conocen como piedras de los gentiles, bueno, estoy razonando sobre la marcha, se podrían crear más asociaciones, pero en realidad no tienen importancia para su estudio, quizá si la consecuencia de que fuerza física y fuerza de voluntad son el resultado de una educación jansenista, de ejemplo, no de escuela, muy propia de la época, aunque ya ve, el hermano es todo lo contrario, fue a la Universidad y ahora tiene un aire de ex seminarista más propio de los picapleitos madrileños, está fuera del círculo gentilíceo. No puedo darle información directa, no es mi especialidad, pero sí puedo presentarle tipos interesantes, en el aspecto social tiene que hablar con Garmendia Otaegui, es imprescindible, es de la vieja guardia del PNV. ¿Tiene pasaporte? Vive en San Juan de Luz, no, no habrá dificultades, es muy mayor y ya chochea, pero ya sabe lo de los viejos, sus recuerdos juveniles son más exactos que los de lo que hicieron la semana pasada, yo suelo consultarle, es una autoridad, muy decantada hacia lo suyo, pero la veteranía es un grado aunque no se cotice como debiera.

NICOLE BLANCHARD: Pues ama de llaves, algo así, que ya necesita cuidados el pobre, por shelebre no hacen más que manipularle, los acratoides y los fascistas, y diga lo que diga lo utilizan en su contra, si por mí fuera no hablaría con nadie en la política activa, charlar, hablar alto que va duro de oído, charlar y tomar una copita de jerez con los amigos sí, le hace bien, antes tenía una tertulia, pero fueron muriendo y es una pena, los que quedan se deprimen mucho recordando a los ausentes, la vida es pena tras pena y como los viejos somos una lata los jóvenes sólo le visitan para eso, para utilizarle, bueno, la palabra de don Julio nos vale y si es para conocerle pues eso, vale.

IGNACIO GARMENDIA OTAEGUI: El problema social tal como ahora se entiende, si ahora alguien entiende algo que yo escucho la televisión y ni oigo ni entiendo, ha llovido mucho, cantidad, son muchos años y el oído flojera, la cuestión social, la lucha de clases, empezó con la industrialización y Marx, los intérpretes de Marx, metiendo cizaña. Desde primeros de siglo llegaron a nuestro país masas enormes de obreros extraños para llevar una vida de perros, la que no llevarían en el suyo, no entiendo, pero antes ya lo entendía, ya, desde el principio se manifestó una verdadera oposición entre el trabajador extraño y el del país, para el autóctono el foráneo se presentaba como un rival que en su propia casa le quitaba el pan, miles de vascos se veían obligados a emigrar a ultramar para abrirse camino en la vida, otros tantos y más obreros castellanos y gallegos llegaban a nuestra tierra, no ya para ocupar el puesto que aquéllos dejaran abandonado, sino para poner en evidencia el hecho vergonzoso de que las empresas preferían traer mano de obra de fuera antes que dar trabajo a los suyos, como perros le digo y aceptaban cualquier hueso. En las minas y metalúrgicas avalancha, algo lamentable para la eugenesia y la paz del pueblo vasco, en Vizcaya, ¿eh?, en el resto del país más tranquilo, las fábricas de Guipúzcoa también, muchos obreros acudían a ellas sin abandonar sus caseríos de labranza, hasta el catorce. Los de fuera vivían promiscuos, amontonados en barrios improvisados y en condiciones físicas y morales infames, una masa de gente ya contaminada por el virus de la irreligiosidad y de la corrupción, los enfermos, los inútiles y los ancianos se eliminan y se sustituyen con gente joven, los fuertes se dan cuenta de que sus patronos se enriquecen y que su condición de asalariados sigue precaria y hacen valer su fuerza, ganan lo justo para vivir y desahogan sus pasiones en el juego, los bailes y las huelgas. No saben leer y los que saben se contaminan con panfletos horrendos, *La Barredera* «periódico local, anteclerical y pornográfico», se voceaba, *El Socialista,* los vendedores, descarados, esperaban a los obreros a la salida de las fábricas. De aquella prensa salvaría a uno, *El Liberal Guipuzcoano,* al menos daba noticias europeas, cosa meritoria entonces y ahora, parecía una Agencia Havas en pequeño, pero los liberales ya sabe de qué pie cojean, lo fundó un boticario de Oyarzun bisabuelo de Baroja, el médico novelista, eso le gustará saber, ¿no?, los novelistas, en fin, los obreros estaban mal, fatal, comían un menú de tres platos, sopa, alubias y cocido y como todo tropiezo un pedazo de tocino, para proteínas andaba la cosa, un obrero ganaba 3,30 pesetas, no francos, si estaba casado hacía trabajar a la mujer y a los niños los empleaban en trabajos adecuados a sus fuerzas, de bestias de carga con la mitad de sueldo, 1,60, a todas luces exiguo. La lucha social fue lógica si por ahí se mira, tengo un informe al Partido del año 35 en el que enumero los conflictos, a ver, espere, espere, espere, a ver si lo encuentro. ¿Hasta la República? La situación se nos iba de las manos, Sabino Arana fue un milagro, él devolvió la fe en el pueblo prostituida por los carlistas, espere, en la República teníamos los del Partido Nacionalista tanta esperanza como miedo y así fue, si no nos hubiéramos aferrado tanto tiempo a ella no nos hubieran abandonado nuestros hijos, ahora no se entiende, estoy apartado, por la edad y porque no entiendo, apenas oigo el cacharro ése, veo la pantalla y no sé, cuando ajusticiaron a, ¿cómo se llama?, el del Ogro, Carrero, vinieron a pedirme la firma y no quise, el pobre Leizaola, no espere, no lo encuentro, es igual, hubo cantidad de huelgas fallidas, en una hasta se entrevistaron los comisionados a bordo de la «Giralda» con el ex rey Alfonso XIII, las promesas del monarca no se cumplieron, naturalmente, en el 20 sí, se aprobó la jornada de ocho horas y a peseta la hora, algo se mejoró, antes se trabajaban diez y también doce horas por la mitad de dinero. El socialismo se extendió como la pólvora desde Bilbao al último taller del país, los tipógrafos eran algo especial, por leídos, no tenían más remedio que leer en el trabajo, claro, muchos sindicatos, cantidad, pero la Unión General de Trabajadores fue la principal, nos enfrentamos con ellos en las elecciones, bueno, después, en la República, contra el Frente Popular. Y ganamos. El capitalismo vizcaíno fue el responsable del auge adquirido por las tendencias marxistas en el país, no sólo por su despreocupación de las condiciones laborales, sino también por manifestar en muchas ocasiones su abierta preferencia por los obreros extraños y por las asociaciones de tendencias exóticas. Muchas empresas no admitían en sus fábricas a obreros que no estuvieran afiliados en sindicatos de la UGT y no reconocían ninguna reclamación que no viniera de esos centros dirigidos por personas adictas a los intereses del capital. Poco antes de la revolución del 6 de diciembre de 1930, es curioso, y no me acuerdo de la de mi boda, ese día ciertas empresas de la Arboleda no tenían escrúpulos en rechazar las proposiciones que les hacían los dirigentes de los sindicatos cristianos y en aceptar con la mayor complacencia las insinuaciones hechas por los socialistas, creían, lo mismo que Primo de Rivera, desviar con el halago las tendencias ugetistas. Qué señor ese tal Primo, todas las dictaduras la toman con nuestro idioma, pero en la suya me sacaron a culatazos de una sidrería por hablar en euskera, no decían lo de hablar el idioma del imperio pues todavía no lo tenían por lo visto, bien, los acontecimientos les demostraron a los ricos cuán equivocados andaban al perseguir al cristiano y al vasco y reservar sus engañosas atenciones para el marxista y el extraño, cría cuervos y los tendrás, cantidad. Los socialistas guipuzcoanos eran más chirenes, no se habían lanzado a la huelga hasta el catorce, ya dije, ¿no?, los patronos eran casi siempre antiguos obreros iletrados que conservaban las ideas y costumbres de asalariados, alternaban tan felices con sus obreros, luego ya, ya, como todos. En la región continental, ésta, la francesa, Euzkadi Norte, más tranquilos todavía, únicamente un foco de inmoralidad en Mauleón por los trabajadores inmigrantes, miles de aragoneses dedicados a la fabricación de alpargatas. De este lado no tenían industria pero tenían laicismo escolar. El PNV no tuvo más remedio que favorecer la creación de sindicatos de inspiración católica, cuajó y bien Solidaridad de Trabajadores Vascos. La festividad de San Ignacio la sostuvimos como nacional de nuestro país con un argumento definitivo, hoy no trabajamos porque no queremos. Solidaridad hizo una gran labor fomentando el cooperativismo de consumo, de producción, de casas baratas, de crédito, servicio médico, cursillos, todo bajo un ideal vasco y cristiano que hoy está en entredicho por los jóvenes gudaris, para ellos no cuenta ni Dios ni viejas leyes, leyes parece que ni viejas ni nuevas, no entiendo la actual mixtificación, será mi oído flojera, a pesar de todo a veces oigo y simulo no oír, para lo que se oye, me han dicho que ahora sí que hay extraños y no antes, pueblos enteros sin euskaldunes, len ala, orain orrela, gero ez jakin nola.[1]

AVELIO SOLER: De molestia nada, macho, un desahogo, no puedes hablar con nadie en circunstancias normales así que ahora no veas, primero tienes que pedirle la filiación al de enfrente, es la pera, me ahogo en este pueblo, creí que en el Norte la industria era más progresiva pero sí, les ahoga la rutina y las chavalas unas estrechas, en cuanto se aclare el follón me largo, la verdad es que no sé a santo de qué pusieron el anuncio de ingeniero joven, experiencia, porvenir, el rollo de siempre, no te dejan mover un dedo, hay una camarilla alrededor del San Lizarraga bendito, caseros ilustrados, que son los que deciden y se acabó, aunque de veras, veras, decide él, hace lo que le sale de las pelotas, ingenieros somos la tira pero ya te digo, no hay nada que hacer y si no eres vasco menos, firmar los partes, el que decide en las cuestiones técnicas es el Aitor Arana, ferrón de rancio abolengo, amigo, y lo suyo es ley, experiencia la que quieras, ése mamó de un convertidor, y en ese sentido aprender aprendes, llevo tres años y de prácticas han sido los más provechosos de mi vida, lo cortés no quita lo valiente, pero si quieres meter baza te dan un corte de muerte, para la colada continua tengo un proyecto de fluidificación, bueno, una mejora, una barra autopropulsora, guía para la palanquilla

---

1. Antes de aquel modo, ahora de éste, después no sabemos cómo.

desde el molde al enderezador, puede resultar, pero no hay forma ni de exponerla al gran jefe, ni caso, en cuanto esto acabe me voy con los de la Union Steel que al final se quedarán con todo, de estos años saber sí sé, pero de la prehistoria particular del boss nada, macho, te cuentan cada chorrada de náusea, una historia de la siderurgia nacional sí sería interesante, en la Escuela de historias nada, eso podría ser un vínculo entre las dos culturas y ya sabes, los ingenieros no nos podemos meter en mariconadas culturales, los médicos y demás universitarios sí, ya son medio maricas, pero es un análisis que aclararía muchas cosas, una dependencia ancestral, el que inventen ellos es pandémico hasta para los únicos españoles que les da por trabajar, éstos y los catalanes, y mira que los vascos tienen aptitudes casi genéticas para la metalurgia, la sobriedad y todas esas leches, cada vez hablo peor, coño, pero desde que les subieron la frontera al Bidasoa a depender como los subdesarrollados, a exportar hierro, la vena dulce vizcaína y eso porque Bessemer descubrió la fabricación de aceros puros con hierro no fosfórico y los industrializados, sobre todo los ingleses, se lanzaron como locos a Somorrostro, se fundaron las patrióticas Orconera Iron Ore, Luchana Mining, the biblia en verso and company, de ahí les viene a los bilbaínos su querencia inglesa, si hasta para dar ambiente les compran los autobuses usados y entrenadores para el Athletic. Siempre dependiendo de lo que ocurra fuera, cuando un tal Thomas da con el convertidor que permite tratar los minerales fosforosos las exportaciones se tambalean, lo vizcaíno ya no es excepcional, se agotó a mal precio la vena y el campanil y tuvieron que seguir con el rubio, la hematitis parda, también con el carbonato, la monda, a éstos les salvó la primera Guerra Mundial, ahí se fundó el coloso industrial, vendiendo chatarra a precio de manufactura, y las navieras con tripulaciones gallegas, a buena hora se iba a ahogar un señorito de la ría o un vasco, la euforia, hasta los papeleros de Tolosa se constituyeron en armadores de buques para importar pasta escandinava, los barquitos de papel, disfruta, hermano, la guerra no es eterna y San Sebastián fundó su belle époque particular a golpe de nuevo rico, tan originales que para poner nombre al casino los muy políglotas le llamaron Kursaal, casino en alemán, casi nada, macho, una dependencia de royalti para arriba, eso sí, de cara a la meseta los supermanes, los chicarrones del Norte, y los más santos, meaban agua bendita pero a los inmigrantes los explotaban de exterminio, alrededor de la mina había barracones y cantinas de la empresa y con tan sencillo sistema se quedaban con el salario que acababan de pagar más algún plus que otro, pero si ahora es lo mismo, mira el barrio nuevo, son casas hacinadas en el monte, los cacereños son los que las han construido y después se las han comprado al contratista, vasco of course, no estoy resentido, bueno, en parte sí, pero es que me da coraje la intransigencia, que no se reconozcan ciertas cosas, si siguen tan creídos les van a pillar con las bragas en la mano, nadie se duerme en los laureles impunemente, la prueba es que ya entonces hacían piezas para el automóvil, muelles, cojinetes, y hoy prácticamente lo hacen todo, desde el volante a la chapa y sin embargo no se monta ningún modelo, mortal de necesidad a la larga. En cuando aparezca Lizarraga, vivo o muerto, yo me largo, antes no, no se vayan a creer cualquier cosa, me voy a Pittsburgh con la Union Steel, ya tengo el contrato, un período de know-how y después me haré cargo de sus instalaciones europeas de colada continua, casi nada, macho, la diferencia, los de la Union montaron su primer horno eléctrico en 1905 cuando el raptado estaba cuidando ovejas, y no se les va el pelo de la dehesa, ¿eh?, llega el domingo y hala, todos al monte, salvo comer y beber no hay alterne, aquí me ahogo y no sólo con la contaminación física. Si quieres alguna explicación técnica te la doy encantado, del pollo no me pidas pues casi ni le conozco de vista, pregunta a cualquiera del pueblo, si quiere hablar seguro que sabe la tira.

ANÓNIMO II: Mi pueblo buen pueblo, pero si están en éste es por voluntad propia que nadie ha ido al suyo a buscarles. Como persona a no decir, allá cada uno con su conciencia, pero de desagradecidos es morder la mano que te da el pan, Lizarraga estaba aquí y aquí vinieron ellos. Yo no estoy de huelga, estoy de baja, para algo habría de servir el reuma.

ANÓNIMO III: Mire, si los cabrones saltaran él batiría el record de altura, llevamos un par de meses, ¿usted sabe lo que eso significa? El tío no cede y ahora se inventa lo del rapto, estará en Canarias tostándose la barriga, aunque a lo mejor ni eso, no sabe vivir, estará en el convento, en Kiskitza, haciendo cura de reposo, menudo jeta.

FRANCISCO AGUIRRE ELIZONDO (PATXI): Para mí el hombre más grande que existe, amigo de los amigos, ¿eh?, a morir, con ellos hasta la muerte, con razón o sin ella, es grande ser su amigo, como enemigo malo, ¿eh?, también a morir, si te pone la proa más vale irse, pero si pone por algo será, claro que también se equivoca, pero siempre que le puso la proa a alguien había razones, a veces muy ocultas, que yo he visto cada una. No había de ver, desde niño con ellos, empecé en la ferrería de Irún que ya es empezar y aún sigo en la misma casa, por algo será, digo yo, no por malo, y cuando pase el temporal aquí seguirán todos los que protestan si les dejaría, más les vale, a ellos y a todos, ¿quién paga más? Pues entonces, la juventud que está muy movida y como llegan a casa a mantel puesto vale, ya se les pasará con los años. Grande de fuerza y cabeza, ¿eh?, se necesitan las dos para levantar la fábrica y desde chaval cuando tomó la primera decisión, buen jugador de apuesta, valiente, a una carta y así siguió toda su vida, ampliar y adelante, el padre era un buen hombre, pero trabajador y basta, allí le tenían arrinconado los vecinos, el caserío no daba para más y el Ayuntamiento o el Gobierno, los mandamases, metetes, no dejaban ampliar ni montar en otro sitio la ferrería, ni ésa ni ninguna, estaba Irún jodido con eso de la frontera para la industria, algo malo, recordarían el follón de las obreras de la fábrica de cerillas y el comercio es más limpio, todos contrabandistas, o por si había invasión que no cogiera el enemigo, pues va Joshemari, un chaval, y se le planta al padre, a levantar los bártulos y al Goyerri, a la cuenca del Deva, en Eibain casi regalaban el terreno, como ahora los polos de desarrollo pero en serio, y se impuso el chaval, ¿eh?, no sé si tendría los veinte cumplidos, hay que tenerlos bien puestos, duros y pegados al culo como los tigres. Después le dieron permiso a un alemán para las hojas de afeitar Palmera, hay debilidad por los alemanes, allí le dio a Lerroux por manifestarse a favor de los aliados y le costó la pajarita, escapó gracias a la velocidad de un automóvil, vaya cacharro para la época, en fin, se pudo conservar el caserío y después de la guerra fue una gran ventaja para pasar piezas de contrabando, se tenían amigos y eso vale más que el oro molido. Y fuerza, él y el otro «Jenti», Olaso, eran íntimos, los dos «Jenti» eran más famosos que el gigante de Alzo, por diversión y productividad, en el trabajo, cargaban a la espalda doscientos kilos, no había quien pudiera con ellos, en broma, en broma, levantaban el yunque hasta el hombro como los arrijasotzales, toda la familia era fuerte, la hermana, la monja, una vez lo intentó con el yunque y no pasó de la cintura, no lo subo más porque me hago daño en las tetas, explicó, a lo mejor era verdad. En pulso eran algo grande, los dos, no se lo llevaba nadie y ya ganaron botellas de sidra en apuestas, ¿eh? En una visita de Uzcudun a Donosti quisieron enfrentarles pero no quiso, decir no dijo que no, dijo que sí, pero nunca encontró tiempo. Lo pasábamos bien, yo no era tan íntimo pero alternábamos juntos muchas veces, era el más joven y no pillé los tiempos buenos de Francia, por un duro comer con champán de la Viuda y otras pillerías, lo nuestro era más inocente, en una barraca de feria pusieron «sólo para hombres» y en el escenario un pico y una pala, la que se armó, los días de fiesta en cualquier billera, sidrería con baile, en cualquiera no, las había golosas, Txominenea era la favorita, en Amara, había un chistulari y la chica del bar al acordeón desde el corredor, el baile era la única ocasión para tocar a una moza, al menos en público, ¿eh?, que no se te ocurriría tocarla en la calle, si eras forastero te apedreaban, así de bufanda alrededor del cuello, por las buenas, como van ahora que parecen bueyes, ni soñarlo. Y qué romerías, en Oyarzun eran más carcas que el copón, no dejaban el baile agarrado, tenían miedo hasta de respirar, de contaminarse, si ni dejaron que pasara el topo por el término y tuvieron que desviar las vías por Gainchurizqueta, tan juntos y menuda diferencia con Rentería, tenía una banda de lo mejorcito, los renterianos siempre han sido los más movidos del país, cuerpojotaris, txapelaundis, menudas magdalenas nos hemos chupado. El tren de la frontera, el topo, nos vino bien para los envíos, teníamos que sacarlos hasta la estación en un camión de caballos con cabina articulada, me gustaba llevarlo, a veces lo hacía, en Lizarraga yo he hecho de todo, entré de medio delineante pero fui, soy, el comodín, hay una historia para mí crucial, mi ascensión a hombre de confianza por así decir y no me apura decirlo, somos amigos y le admiro como a ninguna otra persona viva, soy su mano derecha y a mucha honra, quizá no para los fundamentos, aunque a veces también, fue tras la muerte de Olaso en un accidente estúpido, íbamos los dos solos, conducía yo, hacia Madrid, lo de Madrid es un caso, allí descubrí una fábrica de churros y patatas fritas, por poco me muero de risa, de camino paramos en un restaurante y nos pusimos a modo, ¿eh?, con el habano ya encendido pide la cuenta y me dice, paga, y yo no tenía dinero suficiente, se lo digo y agarra un cabreo de muerte, ¿cómo se puede salir a la carretera sin pasta?, ¿ni siquiera para la cuenta?, resulta que él nunca lleva dinero encima y antes lo llevaba el otro «Jenti» y yo qué iba a saber y voy y le digo ¿y tú que tienes más que yo qué?, estábamos en Burgos, fue un poco violento, tuve que explicárselo al dueño, en Guipúzcoa hubiera sido otra cosa porque siempre conoces a alguien, lo arreglé como pude y a la salida va y me dice, Patxi, desde la próxima tú te haces cargo, y así tengo más carta blanca que los directores, para comprar un bocadillo o un rascacielos, sin contrato ni leches, sabe lo que se hace, jamás le levanté un duro. Tiene vista para todo, sus ojos son aparatos de precisión o así, te determina la temperatura de temple sin necesidad de pirómetro. Ah, sí, bueno, en el caserío hacer hacíamos fundición de hierro colado, balcones, verjas, algunas casi artísticas, y también creo que se hizo la primera cocina de carbón tipo Bilbao con herrajes de latón, claro, el esmaltado era un lujo.

MAURO FERNÁNDEZ ÁLVAREZ: Ponga mi nombre, ¿por qué no?, no tengo nada que ocultar ni de qué avergonzarme, lo mismo le digo a usted que a los periodistas que a la policía, no tengo nada de iceberg, lo que soy y lo que pretendo está aquí, a la vista, lo he repetido mil veces, soy un enlace normal, no pertenezco a comisiones y si actúo de portavoz es a voto y no a dedo, más claro agua, sí, asturiano, en Mieres aguantamos casi un año, aquí llevamos camino, mire, no me pida cuentos pasados, lo importante está aquí y ahora, es una cuestión de fuerza, a ver quién aguanta más, un pulso, dicen que es aficionado a los pulsos, pues de éste va a salir listo, por supuesto que él puede resistir más, lo más que puede pasarle es arruinarse y así de arruinado me gustaría quedar a mí, nosotros ya lo estamos pero morir de hambre es difícil, siempre hay alguien que te fía porque eso de la caja de resistencia, los subsidios de los sindicatos y lo que recaudan los curas es leyenda, pura imaginación, en casa no entra un céntimo desde el último sobre, y la cartilla kaput, lo único que entra son anónimos amenazando a la familia, tíos sin pelotas para dar la cara, seguro que alguno después en el bar te da palmaditas en la espalda, levanta el puño y dice resistir, pero él está con la copa y el puro, lo mío me lo sé de memorieta, cuando esto acabe, acabe como acabe, a la calle, ya se buscará el motivo, pero no me importa, sé resistir y maldito si me van a liar ahora con la maniobra del rapto, yo en mis trece y el tinto se lo pago yo que para eso aún me queda.

JULIO LASA BARRIOLA: El amanecer es algo importante, lo que comienza a ser, being dicen los sajones y da la clave de lo que se llega o no se llega a hacer, el doing, por eso es tan importante para los poetas, en Jávea tienen un estribillo poético, Amanecer de España, se consideran los más al Este de forma no demasiado ortodoxa y los falangistas propusieron del mismo modo un empieza a amanecer, demasiado prolongado el amanecer suele ser un proyecto que casi siempre se malogra, en los jóvenes lo mismo, son figuras de un poeta local, Liteo, ya se lo presentaré, ahora quisiera ponerle en contacto con una mujer por aquello de los antecedentes juveniles.

MAITE: Ni apellidos ni nada, pero ¿a qué viene esto, don Julio? Si no fue nada, nos conocimos en un baile y se acabó, cosa de chiquillos, pues no faltaría más, mi marido fue mi único novio y yo me casé de blanco, ¡uy!, qué cosas me hacen decir, no quieran complicarme la vida, si fue antes de instalarse en el pueblo, en la romería, todo lo más un vasito de tinto y un chorizo chirri-chirri, lo del regalo es una chocholada, una de esas piezas metálicas tan pulidas, a lima, los aprendices de la Cerrajera las regalaban a las crías para que viesen su habilidad, para presumir de hombres, sería una más complicada de las que hacía en su taller, ni la recuerdo, él era ya un mozo, un buen mozo sí, pero nada más y no levanten falsos testimonios, no tienen derecho, ya lo sé, ya lo sé, perdonen pero me pongo nerviosa con toda esta gente por el barrio y la policía pidiéndote los papeles con esos cascos que parecen marcianos, no era mujeriego, si es eso lo que quieren saber, eso creo yo, no sé, al menos aquí, en el pueblo, de jaun, ningún lío de faldas, nadie le puede reprochar nada en ese sentido, al contrario, serio, nunca salió con ninguna, cuando se le murió la madre se casó con Libe, así, de repente, y todas nos alegramos, Libe es muy buena amiga mía, pobrecita, lo estará pasando fatal, tengo que visitarla.

ANTÓN APALATEGUI MURUA: Como puede comprender las circunstancias rebasan con mucho la competencia de un simple alcalde de pueblo, así que, como alcalde, no voy a opinar sobre ellas. Si es un rapto, no hay por qué negarlo, será público en horas, ya ve, la democracia tiene estas veleidades, si puede dar mi nombre, Antón se escribe en vasco Anthon, o Antxon, o Antton, según, ya ve cómo la cosa más simple puede complicarse y siendo alcalde, hagas lo que hagas, fascista, nos vamos a arrepentir de tantas libertades, ya no se respeta nada, el otro día me pusieron en la tapia del cementerio: «los muertos fuera, la tierra es para quien la trabaja», algo de muy mal gusto, por incordiar, en fin, de don José María sé lo que todo el mundo, poco le puedo aclarar, se estableció alrededor del treinta, me parece, y el pueblo creció con su industria, todo el mundo le quiere y aunque no es hijo del pueblo se le nombró hijo preclaro, predilecto, adoptivo y padre, más bien es el padre de Eibain, yo fui el promotor de la idea, todos le debemos algo, yo tengo un pequeño taller de caldererería y prácticamente la totalidad del trabajo es auxiliar de Lizarraga, figúrese cómo voy ahora con la huelga, está fallando el principio de autoridad y ya veremos dónde y cómo acaba la fiesta. ¿Desde el novecientos? El pueblo como desde la prehistoria, casi, su personalidad estaba vinculada a la cuenca del Deva y a la provincia, en fin, ya se sabe, Guipúzcoa abrazó la causa carlista más porque vio en ella la segura defensa de sus fueros que por el absolutismo que simbolizaba, así entró en el siglo XX en medio de una gran confusión y absentismo político y con noticia de sangre en primera plana, el asesinato de Cánovas por Angiolillo en el balneario de Santa Águeda. El turno pacífico, a la inglesa, de liberales y conservadores, se decidía en las urnas por el actualmente añorado sistema del pucherazo, la compra de votos y la presión religiosa jugaban lo suyo, hay un diálogo entre un cura y un casero que es todo un poema. José Mari, ¿por quién votas tú? Yo por Tal, que es amigo del amo. ¿Pero no sabes que el que vota a Tal se condena? ¡Bah! Allá mi amo se las entienda con Dios. En fin, con escepticismo o sin él, ganaban siempre las derechas, éramos gente de orden. El clericalismo tuvo que encajar de sus enemigos naturales, republicanos y socialistas, acusaciones tremendas como haber convertido a la mujer vascongada en carne de cura, en otro sentido una verdad casi al pie de la letra y muy honrosa pues no había familia sin un seminarista en la prole. La gente se movía más por razones locales y así todos los políticos incidían en la política regional, conseguir la mayor independencia administrativa posible y el mayor número de libertades vascas, en eso estaban de acuerdo, en donde ya había diversidad de opiniones era en la forma de hacerlo sin merma de la unidad nacional, los círculos carlistas empezaron a tener encuentros serios con la creciente organización del PNV y cuando alguien gritaba ¡Muera España! había más que palabras. Apelando a un sentimiento noble a veces lo vasco se sublimó a golpe de retórica: «nacer vasco es sentir la muerte de los fueros y libertades seculares surgidas del seno de la naturaleza, el ósculo de los siglos». Era la época. En fin, con integristas, jaimistas y demás la provincia fue abanderada del multipartidismo caótico, un caos como se demostró con el Movimiento Nacional, también presumíamos de cientifismo progresivo con el famoso toque del trigémino del doctor Asuero, les pinchaba en la nariz y los paralíticos dejaban la silla de ruedas y salían corriendo, por poco se carga el negocio de Lourdes. Con la revolución socialista del 17 y las primeras huelgas serias las tres diputaciones vascas se pusieron a la altura de las circunstancias y reunidas en Vitoria envían al gobierno un mensaje solicitando una mayor autonomía para las provincias que representan, Navarra no se unió, digan lo que digan siempre ha sido diferente, en fin, no en vano fue un reino ella sola y prácticamente con los límites geográficos de ahora mismo, pero en fin, el reintegrismo foral, las viejas leyes, quien supo hacerlo suyo e inculcarlo al pueblo fue el PNV que, muy crecido por los éxitos parciales que iba obteniendo, se presentó a las elecciones del 19 sin ninguna alianza, a pecho descubierto, en todos los distritos, hicieron un gran esfuerzo, vino Sota, presidente de la Diputación de Vizcaya, con guardaespaldas de Ondárroa, se propuso mitinear en Zumaya predicando el separatismo, pero tuvo que huir a uña de caballo y hostigado por el pueblo en masa gritándole ¡Churruca! ¡Churruca! Fueron unas elecciones en extremo violentas, los socialistas de Éibar manejaron sus partidas de la porra, eso lo saben hacer muy bien en nombre de la libertad, jaimistas y nacionalistas anduvieron a tiros y garrotazos entre sí de tal forma que muchas urnas cayeron hechas añicos y otras que no se rompieron sus actas fueron impugnadas, una delicia de democracia inorgánica pura, el resultado fue adverso al partido nacionalista pero su mayoría de edad estaba próxima. Al año siguiente lo que primó en la verbena fue el soborno, se impuso la ley de la oferta y la demanda, contra una onza de oro más pueden dos del mismo metal que una de plomo. Y la difamación, en fin, de todo, al Marqués de Tenorio, hijo de industrial y de los que ejercen con blusa de obrero, quizá por el nombre, le tildaron de club-man, todavía no se había inventado lo de play-boy, de todas formas muy inglesa la cosa y todo este potaje que le cuento con la abstención de más de un tercio del censo, cosa fina, la gente sólo reacciona por lo que le afecta directamente, en las últimas elecciones antes de la Dictadura se votó en masa y no hubo cuneros y no por el desastre del Annual, sino por el conflicto armero, España, especialmente Cataluña, usted lo sabe mejor que yo, era el paraíso del terrorismo, pistoleros anarquistas o mercenarios segaban vidas de patronos y obreros a tiro de revólver y lo que son las cosas, el severo control sobre la licencia de armas y su fabricación, que se puso como remedio, no remedió nada y sin embargo causó aquí la primera gran crisis laboral, a nosotros apenas nos afectó, todavía no contábamos ni en armas ni en ninguna industria, algún taller aislado, ni siquiera estaba la primitiva fundición de Lizarraga, pero en Éibar figúrese, era el centro neurálgico de la zona armera, mi padre trabajaba allí, y el estéril control provocó más de una ruina, con una profunda crisis de trabajo muchos fabricantes emigraron a otros países en busca de una legislación más inteligente y tras ellos los obreros especialistas, o sea, que los vascos también sufrimos y sabemos lo que es la emigración, decían lo de más inteligente porque no eran las pistolas el origen de la perturbación social, serían la causa inmediata de la muerte, pero en fin, si se tuvieran que eliminar esas causas inmediatas adiós industria, en primer lugar la del automóvil, mata más el coche que el cáncer y el infarto juntos, y no digamos el tabaco y hasta los mismos medicamentos, claro que había otras causas ocultas en la crisis industrial, las endémicas del país, mala comercialización, acabada la guerra mundial las exportaciones disminuyeron y no se supo encontrar mercados sustitutivos y otra la copia, la servil imitación de modelos americanos hizo que al principio se vendieran bien en Estados Unidos, pero aun tratándose de patentes ya caducas promovieron situaciones litigiosas y que luego los yanquis se amarraran bien los machos con los nuevos modelos, en otro orden de cosas como ahora anda la máquina herramienta, es la eterna canción, bueno, en fin, pues gracias a esa crisis por primera vez en la historia fue un eibarrés el que defendió los intereses de su pueblo y salió elegido por aclamación masiva, por su distrito, claro, no solucionó nada, y es que cuando la violencia llega a ciertos extremos sólo se arregla con mano dura, es triste pero es así, la democracia es bonita en teoría, en la realidad ya se sabe a qué conduce, en aquella ocasión fue Primo de Rivera el que tuvo que calmar el patio con su espadón, no nos queremos dar cuenta de que la historia se repite.

—Vamos, señor Lizarraga, arriba.

—¿Eh? ¿Qué?

—Arriba.

De golpe, se despertó con un síncope angustioso, pasarían muchos años aún para evitar el reflejo condicionado, arriba España, viva Franco, miles de slogans patrióticos a favor y en contra pintados por las paredes, del alquitrán al spray toda una teoría del desarrollo, con turbia desazón se incorporó rodando por el suelo, a cuatro patas, el obstáculo del saco y la falta de visión le llevaron a la realidad desconocida, desagradable, la ropa se le arrugaba incómoda y la barba y el sarro y el arañazo y unas ganas incontenibles de orinar le desasosegaban.

—¿Qué queréis?

—Atención, ya es mañana. Levántese. Puede quitarse el gorro. Si sigue al pie de la letra las instrucciones su estancia entre nosotros puede ser confortable. Relativamente, claro. Y también corta. ¿Comprende?

—Comprendo.

Tiró de la capucha con verdadero placer, pero tuvo que cerrar los ojos, hacer la pantalla con las manos para acostumbrarse a la claridad y eso que todavía era de noche, por la somnolencia, miró a su alrededor haciendo acopio de calma, la iluminación procedía de un flexo sobre una simple mesa en el centro de la desnuda estancia, una mesa tijera de las que se utilizan en las excursiones, dos sillas plegables y ni un mueble más, sí, dos sacos de dormir, el suyo y otro, quizá se equivocara, podía ser de día pues la habitación no mostraba el menor resquicio, ni un respiradero, al menos visible, por el destemple del cuerpo podía ser de madrugada, imposible deducir la hora.

—Siéntese.

Lo hizo con movimientos agarrotados. Eran tres, seguían encapuchados, hablaba el teórico Abeliru mientras los otros dos se repartían las funciones, uno la de vigilar en el vértice más alejado empuñando la pistola y el otro la de manipular sobre la mesa, primero un desayuno de leche en polvo, el bote de Nestlé era francés, la caja de galletas también tenía los rótulos franceses, después, sobre un mazo de cuartillas en blanco, dejó unas gafas y una cápsula azul y amarilla.

—No necesito gafas.

—Para escribir sí, pruébeselas.

—Son las mías.

—Y la pastilla de Cardiol.

—Muy amables.

—Desayune, le sentará bien.

Empuñó el vaso, tenía hambre pero no quería delatar ninguna de sus sensaciones. El gusto sintético anuló el efecto reconfortable del calor.

—¿No le habrán añadido nada especial, supongo?

—Veneno.

—Entonces no hay peligro, ¿verdad?

En contra del sabor apuró medio vaso de un trago, mojó las galletas con parsimonia y trató de hacerse una composición de lugar, la habitación mal iluminada, mal ventilada, provocaba una sudoración extra, influiría en ello el esfuerzo por mantener el miedo dentro de un nivel anímicamente controlable, las paredes, el suelo, el techo eran de lona, una gigantesca tienda de campaña, pero el tacto bajo los zapatos, a través de la tela, no era silvestre, parecían maderas mal encajadas, alabeadas por la intemperie y le vino un mareo claustrofóbico, de momento lo podía dominar, pero allí estaba, al acecho, un inconveniente más acumulando desasosiego.

—Como puede ver le tratamos con amabilidad.

—Sí, mucha.

—Y por lo tanto quisiéramos que usted se portara de la misma forma con nosotros.

—¿Con quiénes?

—Con nosotros.

—¿Y quiénes sois? ¿Gangsters independientes o a sueldo de algún partido? ¿Quizá de ETA?

—La cosa es más compleja, digamos que se trata de un comité de coordinación de sus enemigos naturales.

—Yo no tengo enemigos.

—¡Dirás amigos, cerdo!

—Calla, coño, Abelbi.

—Vale.

—Pues afloja la pipa, por poco se te dispara.

El encapuchado de guardia jugueteó con la pistola, puso el seguro, lo quitó, estaba furioso, por fin decidió colocarla en el cinto, a la cubana.

—Déjele hablar, tiene derecho.

—Atención. Señor Lizarraga, no se haga el osado, le perjudica, tras un mes y medio de huelga los ánimos no están para bromas. Firme en dos folios. Abajo. En otro ponga lo que quiera a su familia y firme. ¿Comprende?

—Nunca firmo en blanco.

Era una prueba de fuerza, por ver hasta dónde serían capaces de llegar, por comprobar su propia resistencia, la explosión de Abelbi le había impresionado, era el de la pistola y con el insulto había rodeado el gatillo de una forma peligrosamente instintiva, pero por eso mismo tenía que forcejear, un pulso le aclararía las ideas, la vejiga le punzaba, nunca se había sentido tan incómodo.

—Firme.

—No.

—¿Prefiere la tortura?

—No le creo.

—Acierta, no somos torturadores de la Gestapo, somos trabajadores y durante una huelga tenemos mucho tiempo para pasar hambre y sobre todo para esperar a que firme, no tenemos prisa.

—Vaya, hombre, ya salió, vosotros sois trabajadores y yo ¿qué? ¿Un señorito andaluz? ¿De qué te crees que tengo yo esta mano así? ¿Di? ¿De qué?

La mano herida, una herramienta de la que se sentía orgulloso, jugando a pala, dando tortas, golpeando el yunque, con cicatrices restañadas por el tiempo, callos genéticos, desmesuradamente ancha, sólo el tremendo poder de los saltones huesos de la muñeca podían conferirle la proporción a escala humana, ahora disimulaba su grandiosidad con los pliegues y pecas de los años, orgulloso de la mutilación por fallar el cierre de un molde, chascó la matriz su grito de acero sobre el del operario que no la pudo retirar a tiempo, él era ese operario, dos falanges del índice y una del anular, exhibía orgulloso su certificado laboral.

—A ver, no, la otra, la izquierda.

—¿Eh? ¿Qué?

Resultaba humillante, el encapuchado se fijaba sólo en el arañazo infantil del reloj, le escocía algo, quizá tuviera algún cristalito incrustado, algo sin importancia.

—¿Con qué se lo ha hecho? Atención. No juegue a James Bond. No provoque disturbios. Va mal. Saque todo lo que lleve en los bolsillos. Voy a cachearlo. ¿Comprende?

—Es ridículo.

—Abra las piernas. Levante los brazos.

Así se forja el resentimiento del orgullo, en la humillación. Quisiera estrangularle, nadie le ha puesto las manos encima impunemente, en los sobacos, en los muslos, en los testículos es más bien un puñetazo, se encoge, la vejiga le atraviesa con su punzada. Lo mataría. Como averigüe quién es, lo mato.

—Se queda sin reloj.

—No tiene importancia.

—Firme los papeles.

—No firmo.

—Allá usted, no se queje después.

Abelbat recoge el exiguo botín, calderilla, un billete de cien, pañuelo, cartera y bolígrafo, hace un paquete y abandona la estancia. Es una puerta de cremallera, por un momento la luz natural hace acto de presencia, un relámpago empañado en nieblas, parece dar a otra habitación mejor iluminada, abierta al campo.

—Eres la hostia, viejo, nos vas a dar la fiesta pero a ver quién se cansa antes.

—Déjeme en paz.

Contempla el papel, pocas veces ha escrito nada personalmente, ni siquiera cartas de novio, no sabría qué decirle a la pobre Libe, nunca fueron novios, querrán dinero, querrán que ceda a sus condiciones, que digan lo que quieren y se dejen de misterios, cederé a todo mientras esté detenido, con la vida en peligro, después será otra cosa, puede haber otro después, siempre lo hay, no le gustan los guardaespaldas ofrecidos por el gobernador y los sistemas automáticos de seguridad no funcionan, la tranquilidad es la que siempre estará en peligro, es un triste después, pero ahora tiene que centrarse en el minuto presente, o mejor no, porque sólo de pensarlo se está meando, no puede resistir más, no le soluciona nada el truco de contar segundos, latidos, piezas troqueladas, cadáveres y lo dice.

—Quiero mear.

—Firma.

Maldita sea, cuanto más se piensa en ello más ganas entran y así, pensándolo, sin darse cuenta, se suelta la vejiga y ya nada ni nadie puede contener el acto supremo de la micción, se abandona a gusto, es un chorro cálido que le empapa, pantalones abajo, hasta los calcetines, un charco humillante, son las carcajadas de los abeles las que encienden sus mejillas, se siente ruborizar, cuántas sensaciones nuevas o remotas se acumulan por momentos, aprieta los puños y les mira a los ojos, se taladran sin decir una palabra durante un siglo interminable, la eternidad infernal será algo parecido, hasta el nuevo relámpago de la luz tamizada, vista y no vista con el golpe de cremallera.

—El nene se ha hecho pis.

—No conocía esa faceta suya, señor Lizarraga, si se enteran sus socios bajan las acciones, seguro.

—Me las pagará.

—¿No le parece que es más bien usted el que tiene que pagar muchas cuentas pendientes? No complique su situación y firme.

—No.

—Como quiera. Mientras llegan otras necesidades más perentorias vamos a aprovechar el tiempo. Le voy a sacar unas fotos.

—No.

El relámpago del flash sí fue deslumbrante de veras, casi un impacto físico, cerró los ojos e intentó evitar el dedo invisible que le señalaba. Abelbat tiró de la placa de la Polaroid y despegó la lámina con cuidado, las manchas se delinearon y el color se concentró en formas hasta dar la imagen del prisionero.

—Mire, movido, despeinado y con cara de susto. No está presentable. Arréglese.

Le costó reconocerse, no por lo que le decían, que sí era verdad, sino por el aura de cansancio, un aura que aún no dejaba traslucir la más peligrosa del miedo. Se alisó los cabellos, tiró del cuello de la camisa y compuso el gesto.

—Así, quieto.

La cámara relampagueó varias veces.

—Vale, ahora la más dramática, no se asuste, es únicamente por asustar al personal, por si hace falta. Abelbi.

El más silencioso de la trinca se aproxima.

—¿Así?

—¿Pero qué hace? Las carga el diablo y se disparan solas, no juegue con la...

—Pon cara feroche.

—De matador.

Mientras el iracundo se coloca en pose la pistola danza por delante de sus ojos, en realidad tiene la vista imantada en los reflejos pavonados, angulares, de la Parabellum Brigadier de 9 mm. inencasquillable, doscientos dólares en origen le explicaron o leyó o le pareció saber de siempre como las historias de aquelarres esotéricos, de niños todos los niños creían en la existencia de lamias, pero desaparecieron cuando se empezaron a fabricar armas en Éibar, dice una leyenda mezclada con la realidad del recuerdo, la mano del padre en el viaje a la ballena.

—Quietos.

Con la apreciada arma apoyada en su sien izquierda, sintió la eterna huella del frío orificio provocándole chorros de sudor, le empapaba una fétida humedad mezcla de fluidos, la foto resultó realmente dramática, perfecta.

—Vale.

—Bueno, la mitad solucionada. Volvamos a la otra, ¿firma?

—Bonito mundo el de vuestra juventud, antes la palabra tenía un valor, se cumplía por encima de todo, ahora ninguno, tiene que estar escrito, firmado y sellado, hasta necesitáis fotografías para que os crean que me habéis raptado.

—Ése es su mundo, señor empresario.

—Yo siempre cumplo mi palabra.

—¿Respetaste los plazos de Jáuregui? Tenía tu palabra, ¿no? Podía retrasarse sin peligro y de hecho cumplió.

—Al raíl, por favor.

—Déjele hablar, a ver si nos entendemos de una vez. No cumplió. Ésa es una historia muy vieja y tuve mis razones que no son del caso. Ahora, antes de la huelga, empeñé mi palabra con los negociadores y sabéis que siempre la respeto. ¿Por qué os aferráis a la huelga? Es suicida y acabará con todos nosotros.

—¿Firma?

—Jamás hasta ahora tuve una huelga, siempre pacté y lo hice sin rencores, al fin y al cabo vamos en el mismo barco, ¿por qué? ¿Por qué esta salvajada?

—Firme.

—Vete al carajo.

Quedaron pétreos, inmóviles, en un silencio de horas, la mugre, el picor, la incomodidad forcejeando contra el deseo de no ceder, tenía fama de duro y correoso, pero el deseo de aclarar unas circunstancias que rebasaban su teoría del comportamiento humano le obligó a preguntarlo, no era mala táctica puesto que el tiempo trabajaba en contra, la mejor defensa es el ataque.

—Sois vascos como yo y tenéis que comprenderme.

—Usted no es vasco.

—¿Cómo que no? Nací en la Argentina de puñetera

54

casualidad, pero mis apellidos son vascos, Lizarraga, Múgica, Aranzabal, Aramburu, Aurteneche, Otaño, Echeveste y Sagastiberri, ocho, ¿son bastantes? ¿Quieres más?

—Usted es capitalista.

—Lo que quieras, pero vasco.

—Y nosotros somos la fuerza del trabajo en armas, esto no es un problema racial sino la lucha de clases.

—Cuando hayáis trabajado la mitad que yo podréis hablar de representar al trabajo.

—Usted pertenece a la inefable raza de los capitalistas españoles que, con sus miniempresas no competitivas, son tan nefastos para la clase obrera como los señoritos andaluces de los latifundios que ambos despreciamos.

No contestó y los jóvenes volvieron a quedarse pétreos, hieráticos ángeles de la venganza, los mismos quizá que aplaudieron cuando el número de la medalla del trabajo, el de la placa de los empleados agradecidos en su onomástica y la maqueta de la ferrería costeada por suscripción espontánea de la base, nunca le habían gustado las exhibiciones y aquel cumpleaños fue el peor de su vida, lo notaba falso, pero un odio tan profundo tampoco lo hubiera sospechado, no lo entendía, él nunca tuvo facilidades y sin embargo había dado muchas a los demás, entre otras eso que llamaban puestos de trabajo, iban los alcaldes, los concejales y comisiones enteras de vecinos a pedírselo, venga a mi pueblo, le cedemos el terreno, lo que sea, pero traiga puestos de trabajo, malditos silenciosos, soltad lo que queréis de veras, casas gratis, jornadas ridículas, sueldos fabulosos, seguridad social, la jubilación rápida, no dar golpe y exigir, siempre exigir, a cambio la chapuza, el ya vale como los instaladores de mi sistema de seguridad, el más caro e ineficaz de Europa.

—Pero bueno, vamos a ver, hablé con los enlaces sindicales, con los de las comisiones obreras y con el moro Muza, a todos les prometí mejorar un convenio del metal que ya teníamos mejorado cien veces, ¿en dónde está el problema?

—Si no lo sabe es inútil explicárselo.

—¿A cuántos líderes obreros ha descabezado? Es su deporte favorito, ¿no? Lo mismo que tirar al pichón, el mismo resultado, muerto, nadie le da trabajo al de la bola negra.

—Falso, más falso que Judas, para decir una cosa así hay que poder probarla.

—¿Y Mario?

—¿Qué Mario?

—Basta. Esto no es un juicio, ni un careo, ni necesitamos demostrar nada. Firme por las buenas o...

—No quiero.

—Si me dejas le hago firmar a leche limpia.

—Calla.

El silencio se hace más tenso. Abeliru pasea a zancadas y mira el reloj.

—Atención. Vamos a llegar a un acuerdo amistoso puesto que se trata de una cabezonada. Le doy el texto de los dos mensajes y los firma ahora mismo. Si se niega punto final. ¿Comprende? Punto final.

—¿Qué pasa si me niego?

—Le ejecutamos. Un tiro en la nuca.

—Se muestra muy convincente. Firmaré porque los puedo leer antes, no por la amenaza.

—Por supuesto, pero firme.

—Lástima. Siéntete héroe y no firmes, estoy deseando utilizar la pipa.

—Al raíl, por favor.

Abeliru saca dos folios doblados del bolsillo interior de

la cazadora, los alisa sobre la mesa frotando con la palma y se los ofrece con el mismo ademán con que le ofrecen en el despacho el libro de firmas.

—Léalos puesto que tiene tanto interés.

S. D. Ignacio Lizarraga Múgica.
Vicepresidente de Lizarraga S. A.
Eibain

Muy Señor Nuestro:
Para acabar con la angustiosa situación de los obreros que luchan por sus justas reivindicaciones, sin que el hambre ni las fuerzas represivas puedan doblegarles, hemos detenido a su hermano y jefe supremo, José María Lizarraga, puesto que parece que este tipo de diálogo es el que mejor entienden los grandes patronos y así podremos llegar antes a un acuerdo.
El arresto terminará una vez que la justa reclamación del proletariado de la factoría número dos sea atendida en su totalidad, según se especifica en carta anexa y sean entregados, en concepto de indemnización, cincuenta millones de pesetas. Para la entrega del dinero deberá enviar a un intermediario político solvente que se pondrá en contacto con los medios vascos de Euskadi Norte. Lugar y fecha le serán indicados oportunamente. El dinero en billetes usados de cien y mil pesetas. Es fundamental que la operación se mantenga bajo su más absoluto control, tanto en interés nuestro como en el suyo propio.
Avalamos el arresto con la firma del interesado y una foto del mismo. Esperamos que la foto sea lo suficientemente expresiva. Si atiende las reclamaciones y paga la multa le será devuelta la libertad a su hermano y jefe

supremo. En caso contrario procederemos a su inmediata ejecución.

Ésta es la forma en que estamos dispuestos a intervenir a favor de la clase obrera y el pueblo vasco, en su nombre y por su poder.

Firmado: Comité coordinador del FARE.

Al Consejo y Dirección de Lizarraga S. A.
Eibain.

Yo, D. José María Lizarraga Múgica, responsabilizándome de lo que me pudiera ocurrir si falto a ello, me comprometo a efectuar en la llamada factoría número dos de Lizarraga S. A. lo siguiente:

—Poner al día, sin regatear esfuerzo económico alguno, la seguridad e higiene de la empresa incluyendo la asistencia médica necesaria.

—Actualizar la pensión de la viuda del Sr. Martín, con el 100 por 100 del salario de su difunto esposo y la correspondiente escala móvil según la carestía real de la vida.

—Readmisión de todos los despedidos con renuncia a cualquier tipo de futura discriminación o represalia.

—Aceptar el aumento salarial en línea que se ha propuesto a la Comisión Mixta y

—Jornada semanal de 40 horas.

—25 días laborables de vacaciones.

—IRTP y Seguridad Social a cargo de la empresa.

—100 por 100 de salario real en caso de paro.

—Facilitar el derecho de reunión, expresión y asociación de la clase trabajadora en el interior de la factoría.

Sirva la presente de orden para que empiecen a tomarse las medidas oportunas a fin de normalizar la conviven-

cia ciudadana. Cualquier circunstancia o duda que suscite la aplicación de esta normativa deberá entenderse a favor de la parte social.
Firmado: J. M. Lizarraga

—¿Qué significa FARE?
—Es largo de explicar, la coordinación de sus enemigos naturales, una experiencia interesante.
—¿No sois ETA?
—Bueno, digamos que de momento cooperativistas.
—Es una locura.
—Tranquilo, La Operación Caín la tenemos al detalle, saldrá níquel.
—Lo del dinero es una locura, cincuenta millones no los tiene la empresa en efectivo.
—Pero usted sí.
—Ni siquiera necesitas tocar tu cuenta suiza.
—Nunca he tenido ese dinero, todo lo que gano lo invierto en la fábrica, desde siempre.
—¿Firma?
—Qué remedio.
—Póngale unas letras a su mujer, aparte.
La firma, firmado y rubricado, ilegible, un garabato inconsciente al que termina uno por acostumbrarse y no le presta mayor atención se convierte de golpe en el único nexo de contacto con el mundo exterior, el de las personas que disfrutan de mucha más libertad de la que se imaginan y pueden perder, lo difícil era escribirle a ella, qué decirle en su única carta. Jamás le había escrito, si acaso llamar por teléfono, otra rutina la conversación telefónica, estoy bien, no te preocupes, por aquí hace buen tiempo, si tuvieran niños sería otra cosa, debería prestarle más atención, era una buena mujer, pues lo de siempre, Libe, estoy bien, no te preocupes,

pronto nos veremos, un abrazo y eso sí, Joshe, una firma distinta, sólo el nombre de pila, no era automático y sí un detalle de amor, de algo parecido al amor, el Joshe era un detalle entrañable pero no de amor, de intimidad, camaradería, de reconocimiento, ella era la única persona del mundo que le llamaba Joshe.

—Ahí las tiene.

—No es muy expresivo, ¿eh?

—Eso es cuenta mía.

—Correcto, pero no se nos estire y recuerde la fatiga del metal, el mejor acero casca doblegándole el suficiente número de veces.

—El vuestro también.

—Sí, pero recuerde que antes de que eso ocurra cualquiera de nosotros le levantará la tapa de los sesos con mucho gusto, ahí radica la diferencia de fatigas.

—Dejadme en paz, estoy cansado.

Cincuenta millones es mucho dinero, aunque sean de pesetas, y cuántas veces le costó convertirlas en divisas para importar el equipo necesario para un nuevo proyecto, con ellas podía hacer lo que hizo con bastante menos y lo que hizo con demasiado más, la locura de invertir en lo que ya no le era necesario con la vida asegurada, jugándoselo todo porque su vida era su industria y sin crecer la empresa se ahogaba en una medianía deleznable propia de estómagos satisfechos con la pobre pitanza de cada día, la locura de la opción constante, crecer en contra de los consejos paternos, fraternos, amistosos, tecnocráticos, la decisión solitaria de la apuesta a una sola carta, a un pulso, cincuenta a caras, la sublime y terrible soledad en la toma de decisión, momento supremo, la hora del tigre a cambio de las siete vidas del gato, eso habrá que hacer y aurrerá, adelante, cuando las cocinas, el horno alto, la acería, el tren de laminación, en contra de los espíritus mezquinos orgullosos de su adocenado éxito económico, nunca había tenido dinero para otra cosa, la seguridad en sí mismo era el único tesoro y resultaba intransferible, era su fortuna y tiraría cincuenta millones por la borda, a la basura de la juerga revolucionaria para poder seguir el crecimiento de su vida-empresa y, tras decidirse, desde la plataforma de su actual incomodidad física, por primera vez atisbó la turbadora faceta de si merecía la pena tan complicado poliedro.

Hermana María De Los Desamparados: Sí es verdad, han pedido un rescate astronómico, no me tire de la lengua, no le puedo decir cuánto, el señor Santamarina nos ha prohibido hacer la menor declaración, me la juego, en realidad no podría ni estar hablando con usted, una tontería porque a estas horas lo estarán publicando en Francia, no me extrañaría, qué se le va a hacer, Dios mío, parece mentira que puedan ocurrir estas cosas en nuestra propia casa. Cincuenta millones pero no se lo diga a nadie, me ha dado su palabra. Y si no pueden reunirlos le matarán, ¿se da cuenta? Hablar con ellas no, imposible, están destrozadas, mire, es como en los duelos, la familia no recibe.

Ignacio Garmendia Otaegui: Lo social cristalizó en político, la virulencia de las huelgas llegó a su cenit con el desmelenamiento de la CNT, unos terroristas que todavía no saben lo que quieren, fue un espejismo de esperanza y luchamos cantidad, como leones, pero el concepto República no abarcaba ningún denominador común, simplemente cambiamos de campo de batalla con enfrentamientos más directos, las caretas se cambiaron por antifaces, un Carnaval de Tolosa o así, una época que puede resumirse en frases hechas y en contradicciones, cuando más se glorificaba la libertad nos cerraron los batzokis, por ejemplo de frases, «la República la trajeron los monárquicos y la perdieron los republicanos». Tanta esperanza en ella que algunos ilusos la llamaban la niña bonita. Fueron años de un trabajo ímprobo, escribir, viajar, hablar, cantidad, con el Estatuto de Autonomía a vueltas, no se pudo establecer de golpe la República que federada con los otros estados de la península ibérica hubiera sido la solución ideal y no sólo para nosotros, así que optamos por el camino más lento del Estatuto, hay mucha cerrazón y prejuicio ante el destino de una etnia que no quiere renunciar a su continuidad sobre un mismo solar desde el cromagnon, los que no lo aceptan, aunque presuman de cientifistas actúan contra su propia natura, según sus ideas es una postura darwiniana de conservación de la especie, ya le digo, vueltas y revueltas, fallaron los alaveses, su llanada es una frontera demasiado frágil y los navarros, en la Ribera me dieron una corrida que ya, ya, los tradicionalistas reorganizaron de tapadillo sus requetés, dónde, dónde, dónde, sí, en Leiza, txapelgorris, total para nada. Prieto soltó otra frase, «quieren hacer de Euzkadi un Gibraltar vaticanista» y el Estatuto abajo, protestamos y fue cuando el cierre, casi se podrían escribir esos años a base de frases hechas. «Abajo la República burguesa, vivan los soviets». «Prefiero una España roja a una España rota». «Todos los conventos de Madrid no valen la vida de un republicano». «Tiros a la barriga». Y adjetivos. Bolchevique blanco. Comunista emboscado. Adjetivos y anuncios. Delgadose Pesqui, el mejor remedio para adelgazar. Pilules Orientales, lo mejor para engordarlos. Blanco y Negro. Es como recitar los reyes godos, son muchos años, ya ni entiendo ni oigo, le dije lo de mi oído flojera, ¿no?, muchos años y el cadáver de tu enemigo no lo ves pasar, pero vueltas ya se ven, España apadrinó la entrada de Rusia en la Sociedad de Naciones, quién lo diría y en Donosti se firmó el Estatuto de Cataluña, aquello nos espoleó por el nuestro, firmaron con el espíritu del Pacto de San Sebastián, claro, los catalanes son muy prácticos, allí firmaron todos los antimonárquicos menos nosotros, hay cosas por las que no se puede pasar sin deshonor, la no confesionalidad del Estado y el divorcio les volvía locos a todos, escuela y despensa es otra frase, en la enseñanza hicieron mucho, pero laica, después se extrañaron que la Diputación de Guipúzcoa diera la aportación económica más baja de la península, ya hacíamos nosotros labor con la Universidad Social Obrera Vasca, se dieron cursillos de hasta un mes entero y la entidad indemnizaba a cada asistente su jornal íntegro y colegios había, religiosos, claro, tuvieron que hacer la vista gorda y tolerarlos. La religión y la muerte es el gran tabú del siglo, nadie se atreve o quiere hablar de ello, pero existen. Fue un largo y cálido verano el de las elecciones municipales, una prueba de fuerza, y los socialistas sólo nos podían en las zonas fabriles con abundancia de obreros extraños, en Éibar eran más socialistas que el que lo inventó, el primer pueblo de España que proclamó la República, a las seis de la mañana, cinco horas antes de hacerse oficial, había un gremio de, de, de, sí, los damasquinadores, son datos históricos ya, en cualquier historia se encuentran con mayor exactitud. Años históricos por la gran depresión, ya el mundo se enganchaba al carro americano y que los banqueros neoyorquinos se suicidaran repercutía hasta en los socialistas de Éibar, atacaban a STV y Solidaridad era la más reivindicativa, participación en beneficios y así, inspirados en la encíclica de Pío XI *Quadragessimo Anno,* la atacaban sin leerla, frenó la marcha de la industria, los emigrantes vascos tuvieron que regresar, había paro, malos años, me lo ha hecho recordar lo del petróleo de los árabes, son momentos clave que ya no quiero oír, no oigo casi, tampoco me dicen, ni me consultan, como no entiendo tampoco doy la firma, estoy fuera de la mutildantza,

65

espero tranquilo esa muerte que ya no existe para nadie, mire, no es nada personal, pero no me visite más, es nuestra última entrevista, la depresión económica es mala consejera, los socialistas nos tildaban de conservadores por no secundarles en la salvajada de su revolución de Octubre y los integristas de la Liga Católica Nacional de bolcheviques, decían que nuestros jóvenes intelectuales habían cambiado la Biblia por el Soviet, una premonición quizá, en fin, mientras todos discutíamos iban fermentando los movimientos fascistas, salió un periódico, *El Fascio,* un número y bastó, que no se repita la historia, nadie ha nacido jamás miembro de un partido, sí de una familia, de un municipio, otra frase y el pobre Aguirre se unió a las izquierdas para conseguir no el Estatuto sino la Autonomía, la última contradicción de la época, fue un servicio de urgencia para ambas partes, guzien adizkide dana, ez da iñorena[1] nosotros unidos a los ugetistas, ya, fue unir al agua el aceite y así salió, estábamos tan orgullosos, cuando vi ondear la ikurriña autónoma lloré como un chiquillo, cantidad, mejor no decir, ahora nos quieren clasificar como una variante de la Democracia Cristiana, no éramos cristianodemócratas, éramos cristianos y demócratas que es muy diferente. Bueno, joven, adiós, que tenga suerte y le salga bien lo que pretende si es limpio de corazón. Nicole le puede explicar, no es nada personal. Agur.

JULIO LASA BARRIOLA: No se ofenda. Se ha puesto la

---

1. Quien es amigo de todos no lo es de nadie.

cosa muy fea, ha recibido visitas y se rumorea que Lizarraga puede estar en Francia, hay presiones, el control policiaco es muy fuerte y está el peligro de los guerrilleros con explosiones digamos disuasorias, ya me entiende, por eso la señorita Blanchard ha decidido que no reciba a nadie más. No es fácil el papel de reliquia sagrada. Si acepta una discreción lógica le visitará un joven, lo único que le piden es discreción y objetividad, él le contará. Conste que yo no sé nada más ni estoy implicado en nada, soy un modesto etnólogo aficionado, si me han confiado el mensaje es precisamente por eso, confían en mi postura neutral aunque me da en la nariz que no les es muy simpática. En San Sebastián puedo presentarle a los veteranos de Lagunak, la sociedad gastronómica de don José María, es socio fundador. Otro punto de vista muy diferente.

MAURO FERNÁNDEZ ÁLVAREZ: Pues es verdad, me lo han confirmado de buena tinta y ahí están los buzones repletos con la nota del FARE uniéndose a la lucha, un grupo advenedizo, desconocido, me cago en, más bien parece cosa de la ETA, de ETA como a ellos les gusta decirse, nos han hecho la Pascua, han desviado la confrontación, se va a politizar y además hacer un caso policiaco y eso acongojona al personal, ya se ha dado uno de baja en el comité, de todas formas en un sentido o en otro esto no se acaba de golpe, a golpes puede, así que a convencer a la parienta, las huelgas se deciden en el catre. Lo que sea sonará, los chivos seremos los de siempre y si hay tantos que apuntarse ya se sabe, a perder por goleada.

PACO: A secas que uno ya no está para muchos trotes, pensionista pone en mi cartilla, más retirado que el Cordobés y mirando los toros desde la barrera, si me llega a pillar a mí esto con sesenta años o menos, la tira, se pasa el furor juvenil, ¿a que sí?, lo están haciendo muy bien y unidos que parece milagroso, bien, por el factor común de estar en contra, todos los partidos están en contra del régimen, cuando desaparezca volverán a las andadas, no se puede uno fiar, el rescate nos favorece, es un hecho de fuerza y es lo único que entienden, el golpe, de mozo, en la CNT, sí los dábamos y buenos, a veces nos pasábamos, la juventud, chipi-chapa, chipi-chapa, infatigables, nosotros inventamos las huelgas salvajes, éramos la vanguardia de la vanguardia, teníamos que denunciar la situación, pero si los mandamases republicanos eran tan derechistas como los del PNV. Para unidos los de la patronal, ésos sí que no hacían distingos, en cuanto te pillaban con el pie cambiado lockout al canto, el de la CAF fue bueno, en el treintaypoco y más de quinientos a la calle, el seguro de paro favorece la holgazanería, decían, cabritos, fue una bomba. Había que amarrarse las tres ves, voluntad, valentía y huevos y bien amarrados que los llevábamos, con suspensorio. Pero siempre desunidos, ésa es nuestra perdición, no teníamos medios, los de Solidaridad sí tenían recursos económicos, batzokis por todo lo alto, les sostenía el Partido Nacionalista, las izquierdas de veras, los ultras, teníamos una huardilla de mala muerte, éramos todos obreros de fuera y algunos vascos que no le hacían el juego al capital, de todas formas quizás esté bien el comedimiento, la prueba es que en las zonas industriales, unidos, el Frente Popular les cascaba a todos. A veces. Había mucho encono, no nos podíamos ver y mientras los patronos, con cualquier chamizo, a hacerse millonarios. Es bueno lo del rapto, original, no hay que pasarse pero es que alguno que presume de líder, como el Mauro, se la menea con un papel de fumar, pisssss, qué melindres con el levantaboinas, no quiere que la cosa se politice y no sabe que esto es política pura.

FRANCISCO AGUIRRE ELIZONDO (PATXI): En Eibain sitio no faltó, ¿eh?, al contrario, como lo regaló el Ayuntamiento, lo que hizo fue sobrar, lo que faltaba era construcción, nada de las naves de ahora, barracones de ladrillo, galleta de mala muerte, lo que se podía, pero bien, ahí se empezó con las cocinas de carbón a tope, Joshemari era joven pero ya mandaba más que el padre, dándole la vuelta, a lo zorro, zorro, yo haría tal cosa y hasta que los demás no opinaban lo mismo no dejaba hacer, se hicieron cantidad de cocinas, el trabajo en la fundición era duro, ¿eh?, no todos valían, el moldeo de arena se hacía con dos mitades de madera y a rellenar, pero asentar la arena vaya faena, presionando con los pies para retacar, pisando como las uvas, ya pisé yo uva y de verdad en la Rioja, en la vendimia, en vacaciones resulta divertido, pero aquel pataleo en la arena la reospa, ahora con máquina neumática fácil, chif, sopla y lo ajusta automáticamente, al modelo se le meten los machos, se le deja un hueco para el bebedero y a colar la pieza, el pataleo era lo malo, el polvo de sílice que se armaba, el suelo de la fundición parecía una playa del sur, de arena sucia, poco higiénico, si llegan a ser los señoritos de ahora te refocilan con la silicosis, la higiene, todo protestas. Él era un chaval y menuda vista tenía ya para solucionar las formas más intrincadas, se le ocurría el bebedero que nadie imaginaba y zas, a llenar el molde sano, sano, sin

69

contracciones ni poros, se desprendían los gases como globitos de los jueves, es algo instintivo lo de este hombre para el metal, ¿eh?, ahora con tanto laboratorio y análisis cualquiera, pero él de siempre, como un instinto, a saber las escaseces que hemos pasado y con la chatarra lo mismo, zas, siempre daba con la proporción justa para mejorar el coste del acero, ahora te lían con las curvas de reacciones reversibles entre escoria, gas, eso, pues él daba con el punto a ojo. Cuando la fundición el problema era el dinero para comer, por eso la gente protestaba de los tiempos, del cronómetro, se iba a destajo y no podían sacar prima. Algún lío ya hubo, los sindicalistas, los de la UGT los más chinchorreros, pedían demostración oficial de los tiempos y bueno, se ponía Joshemari o el otro «Jenti» y los cumplían sin quitarse la txapela, levantando piezas una vez hasta les aplaudieron los procedentes de caserío, los vascos, los de fuera con más cabreo que una mona, a los comunistas les comieron la moral con un ruso, Stajanov, ¿no es lo ruso lo mejor?, pues ser stajanovistas. Joshemari le gana al Stajanov, seguro. A buena hora iban a raptarle un par de chocholos, del primer golpe les estorbarían las nubes para dar vueltas, se tiene que estar comiendo los hígados y que no le hagan nada, ¿eh?, todavía quedamos unas cuantas viejas glorias y en el pueblo, a la larga, todo se sabe. Aquella prueba del crono hizo daño al Olaso, el otro «Jenti», que si la patronal hablaba con los castellanos a los obreros no había que enfrentarlos aunque fueran de sindicatos antagónicos en ideas y que allí al fin y al cabo eran cuatro monos, iban en el mismo carro y tenían que estar unidos, él se sintió siempre más obrero que otra cosa, dueño no fue nunca, después de la guerra, cuando hicieron sociedad anónima, le ofrecieron una acción y no la quiso, a mí porque no me ofrecieron si no ya lo creo que la cojo, ¿eh?, y si hay un obrero en el mundo soy yo, llevo siglos en el tajo, y aquello fue un río de oro, no entonces que la cocina se vendía a ciento cincuenta pesetas y dejaba cinco de beneficio, después que si te descuidas es al contrario. Siguieron uña y carne los dos «Jenti», ¿eh?, y Olaso perro fiel hasta que murió en el accidente de los curveros, pero eso y con el pulso que echaron a puerta cerrada, no sé, no como de chavales. Eran unas cocinas duras y prácticas, las del tipo viejo, de fundición sólo, parece mentira, pero siguen vendiéndose para Galicia. Después de la guerra fue el acabóse, las que se hicieron y ya variadas, ¿eh? Decidía la elección en obra el arquitecto según el nivel de vida. A Madrid mandábamos unas preciosas esmaltadas y con herrajes, las pequeñas con calderín incorporado, si la casa tenía baño con depósito aparte para agua caliente. Aquello fue la base del negocio y dicho así, una cocina, ¿eh?, parece una tontería.

AGENTE MUNICIPAL 012: ¿Con qué derecho me hace esas preguntas? ¿Pero qué pretende? Yo no sé nada ni tengo por qué contestarle, no me busque las vueltas, si insiste le denuncio a la policía. Yo cumplo con mi deber y a usted qué le importa si soy del pueblo, lo mío es el tráfico y tiene el coche mal aparcado, o se va o le pongo una multa. Venga, circule.

AGUIRRE: Está nervioso, no se preocupe, en la vida ha puesto una multa, no, no tengo nada que ver con Patxi, aquí los Aguirre cubrimos la tierra, hasta conozco a un gitano que se llama Aguirre. Camionero de Lizarraga, sí, descansando, qué remedio, cuando digan arre pues arre, no hay que nerviosear, los del volante son los más nerviosos, más que los motoristas, conozco su vocabulario por el meneo de los labios, a través del cristal se distingue perfectamente cuando dicen cabrón o hijo de puta, resulta divertido, llevo un Pegaso mastodóntico y es complicado el adelantarle y peligroso, yo gracias a Dios no he tenido ningún accidente, grave se entiende, cargado con las bobinas de chapa es una catapulta, no hay quien lo pare, ni el freno eléctrico, no, gracias a Dios no fui yo, bueno, no fue nadie, cuando la bobina aplastó al pobre Martín no quiero ni acordarme, en realidad accidentes con las bobinas siempre hay, había, antes había más, el tramo peligroso era desde que agarra el tambor la chapa para enrollarla, al final del tren, en el trayecto hasta el enfriadero o el depósito, se expulsa con un resorte pero después hay que llevarla en carretilla, en la manipulación de la rampa a la báscula y si se coloca mal en el almacén y se mueve, canca, puede machacar un pie, hasta una pierna, lo que coja, caerse ya hizo alguna vez pero pillar entero a Martín sólo, ya es mala suerte, ahí empezó la huelga y ya veremos cómo la terminan porque yo no muevo un dedo por mi cuenta, no creo que los más agresivos sean los más representativos pero allá ellos, si opinas estás perdido.

ANÓNIMO IV: Lo que hay es miedo a barullo, se ha ido demasiado lejos y nadie se atreve a decir palabra y con lo del rapto échale hilo a la cometa. La mayoría quiere entrar, por lo menos todos con los que yo hablo, padres de familia, no los solteros, pero tienen miedo, se tiene más miedo a los piquetes de huelga que a los grises.

Estamos a dos velas. Ayer mismo, discutiéndolo, un jovenzuelo va, no te jode, y me ofrece un verde diario, no lo gano trabajando y sin trabajar no me apetece, yo sé de donde viene y lo que obliga ese dinero. Ya sé que es justa la lucha, pero el cocido por delante, que están desapareciendo hasta los canarios de las jaulas.

José García Pérez (Trampas): De los mansos de corazón viven los Lizarragas, hay que resistir, es un pulso a muerte, el tío quiere que entremos para negociar y nosotros no entramos hasta que no claudique y si el rapto nos ayuda pues viva el rapto, se va armar la gorda, pero ganaremos, por mis muertos que no entra un alma hasta que el tío no ceda, pero si como no se puede vivir es en las condiciones normales, en la laminación de chapa caliente sí que te entiendes por los labios, por señas, el ruido es la pera y ya estamos medio sordos, y el calor, mire la piel, reseca, sin grasa, es la radiación infrarroja, al que lleva años se le nota, no se le va a notar, los catarros duran todo el invierno y del sueldo mejor no hablar, ¿verdad?, pero si vivimos de las extras, con las ocho horas a palmar de hambre, ya lo dice el catecismo, bienaventurados los que viven del sueldo base porque pronto verán a Dios.

Anónimo IV: Hombre las condiciones de trabajo no son las ideales, también yo me acuerdo cuando se acabó de montar el tren planetario, el caliente, con las normas de los turistas aquello parecía una cocina de película, el jefe de sanidad hizo la inspección y ni siquiera se molestó en sacar el chisme de los humos, no había, apenas si una vibración del aire, pero cuando se fueron los turistas y empezamos a darle de veras a la producción, ¿qué? El purgatorio. Es verdad que si se hubiera instalado una cadena transportadora para las bobinas de fleje, o un buen carro de transferencia, Martín estaría vivo, pero el trabajo y el sueldo lo conocíamos al entrar, ¿o no? Dejemos las pesas en su fiel, peor es mear sangre en la remolacha, en Francia, yo de temporero no vuelvo.

AVELIO SOLER: Los tristes treinta se ganaron el nombre a pulso, vaya marcha, empezaron con la depresión y terminaron con la guerra, casi nada, macho, di que el veintinueve fue apoteósico, Altos Hornos de Vizcaya batió el récord de producción y lo que mantuvo la década fue la inercia, pero hacia abajo a hincar el pico, hasta casi el sesenta no se recuperó esa cifra. Por cierto, al gerente de Altos Hornos se lo cargó un anarquista a la salida de la fábrica sin rapto ni nada. Los guipuchis se defendieron bien gracias a su versatilidad para lo metalúrgico, son la milk adaptándose a la coyuntura, tú, los armeros se pasan a las bicicletas, los ferreteros a las cocinas, hacen lo que les echen, camas metálicas, tornillos, tornillos todos del mundo. San Lizarraga se asentó con las cocinas, lo que son las cosas, en casa, en el pueblo, teníamos una de ésas de carbón con unas letras en relieve que ponía Lizarraga-Eibain y yo creía que era algo extranjero, para los de mi generación lo vasco siempre ha sido una incógnita, el idioma influye mucho, coño, recién llegado me hice el progre y me compré un jodío librito de ésos de aprenda vasco en diez lecciones, su madre, no pasé de la primera, eso influye en el problema, en Barcelona, sin querer, al segundo día ya estás con el siusplau and company, en Galicia también, bueno, allí son ellos los que se tienen que adaptar, la pasta manda, amigo. De los vascos sabíamos que iban a jugar la final de copa y unos chistes horrendos, arlotadas, muchos marrones y ninguno verde, son estrechos para el sexo. Todo es relativo, hasta los colores, cuando estuve en Cambridge haciendo la tesis me enteré de que las películas verdes eran azules, blue films, y allí las crías de estrechas nada, macho, bueno pues éstos parieron a unos tíos como los Caballeritos de Azcoitia y tienen anécdotas tremendas tecnológicamente hablando, a finales del XIX celebraban corridas nocturnas en la Plaza de Atocha cuando en Europa muchos todavía andaban con la luz de gas, Cagancho y Mazantini dieron la espantá porque con el parpadeo de los arcos voltaicos veían los cuernos así de largos y mira para qué. Son cosas que no te explicas. Son difíciles de entrar, yo con tres años no he llegado a comprenderles, son desconfiados y creo que el idioma tiene mucho la culpa, mira, esto lo he presenciado yo, cuando el alternador, el cashero, al firmar el contrato como todavía no tenía el dinero en el bolso tachó he recibido y puso he recibiré. Y si te ríes una vez estás perdido, ya no les entras jamás. Y no es problema de cultura, coño, los universitarios son igual, es una idiosincrasia jesuítica, no sé, mira al Abad, es un técnico de empresas, el cerebro gris de Lizarraga y lo mismo, jamás te dice sí o no, es serpentino, nos tenemos un paquete mutuo de no te menees. Son muy suyos, pragmáticos, se adaptan sin cambiar de fondo, antes la boda con un maketo era un drama rural, ahora el drama es urbano, un delineante acaba de dejar a la novia tras varios años de relaciones porque no era vasca, si llega a ser vasca se casa, la lucha biológica es irreversible y es algo natural, de la naturaleza, lo malo está en el pragmatismo inmediato, es lo que más puede desnaturalizarles, no se perfeccionan en un oficio, en una carrera, porque no lo necesitan, en el levante del tres varios albañiles eran hijos del pueblo, sus padres tienen pinos y trabajan en la factoría, los chavales no necesitan el dinero para comer así que tenían su coche, un mini, a pie de obra, y en realidad estaban haciendo de peones, pero para qué molestarse en profundizar, a los treinta años serán contratistas y estarán levantando sus propios edificios. Por ahí cederán su lugar de privilegio.

PADRE KUTZ: Sí le conozco, es usted el personaje del día en las tertulias del pueblo y le esperaba. Pasaremos todos por la encuesta, ¿no? Tenga cuidado. ¿Colaboró ya en la cuestación a favor de los parados? A mí no, a la salida, en el atrio hay una hucha, así evitamos el exhibicionismo. El clero vasco tiene fama de estar politizado y en estas circunstancias ya me dirá quién no, usted mismo tendrá que tomar partido. Soy de origen alemán pero me siento vasco, son tres generaciones en esta tierra, la prueba es que no hablo alemán y sí euskera, no el batua, pero la gente me entiende. Mire, yo estoy a favor de los débiles, es mi oficio y mi afición, a favor del obrero y si pasa hambre con más razón, la Iglesia tiene que hacerse perdonar muchas cosas, la primera el abandono de los débiles, y su carácter despótico, por eso el pueblo no confía demasiado en ella, hasta hace bien poco todos los adultos cumplían con el precepto pascual, por San Telmo o la Virgen de Kiskitza, pero era una imposición, tenían que entregar la txartela, un papelito con el nombre, una especie de certificado, las cosas así impuestas no significan nada, la caridad estaba igual de ausente, sí, ahora que le han raptado también estoy a favor de don José María en el sentido de que no le maten, que vuelva sano y salvo y ceda a las justas reivindicaciones, los que no tienen nada siempre tienen razón al pedir. Verá, el orden puede ser una coartada y el desorden no es sinónimo de revolución justa, a mí Euskadi independiente me dice lo mismo que España una, grande y libre, no me dice nada o me dice lo que el señor K. de Brecht hablando de los nacionalismos, en cualquier parte puedo morirme de hambre, los curas debemos leer a Brecht para que nos puedan llamar curas rojos, esto son cosas que no se pueden decir en público, han muerto demasiadas personas ya por la bandera, por la patria, el concepto decimonónico de nación es la idea más nefasta que todavía perdura en la mente humana, lo que importa es el Hombre, con H gorda, nadie es adulto hasta que no sabe pensar en el Hombre, todos somos iguales ante Dios, pero ¿usted cree que un zoólogo podría establecer una clasificación taxonómica diferenciando a un francés de un belga?, ¿a un negro de un amarillo? Ante el cúmulo de coincidencias las variaciones son algo secundario, ¿no?, subespecies de subgrupos, pues bien, mire por dónde el concepto patria sólo insiste en las diferencias, en una situación extrema la clase está por encima de la etnia y en este sentido la lucha en Eibain está bien planteada, no digo que alguno quiera arrimar el ascua a su sardina, pero la lucha está a favor del Hombre, se debe respetar por igual a todos los hombres respetando sus diferencias, por supuesto, no son dos cosas incompatibles, verá, yo como indigno representante de Jesucristo en la tierra estoy ayudando al Hombre, al débil, sin fijarme en su origen, color o idioma y estoy dispuesto a llevar mi ayuda hasta el compromiso último si fuera necesario, como dice el canto de entrada somos un pueblo que camina y juntos caminando podremos alcanzar otra ciudad que no se acaba.

XAMURRA: Lo que diga el plato, dos hijas y una madre tres diablos para un padre, tal cual, molesta la mujer porque aquí las conversaciones lo mismo políticas que religiosas, eso, de verdad que molestan, ya tendríamos a una en medio, en los pueblos sin embargo las mujeres han exigido entrar y en algunos lo consiguen, en Sanse no, como hay tiendas, cafeterías y así es mucho mejor, no ha habido ningún problema, ni hay follones, para mí se debería llevar así siempre y mientras quedemos uno del Senado se llevará, para lo otro está la Artesana, las peñas, los clubs, esto es como los clubs ingleses pero en jatorra, cómodo, yo tengo esa mentalidad y los de mi quinta también, en Lagunak recién fundado se bebían aquí treinta mil litros de sidra chimpartera y cinco bocoyes de txacolí, el bocoy podrá tener seiscientos litros, a bulto, lógicamente se ha disminuido, se va pasando a la cerveza, vino, se bebe coñac francés y whisky y vinos de marca y cosas de ésas, pues degeneramos, ¿no?, yo no sé si dentro de equis tiempo pero ahora, mientras nos mantengamos nosotros, pues no, no entran, hay que conservar las buenas costumbres porque el estilo con el que se habla aquí, la confianza que se tiene, que sueltas tacos, pues no pega con las mujeres, te cohíben, yo creo que esto si tiene tantos años es precisamente porque no entran las mujeres, ¿no?, siempre con tiquismiquis y tal, cotilleos, como ahora han influido mucho en el frontón, que van mucho las mujeres y dicen los corredores que juega menos dinero el marido cuando va con la mujer que cuando va solo,

¿no?, fíjate tú si los ven aquí comer angulas cuando en casa están comiendo nada sin patatas, pues yo creo que sería motivo de celos o de jaleos de ésos, yo creo que vengan lo menos posible, lo clásico, el día de Santo Tomás al mediodía a tomar un aperitivo, un ratito, luego lo clásico, el día de San Sebastián a las doce, a la noche, la víspera de la Virgen, pero el alternar aquí continuamente no, no sería una sociedad esto, sería una cosa como el Centro Burgalés o así, el Hogar Gallego, la cena es sagrada, como en la última que tampoco había mujeres, el Senado, los de la primera quinta, hacemos una al mes, el tres de cada mes caiga como caiga, José María es del Senado, ya no viene nunca, pero los días tres no falla, ninguno fallamos y ahora lo tiene negro, ¿no?, pobre, pues el tres le esperamos, su plato en la cabecera y hasta que no llegue no empezamos.

MIKEL: Lo soltarán, lo tienen que soltar, en Lagunak los nombres que valen son éstos, los de Xamurra, Jenti o Mikel, los amistosos valen más que los del pasaporte, sí, Lagunak quiere decir Los Amigos, las sociedades son democráticas, hay de todo como en botica, y un boticario de aúpa, el Soroa, tienes que conocerle, vas a tomar unos chipirones de anzuelo recién cogidos, de Pranchés, un pescador de ahí, del muelle, los mejores chipis de tu vida, sí le tienen que soltar, sería muy gordo que le pasara algo malo, además pagando asunto concluido, lo malo es Iñaki, es de la Virgen del Puño, tiene un complejo anal estreñido de no te menees, no suelta nada suyo, dinero o mierda y si es verdad lo de los cincuenta millones sudará sangre, el tres de todas formas le esperamos, cena y partidita, la última vez le dejé ganar a la escoba, no le pisé el velo por ser vos quien sois, se cabrea si pierde y con la amenaza del infarto pues eso, el peligro es la patata, que le falle con el trajín, se paga y fuera, hay que saber perder, aunque ya te digo, no está acostumbrado, y jugar nos gusta a todos pero sin entrar en trance, las copas, la cena, los suicidios para el gato, si hasta el Manis, el mayor jugador que dio el País Vasco, ahora sería del Senado, murió feliz de un estornudo mientras iba del restaurán al casino, es que con más de cien kilos no se puede estornudar de esa manera, rediós, ya se lo decíamos cuando nos volaba las cartas.

XAMURRA: Te apuesto lo que quieras a que no falta el día tres, ¿vale?, pagando o como sea, pero el día tres Joshemari cena aquí, sentado en esa silla, como todos los meses. Una vez yo tomé el avión desde Frankfurt, dejé feria, clientes y tal, pero llegué a punto, al taxi lo mandé a casa con la maleta, llueva o nieve llegamos en punto y todo porque no entran mujeres, los de ahora no tienen esa seriedad, yo creo que es porque como está prohibido abrir nuevas sociedades gastronómicas y tienen que montarlas con la excusa de peñas taurinas o lo que se les ocurra pues ya nacen taradas, ¿no?, es bonito conservar la tradición, las raíces, una vez al año repetimos el menú fundacional, en octubre, copia, copia, en el cuadrito, quince pesetas por barba, parece un poema.

> Sopa Primavera.
> Huevos Arlequín.
> 1/2 langosta fría.
> Salsas tártara y mahonesa.
> Menestra de cordero.

Pollo asado.
Patatas Dauphine-Ensalada Mixta.
Helado de fresas frescas.
Delicias en Espejos.
Pasteles de crema.
Vinos: Rioja Alta y Cosme Palacios.
Sidra.
Café con copa Domecq o Mono.
Cigarro puro de 0,50.

Por tradición porque ya no sabe lo mismo, el pollo era lo más caro, sabía, ahora es de proteínas económicamente débiles, las faldas fuera, ahí está el truco, toda clase de faldas, escocesas, sotanas, las que sean, lo complican, ¿aceptas la apuesta?, unas chuletas, vendrá, porque si no viene no quiero ni pensarlo, habría que poner precio a la cabeza de alguien, maldita sea, si no viene cerramos Lagunak.

MIKEL: No seas gafe, ¿cómo no va a venir? Si no es este mes el próximo. Se cumplen las condiciones, se paga el rescate y en paz, por una vida no son nada cincuenta millones... si se tienen. Y si hay que echar una mano pues se echa, lo que uno pueda, para eso están los amigos. Amigos de siempre, nuestros padres emigraron juntos, que también los vascos sabemos de eso, el mío, como era de ciudad, las pasó putas, contaba cosas espeluznantes, en el Chaco curando algodón con el sulfato se rociaba entero y sus partes en carne viva, un número, mi tío era pelotari y le pintó mejor dando la vuelta al mundo, contaba cosas más alegres, lo del Autidorium Frontón de Shangai, la barra más larga del mundo, doscientos metros plagados de chinitas. Corto, lo malo es la patata, que le falle el corazón. O un tiro al aire. Sería horroroso. Vamos a hablar de otra cosa.

LEANDRO SANTAMARINA: Sí ha hecho bien en presentarse, pero mejor hubiera hecho con no volver al pueblo, ya sale demasiado el nombre de Eibain en la prensa. Mire, ¿a qué conduce el especular con la cifra?, ¿a usted qué más le da cincuenta que cien millones?, ¿o sí le da? Tenga cuidado no se le vaya a atragantar su historieta, me parece impúdica en medio de tanto drama real, yo que usted la dejaría, están los ánimos muy excitados, demasiado para aguantar a un moscardón.

ANTÓN APALATEGUI MURUA: Desde luego la llegada de Lizarraga fue el hecho decisivo para que el pueblo se enganchara al proceso de industrialización, pero bien es verdad que si no hubiera sido con él hubiera sido con otro, para el caso lo mismo, tan sólo cambiaría el nombre, porque el quehacer manufacturero, industrial, el vasco lo lleva en la sangre y por ahí marchaba el siglo, a nuestro favor, nos viene de algo tan atávico como construir nuestras viviendas aisladas, en caseríos, el hecho de estar solo obliga a ser autosuficiente, a fabricarse las cosas que se necesitan, a la iniciativa privada, es una diferencia básica con Castilla, allí se agrupan en burgos, ciudades, y la iniciativa pierde responsabilidad en lo colectivo, las cosas se pueden traer de fuera, nuestro primer amor es el trabajo, en vasco el trabajo es lan, mire la cantidad de empresas que lo utilizan para autodenominarse, Orbelan, Burulan, Colan, Lancoop, etc., la explicación no es mía, es de don Julio Lasa y en fin, a mí me convence, lo que ocurre es que somos un país de locos y de vez en cuando nos da la ventolera, como ahora, bueno, como ahora nunca, estamos pidiendo a gritos una mano dura, en fin, que la historia se repita, si quiere se la cuento pero con la segunda República, en cuanto se volvió a abrir la mano, fue lo mismo, más que palabras, los mismos tiros y sobornos a la hora del voto inalienable y los socialistas por aquello de que jugaban en su campo, por así decir, en la República consiguieron la proclamación del primer candidato, un tal Paco, de Getafe era el tío, había perdido un millón de veces, un perdedor nato, y por fin salió por el Sindicato del Papel, de la UGT, en Tolosa, pero los que barrieron fueron los nacionalistas con el apoyo del sindicato Solidaridad de Trabajadores Vascos, la aprobación del Estatuto de Autonomía, el de Estella, fue una rampa de lanzamiento, incontenible, les acusaban de racistas y como la inmigración pesaba lo suyo, aunque no tanto como después se vio, para compensarla se crearon slogans especiales: «No hemos nacido en esta tierra, pero queremos vivir felices en ella. ¡Votaremos por el Estatuto!». Sacaron casi el 90% de los votos que ya es sacar. También aparecieron los comunistas pero nada, la dictadura del proletariado no pudo con la de Loyola, como decían, que les abochornaba ante el mundo. El que pudieran votar las mujeres y los curas tuvo su importancia. En fin, a lo que voy es a la algarada fruto de la querida libertad del año 34, algo que se va a repetir aquí como sigamos por este camino y si no al tiempo. Primero en septiembre fue la intentona de las diputaciones, en la asamblea de Zumárraga, de proclamar la República de Euzkadi, hasta salieron los clarineros del ayuntamiento a recibirlos a la estación con el clásico Agur Jaunak y banderas vascas en los balcones, de invitados los diputados catalanes, no le digo, a mí me iban a dar la fiesta con insultos a España y vivas a Cataluña y Euzkadi libres, el gobernador civil, un tal Muga, estaba allí tragando quina y rogó de buenos modos que no se celebrara la reunión, impávido frente al tropel vociferante hasta que alguien dijo ¡tiradlo por el balcón!, el tío se puso hecho una furia y dijo que si como gobernador intentaba una llamada a la cordialidad como hombre no consentía ciertas cosas y a ver quién tenía pelotas para tirarle, un Cristo de mucho cuidado, se cantó el Guernikako Arbola y los guardias de asalto tuvieron que disolver la manifestación a cintazos, los excursionistas se dispersaron hacia la costa en una bonita excursión que también acabó a golpes con los veraneantes de Zarauz indignados al oír los denuestos contra España, en fin que eso no fue lo peor, lo peor fue la auténtica revolución del 34, la de octubre, como la rusa, en la que los socialistas intentaron el golpe de mano para imponer su República Soviética, y ésa ya nos afectó a nosotros, yo era un crío, se dio en la zona más industrial, en Éibar fue de miedo, la consigna socialista era aniquilar la guardia civil y ocupar el ayuntamiento, figúrese, para mantener el orden no habría cuarenta números con la imperiosa necesidad de defender la casa cuartel en la que existía un depósito, según dicen, de 1.500 pistolas ametralladoras sujetas a revisión, una casa corriente sin nada de fortaleza, los revolucionarios con el producto del asalto a las armerías se hicieron fácil con la municipalidad en la que colocaron chapas de acero como parapetos, allí hicieron de las suyas, también consiguieron ocupar la fábrica Alfa, la Escuela de Armería, menos mal que en Star, la fábrica de pistolas, un sargento y cuatro números se hicieron fuertes y pudieron resistir, lo más chirene fue lo de la Unión General de Explosivos, depósito de un arsenal de cartuchos y dinamita que fue defendida por un guardia de la factoría a tiros de su carabina, mató a un asaltante e hirió a ocho, menudo Búfalo Bill, aquello fue un caos con bandos anunciando la desaparición del dinero y el reparto social, en el ayuntamiento apareció un hacha y un poyo de carnicero con la inscripción: «para cortar cabezas». Afortunadamente no pudieron emplearlo como en Zumárraga. En fin, al día siguiente con el refuerzo del ejército y de la guardia de asalto, desde Vitoria se movilizaron dos compañías de infantería, se pudo sofocar la revuelta no sin amenazar con que se haría fuego de cañón contra el edificio consistorial si no se rendían, se rindieron pero los cabecillas huyeron al monte, lo de siempre, yo era pequeño y lo de aquí, de Eibain, me acuerdo más por los relatos de la familia, también tuvo su intentona por simpatía, por la proximidad de los grandes, pero como la masa obrera era mínima, por lo menos la socialista, en la fundición de Lizarraga empezó y acabó todo en un instante, salieron los dos «Jenti» con una barra de hierro y una pistola, como las que se daban al somatén que se les pone una culata de madera y con un peine de 36 balas ya son metralleta, en realidad si disparan un peine entero se ponen tan al rojo que no hay vecino que las sujete, pero hacen las veces, no se sabe quién fue el de la barra porque para eso de la fuerza los Olaso y Lizarraga tanto montaban uno como otro y no admitían bromas, la verdad es que no se disparó un tiro, eso sí, se escapó un trancazo y un obrero se despanzurró tal cual, lo llevaron a Donosti, al hospital, en fin, la historia no está clara porque no volvió al pueblo, no se sabe quién le dio, ni si murió, ni nada, como era de fuera y no tenía aquí parientes pues eso, Olaso tenía ideas socializantes pero a la hora de la verdad estaba con Lizarraga, en fin, que todas estas algaradas eran fruto directo de la libertad, puro libertinaje, los nacionalistas se disculparon ante la opinión pública y el gobierno diciendo que no tenían nada que ver con la revuelta como así fue y así les acusó el partido socialista desde su panfleto *La Lucha*, de quedarse a la zaga hasta el último momento para ver de qué lado les convenía quedarse abandonando a los catalanistas que sí habían colaborado en su región como el que más, en fin que se repitió la historia y la guerra fue inevitable, en toda España las elecciones del 36 fueron derechas contra izquierdas, aquí contó el tercer elemento, el PNV: «Ni la contrarrevolución conservadora de derechas, ni la renovación materialista de izquierdas, votad por la justicia social-cristiana del Partido Nacionalista Vasco». En fin, unas elecciones libres como todas, en una caricatura se veía una maquinita con un letrero: «deposite el voto bajo la palanca y retire un billete de diez duros». Había cola para darle a la palanca. A pesar de lo del Estatuto y su famoso 90% si no se retiran las derechas en la segunda vuelta, en la primera nadie alcanzó la mayoría necesaria, el Frente Popular se lleva el gato al agua. Aunque no se podían ni ver se hicieron el favor ante el enemigo común, en fin, que no aprendemos y casi cuarenta años después, los únicos tranquilos en lo que va de siglo, queremos volver a empezar el mismo juego, para mí hay una frase inamovible del generalísimo, «con el desorden desaparecen toda clase de libertades», y esta huelga y el rapto es un desorden, en fin, qué se le va a hacer, por lo visto no queremos aprender y así cada pueblo tiene la historia que se merece. Lo dicho, muy liberales, pero la mujer que iba a misa con la mantilla puesta si se encontraba con los ugetés se la tenía que guardar o cambiar de acera. Bueno, le recuerdo lo del señor Santamarina, más vale que deje su historia particular para después de que esto se aclare, a mí, como puede comprender, me da igual, más dolores de cabeza no me va a producir, ya he sobrepasado mi cupo con creces y por uno más tanto me da, no es mía la responsabilidad.

ANÓNIMO V: Con éste hablará mucho, pero no aclarará nada, es un fantasma, le gusta representar el papel de alcalde y si le quitas el papel se hace migas como los polvorones, está tan de miedo a perderlo con la huelga que no para de amenazar, aún no se ha enterado de que las dictaduras son un paréntesis, los problemas continúan en el punto en que se dejaron, no es que se repita la misma historia, es que se continúa. Mucho contar de la república, lo que no dice es que a pesar de sus ineficiencias se respiraba otro clima de responsabilidad moral, por un asunto nimio en pesetas, el del Straperlo del señor Strauss, una autorización para instalar su ruleta trucada en Donostia, cayó Lerroux y todo su gabinete y ahora, sin embargo, no dimite ni Blas por más matesas que se descubran, aquí estaba él y encajó sin pestañear lo de las casas baratas de Lizarraga, junto al cementerio, es de los de mens sana in corpore fascista, estas cosas y los años le hacen a uno escéptico, yo soy fuerista, con los fueros estaríamos mejor, pero no creo que sin cambiar las estructuras mentales el centralismo de Madrid lo suavizara San Sebastián, menos kilómetros a la capital, eso sí, menos da una piedra.

Las horas se suceden lentas, monótonas, iguales a sí mismas, baraja las cartas de modo automático, no puede distinguir los interminables solitarios de ayer de los de mañana, sin reloj el abrumador conteo de piezas troqueladas, de segundos, de borregos, de cadáveres, le difumina la noche del día, indefinibles en la cámara oscura de lona con la obsesiva luz eléctrica del flexo, sol perenne, contando cartas por variar e indefectiblemente salen cuarenta, se agota en sí mismo el recurso de apostar contra el azar, esperando y temiendo la intervención de los inexorables abeles, uno siempre, eterno, en el vértice más alejado, el arma en la mano, observándole, presencia obsesiva, corta y reparte a un compañero imaginario de partida confusa, a la escoba, cálculos elementales de jugador veterano, sumar quince es la matemática ganadora, el velo, el siete de oros, es el azar quien gana salvo cuando me dejan ganar y se creen que no me doy cuenta, los ordenadores se basan en la teoría de los juegos le explicaba el nuevo ingeniero electrónico también imberbe de los que se dejan barba, mucho hablar para ocultar su incompetencia, éste es el país de las teorías, de fuertes exportadores de principios e importadores de productos, teorizar sobre las teorías de otro era el juego favorito de la mimética ola progre y tecnocrática.

Me aburro.

Aunque me gusta darle a las cartas me aburro, uno solo no tiene gracia, lo malo es que ya no distingo si lo he dicho en voz alta o para mí, la emoción de jugarse todo a cara o cruz no me convence, es todo azar y ni siquiera vale el que te dejen, con las chapas es a cara o cruz, con dos monedas de cobre por el aire, el café, la copa y el puro a la escoba, el puro lo perdono, es otra cosa, le da la salsa y no llega a vicio, a las chapas sí era vicio, jugábamos de chavales en las fiestas de Irún, Rentería, Hernani, jugaban fuerte, hasta la vida, allá en Ponferrada en los locos años del wolfram, parecía el Oeste y me costó un buen pellizco cuando fui a lo del carbón con el sinvergüenza de Celso, buen maniobrero, siempre íbamos de cráneo con el combustible, por no hacerle un feo a los leoneses y resulta que la mitad eran vascos, ahora lo importante es jugar o pensar, lo que sea pero de corrido, aplastar el pánico que aún se sostiene en un razonable fondo de inconsciencia, no dejarle aflorar y tener la mente lúcida, tantos vascos que hasta la plaza principal según me han dicho se llama de Lazúrtegui o Gaiztarro, no sé, dicen que siguen dándole a las dos monedas de cobre, a caras o cruces a pesar de la prohibición, por aquí ya desapareció ese juego, para perder con clase lo que se lleva es el póker y los snobs a Biarritz, a la ruleta, verdaderamente no sé por qué se prohíbe una cosa que todo el mundo sigue practicando y de la que nadie se confiesa, claro que confesar ya nadie se confiesa en el confesionario, salvo Libe, y el juego en sí, en el fondo, me aburre, hasta el miedo puede resultar monótono.

—¿Algo nuevo?

—Se aburre.

Fue la información al relevo, ni siquiera le había oído entrar, la tensión se concentraba en la mente, en juegos enmascarantes de la bestia negra del pánico y los sentidos se relajaban con tal de hacer algo con las manos, barajar. Contempló ajeno el trasiego de armas y el rasgarse de la puerta cremallera.

—Más aburrido es el trabajo en cadena, repetitivo, parcelario, no sólo lleva a la fatiga física, sino a una absoluta alienación.

Aceptó el reto, el recién llegado le contestaba a él,

mejor discutir con el de carne y hueso que filosofar mientras le sumas quince al invisible compañero de escoba.

—La productividad exige el sometimiento a un sistema, sin organización adiós fábrica. ¿Qué iba a hacer cada uno? ¿Lo que más le gustara?

—En Suecia, la Saak, utiliza una experiencia en isla, por equipos completos que terminan...

—En España sería el desmadre.

—Lo que usted y sus secuaces Taylor, Fayol, Bedeaux y toda la jarca denominan organización científica del trabajo no es más que un estudio concienzudo de explotación y amortización de todas las máquinas entre las que sin duda incluyen, en primer lugar, al hombre, al obrero.

—Mire, a mí todos esos sistemas me la traen floja, hace unos días he rechazado el centesimal o así, de Harvard, me parecen unos sacacuartos, el trabajo en la fábrica lo organizo yo.

—Y sigue la regla de oro tayloriana, el requisito básico para un hombre que va a manejar el hierro de primera fusión, como trabajo normal, es que sea tan estúpido y flemático como un asno.

—Yo he ocupado todos los puestos de fábrica por la sencilla razón de que los he parido uno a uno y no me considero ningún asno.

—Un cabrón.

El insulto le emitió el saliente Abelbi. No había dicho una palabra en toda su guardia y ahora dudaba con la puerta abierta.

—Calla, discutamos a lo civilizado. Usted era el amo, estaba en lo suyo y además podía abandonar la cadena cuando quisiera. Hay una ligera diferencia, ¿no?

—Me he desriñonado dando ejemplo.

—Ya, pero al final los que sacamos la viruta somos nosotros.

—Lo siento pero es una maldición divina, ganarás el pan con el sudor de tu frente...

—Del de enfrente.

—...y no podemos quitarla del medio, lo que es ingreso para el obrero es costo para el empresario.

—No te jode el misántropo, y el valor añadido, la plusvalía, ¿para quién es?

Decididamente Abelbi prefería ahora charlar en vez de marcharse, entornó la lona de salida.

—En otras palabras, ¿qué son los dividendos sino la cesta de la compra del proletariado?

—La cesta vacía, puntualiza.

—Están haciendo demagogia, yo no sé ni quiero saber de política, pero, ¿qué es la plusvalía? Los cacereños de Eibain tenían en sus bofes, en su pueblo, la misma plusvalía que aquí y no se la podían comer, por algo será, la prueba es que prefieren ser metalúrgicos a seguir siendo aceituneros altivos.

—Vamos, que la plusvalía se pierde como el virgo.

—Para que valga alguien tiene que comprarla, ¿no?

—Quedársela.

—La ley del embudo, con su organización científica, les exprimen la plusvalía a modo, al cacereño y al koxkero, empiezan a cronometrar según la base de un tío normal capaz de correr ocho kilómetros en una hora, ¿es eso la normalidad?, ¿por qué son ocho y no siete?

—Desconozco esa teoría, pero algún módulo habrá que tener, supongo. No he aceptado ninguna valoración de puesto de trabajo que no pudiera cumplir yo mismo.

—Tenía fama de supermán, ¿no le llamaban Jenti por eso?

—Lo anormal hoy en día es tener afán de superación, el

atleta que quiere batir un récord es un alienígena.

—Claro, hombre, así las primas son la liebre mecánica...

—Ahí está el truco semántico, el que gana una medalla de oro sale de entre miles de deportistas anónimos, se confunde lo normal con lo ideal. Exigen las mismas condiciones de normalidad que se exigen a los astronautas, las ideales.

—...y cuando desaparecen las horas extras al putiempleo.

—Exageran.

—Por eso no ha contratado en la número dos a nadie con más de cuarenta años.

—Es un trabajo muy duro.

—Y una máquina de cuarenta años, padre de familia numerosa, es un material de desecho, chatarra.

—Me gustaría verles en mi puesto.

—No creo que le gustara.

—Salud.

De nuevo la ráfaga solar empañada en nieblas recónditas, entró el tercer Abel con algo familiar bajo el brazo, un estímulo para los sentidos deseosos de conectar con el mundo exterior, en el encierro cualquier objeto de la cotidianidad truncada adquiere una imprevista categoría.

—¿Trae noticias?

—La prensa, tome.

Cogió los dos periódicos, su nombre muy visible en letras grandes de primera plana, sensacionalistas para el resto de la humanidad, para él insuficientes, el *Diario Vasco* muy arrugado en varios dobleces, el *Sud-Ouest* en dos, impoluto. Le plus fort tirage de la Loire aux Pyrénées. Notó la diferencia mucho más tarde.

EL SECUESTRO DE DON JOSÉ MARÍA LIZARRAGA.

Eibain, 14 (Cifra).— A los cinco días de haber sido arrebatado de su domicilio particular a punta de pistola se recibe una carta del FARE, posible rama desgajada de ETA que no explicita su sigla, pidiendo cincuenta millones de rescate. La carta. está franqueada en Bayona. NOTA DE LA ESPOSA Y HERMANOS A LOS SECUESTRADORES. Eibain, 14 (Cifra).— Nos encontramos serenos y bien de salud, esperando con mucha ansiedad tu vuelta. Recibe nuestros más grandes abrazos y estáte tranquilo. Pedimos a los que están contigo que te traten con humanidad y acordándose de sus madres, mujeres e hijas se den cuenta de lo que nos están haciendo sufrir. Esperamos que se pongan en contacto con nosotros para seguir sus instrucciones.

—¿Son buenas noticias?

—Su pregunta me parece una impertinencia de muy mal gusto.

—No los he leído, de veras.

—Porque no le hace falta.

—¿Tiene miedo?

—No el que usted quisiera, tengo un miedo digamos razonable, algo similar al riesgo calculado en la toma de decisión.

—Pero no está seguro de nada,¿no es así?

—Por supuesto que no, pero se equivoca de sentimiento y clase, la falta de seguridad provoca miedo en la burguesía no en el empresario industrial, la inseguridad ha sido mi más fiel compañera.

—Se equivoca usted, hablo de la inseguridad física, fiel compañera del proletariado, en especial de sus obreros, han muerto unos cuantos, ¿no le parece?

—La siderurgia es un oficio peligroso.

—Pero como más cornadas da el hambre que se aguanten.

94

—Estadísticamente la número dos está a un' nivel medio de accidentes en la provincia.

—Díselo a la viuda del pobre Martín, las estadísticas puedes metértelas en el culo.

El agresivo no cejaba, la alusión fue como un golpe en el bajo vientre y tenía que relajarse, la vista consoladora del mar, el viaje a la ballena, ideas recurrentes desde el confortable refugio de Kiskitza con la capilla cuajada de exvotos marineros, la trainera, el arpón, el remo, no merecía la pena desperdiciar fuerzas resistiendo.

—¿Puedo hacer mis necesidades?

—Cuando guste.

Le acercó el bote Abeliru, el recién llegado que aparentaba la máxima autoridad, el más sensato, quizá por eso mismo el más peligroso, pero bajo el punto de vista de su integridad física el más seguro pues no se dejaría llevar por la cólera, sólo actuaría, notó erizarse el cabello de la nuca, si no se cumplían las condiciones del rescate, notó los pelos de la barba, se sentía muy molesto, la eléctrica no era posible sin enchufes y la cuchilla se la negaron, es cuestión de pocos días, se pondrá a la moda, el cuello lo tenía eczematoso con poros infestados, esta vez el bidón era de Antar, Molygraphite, el truco de los lubrificantes sólidos para multiplicar por diez el precio de grasas y aceites, había una tendencia a lo francés, el periódico, los alimentos, la baraja no, era de Vitoria, a lo mejor querían insinuar el paso de la frontera, en cualquier caso desconcertarle, a lo peor era verdad que estaban en Francia, desde joven, en el caserío, no había vuelto a defecar en cuclillas, dicen que es bueno para las hemorroides, se limpiaba sin más preámbulos con una berza o una piedra, francamente molesto con un par de ojos fijos en su menor movimiento, muy humillante, si pudiera los laminaría, utilizó el periódico, los anuncios por palabras.

—Ya puede retirarlo.

—Comerás gloria, pero cagas mierda.

—De la abundancia del corazón habla la boca. No me parece muy digna tu insolencia aprovechándote de las circunstancias, en igualdad de condiciones no te atreverías jamás.

—Vete al pedo, matusa.

—Discúlpele. En realidad todos nos aprovechamos de las circunstancias y de eso usted tiene experiencia, por ejemplo, si no me equivoco, cuando todo el Norte estaba patas arriba en la guerra civil agarró la ola guipuzcoana, se embarcó en la producción de armas y obtuvo sustanciosas ventajas de capitalización y tal, sería interesante que nos lo contara.

—No fue así.

—¿Cómo?

—Los toros se ven bien desde la barrera, muchacho, ya sé que tú en mi lugar te hubieras dejado matar, pero preferiría que tuvieras más años para discutir este asunto.

—¿No se justifica?

—No tengo justificación, en aquellas circunstancias y en sus contrarias hubiera obrado del mismo modo, haciendo lo único que sé hacer, trabajar, ése es mi gran pecado, el trabajo, y no lo justifico.

Es mi mismidad, me empuja al trabajo empresarial como una droga, los negocios industriales como una de las bellas artes, el pintor tampoco puede vivir sin pintar y nadie le acusa por ello, es una dedicación plena para sentirse alguien mucho más allá del dinero que me produzca, tampoco el poder aunque sí lo veo como una tentación más sólida, quizá, en un fondo profundo, el ansia de una libertad individual que no sé en qué consiste, en realidad el trabajo tiene significación propia en sí mismo y mientras se realiza lo demás carece de la suficiente importancia como para decidir nada y esa abstracción es lo único que me interesa, en ella me realizo, no me importaría arriesgar todo mi capital para seguir con el juego de la empresa y de hecho no sería la primera vez, el trabajo y el riesgo, si tienen éxito, es algo que la gente no perdona.

—Yo, yo, yo, cojonudo, y el prójimo contra una esquina.

—Se priva por las opiniones gratuitas.

—Y usted por cobrar hasta el aire que respiramos.

—No es mi objetivo el dinero.

—Toma rollo, mientras no se demuestre lo contrario el móvil de la empresa capitalista es el lucro.

—Yo soy un industrial, no un capitalista.

—Jová, cómo matiza.

—No pertenezco al consejo de ningún banco ni especulo en bolsa, son cosas que no me van, se las dejo a los vizcaínos.

—De la misma camada.

—Además, visto desde vuestra perspectiva, si no hemos combatido el poder político del régimen al menos le hemos disputado el económico. Euskadi no podrá ser libre sin una economía fuerte.

—No sea tierno. El Euskadi que a nosotros nos interesa es otro. De las cien familias más ricas del franquismo la mitad son vascas y catalanas y no creo que hubieran podido medrar de una forma tan descarada en un sistema socialista vasco o catalán.

—Son los colaboracionistas distinguidos del régimen, su columna vertebral.

—Amantes de la familia hasta decir basta, su nepotismo

deja chiquitos a los padrinos de la mafia.

—Bueno...

Cortó Abeliru.

—Ni bueno, ni malo. Se acabó la charla, cada uno a su tarea.

—Agur.

Al salir la pareja se produjo la breve iluminación natural de la estancia y sintió el mismo pálpito de lo familiar, un quiebro de luz, era de día, por la mañana o por la tarde, el ritmo de sueño y comida no se ajustaba al horario convencional y el único dato confortable eran las cápsulas, suponiendo respetasen las dos diarias estaba en su quinta jornada y empezaba a desconfiar de la cuenta pues la número nueve no estaba seguro de si la había tomado o la iba a tomar, problemas arduos, mejor eliminarlos por sustitución, dar trabajo al cerebro con sota, caballo y rey, el solitario era otra forma de contar, de pasar el tiempo aferrado al vacío de no saber dónde ni cuándo, la fecha del periódico no tenía por qué ser la de hoy y entonces, de golpe, desapareció todo interés por los cálculos teóricos.

—¿Puedo fumar?

—No fuma, según tengo entendido tampoco deja fumar a los demás en las reuniones.

—Me gustaría por pasar el rato.

—Está prohibido. Puede entretenerse leyendo o escribiendo sus memorias, serían interesantes.

—No son mis deportes favoritos.

—Un libro sí puedo traerle.

Algo sin fecha, clásico, eso le distraería, se podrían contar las hojas, las repeticiones de palabras, las líneas, incluso leerlo. Fue algo instintivo.

—*El Capital*.

—No joda.

—¿No es Marx el que armó el jaleo? Pues ya que no leí nunca un libro de economía venga ése.

—¿De veras que nunca leyó un libro de economía?

—¿Qué tiene de raro?

—¿Y ensayos sociológicos?, ¿novela?

—No suelo perder el tiempo teorizando, con los libros de mantenimiento, rapports e informes tengo de sobra.

—La pera. Bueno, procuraré localizárselo.

—Muy amable.

También lo pensó, Abelbat era el más amable de los tres, en realidad el único amable, quizá la fisura del triángulo.

LEANDRO SANTAMARINA: ¿Todavía no ha terminado? ¿Le falta mucho? No importa, echaré un vistazo de todas formas si no tiene inconveniente. Con permiso, no faltaría más, una orden en regla, aquí la tiene. Veo que ha trabajado, sí señor, pero yo le recomendaría que diese carpetazo al asunto pues las complicaciones crecen para todos, ya ve, para mí mismo se ha complicado con sus cintas, esta noche tendré que restar horas de sueño escuchándolas, no se sulfure, si no tiene nada que ver con el caso, como supongo, no tiene por qué temer, el grabar en cinta trae complicaciones y a la larga ningún secreto es inviolable ante la ley, supongo que más secretas y confidenciales serían las del Watergate ése y ahí las tiene, en casette para el automóvil, así que tranquilo y no oculte ninguna porque sería peor, incluso sería peligroso, no voy a registrar la habitación, me fío de usted, tiene cara de buena persona, por eso le aconsejo que se largue, que se calme, ya nadie se molesta en escribir tanto, mucho menos en leer, hay que copiar a los americanos, fíjese cómo ha variado el género epistolar, un género clásico, ha llegado al summum de la sencillez, si tendría cosas que decir y las resumió así, «querido secretario, por la presente dimito de mis funciones de presidente de los Estados Unidos, sinceramente, Richard Nixon», me la sé de memoria, toda una pieza literaria, debería imitarle.

ANÓNIMO VI: La ausencia de Universidad ha sido nefasta para el país, así que el hecho cultural vamos a no menearlo. La tradición literaria por supuesto que es corta, pero si lo milagroso es que se conserve el idioma, si ni siquiera se podía hablar, ¿quién lo iba a escribir, pues? Llegó un momento en que a la gente le daba vergüenza hablar en vascuence, era un síntoma de paletez, para colmo nuestros autores eran todos eclesiásticos, se conservó como la cultura en la Edad Media, enclaustrada en los conventos y no iba a salir de ahí un Unamuno o un Baroja, ¿verdad? El estado es que, en cuanto a cultura, la que sea, no se echa uno que bien huela.

JULIO LASA BARRIOLA: No, por Dios, en Eibain no existió Universidad alguna, en realidad en el País Vasco jamás existió Universidad, en el sentido más académico del término ni siquiera la de Oñate, incluso ahora que hay una serie de facultades desperdigadas no forman un conjunto armónico, un corpus, un campus, pertenecen a órdenes religiosas, Opus y jesuitas, lo cual limita las posibilidades, hay un Patronato Pro-Universidad pero me da que no van a conseguir más que un nombre hueco, sin contenido y otra cosa hubiera sido esta tierra con una Universidad, técnica y humanística, que las dos le hacen falta y si me apura más la segunda que la primera. El nombre se lo encontrará en muchos escudos, Universidad de Lezo, de Aya, de Beizama, de Eibain, de muchos núcleos diminutos, hacen referencia a la reunión de vecinos en consejo abierto para solventar los asuntos concernientes a la comuna, se solían reunir con un repique característico de campana en el cementerio o anteiglesia, antes el cementerio estaba en el pórtico y laterales del templo, pues esa reunión es lo que se llamaba Universidad y sus decisiones no eran válidas si no se había tocado la campana para avisar a todos los hombres dispersos por el campo, otro inconveniente crónico, la dispersión, a este pueblo le ha faltado concentrarse en un núcleo urbano potente, la gran ciudad, creo que Bilbao es un fruto muy tardío y en el aspecto cultural no ha estado, no está, a la altura de las circunstancias. No, como decían en una chapa de solapa, de cuando la del catorce, «no me hable de la guerra», le voy a dar un librito publicado por la Caja de Ahorros en su colección Pueblos de Guipúzcoa, *Breve Historia de Eibain,* en donde digo todo lo que sé de mi pueblo, no es gran cosa, pero se engaña uno a sí mismo si cree poder hacer constar el más sencillo hecho histórico sin un ingrediente especulativo, me entiende, ¿verdad?, por eso la guerra la cito de pasada, afectó negativamente a toda la cornisa cantábrica salvo, por azar del frente, un cara o cruz, a Guipúzcoa, la industria metalúrgica se embarcó en la producción de guerra y obtuvo sustanciosas fuentes de capitalización y desarrollo, una división entre hermanos muy vidriosa que es mejor no menear, un refrán nuestro dice: no muevas el estiércol si no quieres ofender a tu nariz, no es estiércol, no está bien aplicado, es otra cosa, heridas pasadas, cicatrices que ahora se intentan abrir de nuevo y no quiero colaborar, tampoco me considero autoridad en la materia, a pesar de todo el librito me ha proporcionado avinagrados calificativos de socialista, funcionario, nacionalista, españolista, cagatintas, de todo, fue un encargo de la Caja cuando hizo un concurso para premiar monografías sobre diversos pueblos, yo lo acepté con la condición de que si había otro mejor no publicasen el mío, pero no se presentó ningún otro, al menos eso me dijeron, no me gusta publicar libros y menos así, soy un aficionado, no un autor profesional. Me siento viejo sin serlo y lo más curioso es que este sentimiento de vejez no me disgusta, los avances de la tecnología me deprimen, el periódico tengo que leerlo con una semana de atraso, no resisto el impacto de la actualidad, me estoy volviendo un bicho raro.

EL RIOJANO: Es una cuestación como la de la banderita, la del cáncer, con el papel en el niki se hará más simpático por principio, «apoyo a los huelguistas de Lizarraga», y por la ayuda, lo que quiera, no está mal un verde, falta les hace, han tenido que montar un economato, los de las tiendas les ayudamos casi en defensa propia, con tantos días, dos meses, hay más pufos que en la alameda, yo me alegro de tener un bar y no una carnicería, ¿a quién se le puede negar la carne, o el pan, o las patatas? Les doy el vino a granel, a precio de costo, y ellos le ponen el agua y el precio a su voluntad, se organizan de miedo, y el vino es fundamental para pasar estos tragos, el vino exalta el sentido genético, rinde fácil la elocuencia y da aquel sentido de euforia por donde la vida transcurre leve, ¿qué más se puede pedir? Yo a todos les digo lo mismo, bebe, hermano, la vida es berebere. Mientras me dura el crédito seguiremos tirando.

JOSÉ SÁENZ DE HEREDIA: Bueno, joven, el camino más largo entre dos puntos, en el bosque y en la banca, es la línea recta, la respuesta es tan contundente como la pregunta, non volo, no comment, cualquier información sobre nuestros clientes es confidencial y, como puede comprender, en el caso del rescate del señor Lizarraga aunque lo supiera no le diría absolutamente nada. Es uno de nuestros mejores clientes, quizá el mejor, pero los asuntos verdaderamente importantes los trata en la central, por supuesto, la sucursal es importante, pero no tanto. Esa es otra cuestión, sí, me parece una salvajada que sólo nos puede llevar al caos, su ejecución sería algo dantesco, demente, y esta vez no se lo podrían atribuir a la extrema derecha, en este país los únicos buenos por lo visto son los de izquierdas hagan lo que hagan, todavía siguen dándole vueltas a García Lorca, pero el asesinato de Nin en las checas de la NKVD, en Alcalá de Henares, nadie lo nombra, aquí a los Gabilondos el mismo día del Alzamiento los cazaron como conejos por el tremendo crimen de ser patronos, los más fuertes del pueblo, los que más trabajo daban, al pequeño le rociaron con gasolina, ahora con la huelga ya veremos, se está devolviendo papel como nunca, Lizarraga tiene dificultades, pero en general bien, es de lo más sano, siempre lo ha sido. No me insista en lo del rescate, por favor. Siempre se autofinanció, rara avis en nuestra patria, tanto que en la primera acción concertada del gobierno, para incrementar la producción de acero, la firmó y terminó la ampliación con sus propios medios sin tocar un céntimo del crédito oficial, si le digo esto es porque es vox populi y yo lo único que hago es confirmarlo, esta originalidad, por llamarla de alguna forma, es típica guipuzcoana, es una medida seudocapitalista que ha cerrado muchas puertas al crecimiento, pero el empresario local está muy individualizado, quiere ser su propio dueño y no juega al grupo financiero y, mientras pudo, ha huido de los bancos como de la peste, en el fondo si se les rasca todos proceden de la hierba y la frase no es peyorativa sino explicativa, incluso de su resistencia a formar sociedades anónimas, algunos sí forman parte de consejos bancarios, pero en general actúan de forma contraria a los bilbaínos que entendieron la empresa con auténtico

rigor capitalista y su oligarquía se asentó en la gran
banca, con proyección netamente industrial, pero a
través de la banca, y les va mejor, el Bilbao con casi un
siglo a cuestas domina un holding impresionante:
Petronor, Sefanitro, Kas, Koipe, Eguren, Secem, Savin,
Obrascon, Aurrerá, Ripolín, Inpesca, Garavilla, Aguas
del Norte, Autopistas, Aparcamientos, Astilleros, un
sempiternus además de sus clásicos, Echevarría, Metal-
química del Nervión, Altos Hornos de Vizcaya, del
Mediterráneo, etc., con ellos se permite el coqueteo
marketiniano de las tarjetas de crédito, llamarse el
Banco de la Mujer, regalar rosas, y el Vizcaya igual,
talones gasolina, mostrar el lado humano sólo posible
gracias al control que ejercen sobre la economía a través
de su actividad crediticia, en definitiva y lo más
importante, un dominio masivo de los recursos ajenos.
Lo que no habrá sido cuando en la Dictadura empresas
como Minas del Rif declaraban unos beneficios
superiores al cincuenta por ciento. Y eso se lo han
perdido los guipuzcoanos con su particular modo de
ver el interés como algo accesorio, si me apura como un
algo que se da gratis et amore, hubo intentos, la Banca
Barcaiztegui, por ejemplo, pero fue absorbida por el
Zaragozano, lo mismo que el Tolosa por el Central y el
San Sebastián por el Hispano, no se entró a tiempo en el
juego, hace años se intentó reaccionar con la emisión de
acciones para fundar el Banco Industrial de Guipúzcoa,
pero ya demasiado tarde, la gente ya se da cuenta de
por dónde van los tiros, a la fuerza ahorcan, en cuestión
de horas se cubrió al doble la emisión y claro, en el
reparto final surgieron influencias y disgustos, pues
bien, a pesar de todo, Lizarraga no cubrió ni una y se lo
digo porque tampoco es ningún secreto, tiene alergia a
lo que él llama dinero especulativo, cuando tiene

invierte en nuevos medios de producción y así seguirá hasta que muera, a no ser que escarmiente con este estúpido accidente y quiera retirarse. No, no creo que le hagan nada. Ah, bueno, pues en la posguerra fue el salto, sí, la guerra en realidad fue un paréntesis, apenas creció aunque quizá sí fuera la base, la plataforma de lanzamiento, pero por entonces no era nadie, un modesto fabricante de cocinas, lo sabe todo el mundo, es una historia conocida, nada de lo que le he dicho es confidencial.

ANÓNIMO VII: De ese latines no saca nada, es la voz de su amo. ¿Le ha dicho lo de los billetes? ¿A que no? De cien, usados y no correlativos, menudo tiberio, me lo figuro por los encargos que se han cruzado, pero como dependa de su hermano a don José María se lo apiolan, el tío quiere seguir al pie de la letra los consejos de la poli y no dejarse chantajear, ése con tal de no soltar la pasta encantado. Que van a dar con él de un momento a otro, dicen, ya, con un tiro en la nuca. Han tenido varias reuniones y parece que ha habido más que palabras. La hermana no dice nada, lo que diga la superiora y la superiora lo que diga la poli. No me gustaría estar en su pellejo. También se habla de tender una trampa, de billetes falsos, pero en radio macuto. Si me ve por ahí no me conoce, me juego el puesto, entré de botones y el escalafón corre menos que un limaco en galipot.

JOSÉ MARÍA OTAÑO: Si hay que poner para el rescate se pone, a escote, a fondo perdido, como sea, si habría que poner no dudaría, pero esto no puede seguir así, van dos meses con los hornos parados, ¿sabe lo que es eso? A estos gandules les mantendrá el comunismo, la internacional masónica, o la madre que los parió, pero a los industriales quién nos paga las pérdidas, desde que pararon los hornos yo he dejado de vender mil toneladas de cal, si es una cadena, si para la madre paran los hijos, pero los sueldos los he pagado todos, sí, hasta que no pueda y entonces, ¿qué?, ¿quién?, es como matar la gallina de los huevos de oro, todos nos hemos beneficiado de la número dos y de Lizarraga entero, además de que es mi principal cliente a mí me hizo un hombre y no me avergüenza el reconocerlo, lo mismo que a todos estos muertos de hambre, cuando montó los eléctricos, alrededor de cuando los americanos empezaron a enredar con lo de las bases y se empezó a mover más la gente, la cosa, ya llovió, qué tiempos leche, tenía la cantera en bruto y le vendía caliza, pero los eléctricos son más finos, necesitan calidad, cal de primera y se me complicó la vida con las normas, composición, grano, humedad, yo calentaba con cok y eso da azufre, fatal, pues se me planta un día en el monte, él, en persona, y va y me dice, o me la das de ley o me compro una calera, se me pusieron los huevos de punta, yo me aparenté tranquilidad y le dije que si con leña va mejor pero es más caro, no importa el precio, que si se tarda en montar el horno nuevo, espero si lo haces pronto, que si ando mal para invertir dinero ahora, mal no, es que no tengo y va y me dice ¿cuánto?, unas cien mil le dije, ¿cuánto tardaría en ponerlo a punto?, que si dos o tres meses. Vale, me dice, dos meses, ni un día más, me subes lo que creas justo y las vas descontando y va y me firma un talón por cien mil pesetas, así, al portador, hay que conocer a los vascos, así, un apretón de manos y bastó, ningún papel, hay que apretarle la mano, de aitzkolari a pesar de que le falta un dedo, la palabra vale, es un pacto sagrado, él pudo joderme y yo pude estafarle, al mes le daba la cal más fina del mundo, hasta hoy, hasta hoy no, leche, hasta hace dos meses, así que si habría que poner dinero aquí está el primero, pero no hace falta, lo arreglará la familia. Si quiere venir ya le enseño, tengo una instalación automática de lo mejorcito de Europa, sin él estaría vendiendo áridos o a lo mejor puerros, no estaría mal, con huelga o sin huelga la gente tiene que comprar puerros, patatas, cosas de comer.

Francisco Aguirre Elizondo (Patxi): De la guerra mejor no hablar, lo pasado pasado está y aquí ya pasaron cosas, como en todas partes, pero pasaron aquí también y eso es lo malo, ¿eh? Como caímos en seguida en la zona nacional cualquier cosa que haríamos era como traicionar a nuestros hermanos, los que llevaron al frente qué iban a hacer, lo que podían, disparar al aire, y en las industrias trabajar, en cuestión de armamento lo menos que se podía pero te jugabas el pescuezo, había trabajo a manta, como Bilbao y Barcelona estaban con la República no se daba abasto, menudos problemas de conciencia tuvimos, ¿eh? Algunos locos se volvieron, don Ignacio, el padre, se puso somorro, somorro, y se metió en la cama, ya no se levantó, y no tenía nada, tristeza, tampoco era tan viejo, para mí que se murió de tristeza y Joshemari ya era el amo indiscutible, desde luego el que tenía más agallas con mucho, el más duro, ¿eh? Cuando iban a entrar los militares todos nos largamos a casa con cien cerrojos, él se quedó en la nave solo, esperando, triste el taller así solo, ¿eh?, y peligroso, sin compañía y sin saber lo que va a pasar, en qué plan vienen, a él le gusta estar en la fábrica, hasta los domingos aparece tardes enteras, sobre todo si hay maquinaria nueva, se queda mirando para aprender, el mismo trabajo te enseña, zer ikusi, ura ikasi,[1] dice, y ya aprende, a veces mejor que los montadores alemanes, las máquinas se las sabe mejor que los fabricantes, bueno, pues cualquiera sabe lo que hablarían el caso es que al día siguiente nos fue llamando puerta por puerta que si no es él no abrimos y nos pusimos a trabajar en lo nuevo, cambiaron las cosas, seguimos con la fundición de cubilote para cocinas, pero la mayor parte de fundición era para piezas aisladas, no montábamos nada, era cabreante, ¿eh?, no saber lo que se hacía, unos kaikus redondos, pequeños, parecían para bombas, podían ser para cualquier cosa, y unas placas, ésas sí, eran para el mortero balero del 81, no es que lo dijeran, pero se veían muchos en la guerra y de repuestos y lo que se necesitaba en el taller andábamos bien, mejor que de comida, nos lo mandaban en unas cajas que me parece las estoy viendo, ¿eh? HISMA ponían, alemanas, lo de las armas siempre trae líos, no entiendo a los de Éibar, no me gustaría hacer ni escopetas de aire comprimido, ha habido cada embolado de miedo, a un chico de Éibar, viajante o así, en la India o por ahí al ver el pasaporte le dijeron: España, buenas pistolas, no te jode, era lo único que conocían, pues nosotros como no quedaba más remedio, ¿eh?, te jugabas el pescuezo, pues a la placa, se rompían cantidad y ya procurábamos también nosotros, pero había trabajo a manta de todo, nosotros iniciamos.

---

1. Lo que se ve, aquello se aprende.

entonces los roscados, también teledirigidos, ¿eh?, pero eso era nuevo y nos gustaba más, lo hacíamos con más entusiasmo, al fin y al cabo servía para los civiles, aunque quién sabe, también se emplearían en armas, tanques, lo que fuera, codos, tes, eso, conexiones roscadas para tubería en fundición maleable, una técnica que llegamos a dominar y fue después una línea favorita, el fitting, pues no exportamos ni nada después de la guerra, para Perón, y seguimos haciendo, ¿eh?, antes se hacían de cobre, preciosas, daban unas tuberías preciosas, todavía quedan algunas, en el water del Hotel Londres, por ejemplo da gusto mear con esos reflejos tan relucientes, pero el cobre ya vale más como materia prima y unitariamente la pieza sale a más del doble que la de maleable y tiene el problema de la limpieza, ahora como bonito no tiene color. La instalación fue cara por el recocido, pero Joshemari se entusiasmó con la nueva línea, sin recocido la fundición gris rompe al roscar, ¿eh?, y después galvanizar menos el tubo negro de calefacción, pero en la guerra no se hacía calefacción, para el recocido poníamos capa de piezas, capa de mineral, así hasta llenar y si te equivocabas las piezas salían deformes, ovaladas en vez de redondas, no veas, Joshemari tenía vista para el punto, ahora con los de atmósfera controlada no hay problema, cambian los tiempos y en el trabajo al menos a mejor, ¿eh? Ahora un taller si te descuidas lo puede llevar un señorito sin mancharse las manos de grasa, hasta hay operarios con bata blanca, hay máquinas que trabajan solas, les das como a una máquina de escribir y perfecto, la roscadora automática con tres machos simultáneos te hacen la T de tacada. Tuvimos problemas, pero no sé si el mayor de todos no fue una chorrada entre los dos «Jenti», seguían con sus manías de apuestas a ver quién levanta esto, los pulsos y tal, y parecían enfrentarse a veces, eso sí, en plan amigo, sin enfadarse, por lo de los obreros que si maquetos o no, que si nacionales o no, el otro «Jenti» no fue nunca político pero le gustaba lo socialista, jamás dijo esta boca es mía de política, era sobrio y con la guerra se hizo casi ermitaño, más austero que el copón, ¿eh?, y un día como jugando, lo que nunca habían hecho, un pulso entre ellos, ésa sí que fue una bomba, nadie dijo ni mu pero con el rabillo del ojo mirándoles y entonces para que no les viesen se meten en el almacén de terminados, al salir, el Aitor, que tiene menos tacto que un burro en una cacharrería, les pregunta ¿quién ganó? ¿Y qué cree que contestaron? Onek, los dos al mismo tiempo. Onek, o sea éste, cada uno señalaba al otro y nunca supimos el resultado. Ya me gustaría saberlo, ¿eh? Agua pasada. San Sebastián a pesar de la guerra tenía un cierto aire de fiesta, venían a descansar los del frente con su bigotito fino, se llenó de catalanes, refugiados con posibles, muchos instalaron sus negocios y se quedaron de fijo, ocupaban los pisos de los huidos, fue cuando empezaron a llamarle Sansestabién, creo, a pesar de todo nosotros casi nunca íbamos, no nos tocaron ni un pelo, pero era una situación muy triste y tirante, mejor olvidar aquellas puñeteras placas.

ENEKO: Mire, a cada cerdo le llega su San Martín, mucho presumir de euskérico por dar cuatro cuartos para las ikastolas y quizá bajo cuerda para el partido, no lo sé, pero en la guerra se le vio el plumero, como a muchos otros que hoy presumen de patriotas, antes capitalistas que nacionalistas, la fábrica lo primero y los que en su día colaboraron hoy están de millonarios, así que si ahora le pasan la factura que no se queje,

Lizarraga con las placas lo mismo que Eloy con las espoletas, militarizados y con un buen sueldo a vivir como reyes, todos los días de cachondeo que menudo puterío oculto se organizaba, y nosotros a sufrir, la guerra, el batallón de trabajadores, el desempleo, siempre bailando con la más fea, mire, la retirada hacia Bilbao es lo más siniestro que recuerdo de mi vida, soldados llevando relojes, bicicletas, vacas amarradas por los cuernos, el acabóse, las cunetas hasta arriba de trastos abandonados por los saqueadores, acojonados por los junkers, los tranvías de Durango les decían los vizcaínos, me cago en su alma, y los obuses, Dios, un día entero nos chupamos sitiados en una cueva, eran los morteros, del 81, podían estar fabricados en Eibain lo más seguro, los muy cabrones no reventaban hacia arriba enterrándose, explotaban al tocar tierra raseando la metralla, la onda te hacía saltar del agujero y si notabas caer los cascotes en la espalda aún iba bien la cosa, vivías, a un amigo un pepinazo le segó la mano por la muñeca y ni siquiera sangraba, la misma metralla le cauterizó la herida, fue allí, en la cueva de Achalandabaso, cuando llegamos a Bilbao descansamos como perros apaleados en las plateas del Coliseo Albia, una lata de sardinas y el vino a morro, feliz como un bicho en la guarida del cuerpo, vivo, una costumbre que no cansa, el sentirse vivo, y a vivir de noche que por el día con la amenaza de los junkers no había nada que hacer, me metieron en un ático y había noches de bajar cinco y seis veces al sótano que hacía de refugio, al final ni me molestaba en salir de la cama, entre el sueño y que no funcionaba el ascensor, la electricidad era para la industria, andábamos a golpe de vela como fantasmas, pues eso, que sea lo que Dios quiera me decía, era una sensación de claustrofobia terrible, siempre a oscuras y en un territorio cada vez más reducido, muchos cascaron de la cabeza, se volvieron locos, el desfile nocturno de 20.000 gudaris fue impresionante, y si la alarma te pillaba en la calle lo mejor meterte en una iglesia, sólo las tocaban por error de tiro, algunos era la primera vez que entraban en una iglesia y por inercia enhebraban el rosario, sudando pánico y mientras otros haciéndose de oro, menuda diferencia, así que no se queje el gran señor si ahora se le pasa la factura.

ANTÓN APALATEGUI MURUA: De la guerra nada, eso forma ya parte de vivencias íntimas que es mejor olvidar, cuando se habla de la guerra acaba todo el mundo de mala leche, aquí Lizarraga fue uno de los lúcidos y siguió con su actividad fabril, hizo bien, al que no colaboraba le requisaban, en fin, era lo mismo y sin embargo funcionando con el interesado en la dirección se pudo hacer muchos favores, ayudar a la gente del pueblo, si hacías falta en el trabajo y no tenías antecedentes la junta de caja te salvaba de la mili, o a los que volvían del frente, y también a más de un refugiado, que alguno salvó el pellejo militarizado de extranjis con papeles más falsos que Judas, total, haz favores de ese tipo y no te los perdonan en la vida, los que libraron el cuello de esa forma son los que ahora sueltan pestes de él, hasta se alegrarán del rapto, en fin, jóvenes quedaron muy pocos, más bien adolescentes, yo estuve en Lizarraga y mi quinta se salvó por meses así que no tuvo que hacerme el favor. Sí se fabricaban armas en la provincia, claro, me acuerdo de las pruebas de tiro en la batería de Deva, hacia el mar, con los cañones antitanque de Placencia de las Armas, sí, también se hacían de morteros, y había de todo abandonado por el campo, de cuando la retirada, un chaval se desgració aquí mismo jugando con una bomba de mano, de piña, encontraron una bolsa llena y las hacían explotar en una hoguera, uno se quedó ciego, ande, hábleles a los padres de la guerra.

AITONA: El caserío nunca dio para vivir bien, para vivir larri, larri y bastó, y al cashero, al baserritarra le han robado siempre su producto, antes de la guerra nos ordeñaban los miqueletes como si fuéramos maleantes o ciclistas, que cruzar la provincia parecía ir a otro país y después igual con arbitrios, y en la guerra con la escopeta de caza al hombro, pero peor que ahora nunca. Pues porque no da, por eso, el caserío no da para comer y se vende para finca de recreo, te vienen los de la ciudad a pasar el fin de semana y no van a doblar el lomo sobre la tierra, normal, ¿no? Vienen a descansar y por unos y por otros el caserío ya no es lo que era, porque no da, por eso hay muchos deshabitados, si quieres comprar puedes fácil, se cotiza sólo el capricho, lo rentable con campa como ésta y cerca de la carretera es merendero, en verano a tope y comidas siempre hay todo el año, bodas, de todo, arriba es restaurante fino, con la guerra cambió de golpe el caserío, durante los jóvenes fueron al frente y los caseríos vacíos tuvieron que dejar la labranza y poner ganado, luego cuando volvieron los soldados no trajeron demasiadas ganas de trabajar y siguieron con el ganado. Ahora ni el ganado da. Ni hay, las pirenaicas desaparecerán con nosotros. Muchos se fueron a la fábrica, a lo de Lizarraga, a su alrededor salieron talleres como las setas de otoño y también a ellos y el caserío cada vez peor. La guerra lo más triste y al que le toca pasar una vez no le quedan ganas de repetir. Cuando los abuelos, los míos, figúrese, contaban las guerras carlistas solíamos reír, pero no, es de llorar, aquí nos tocó con los dos bandos y aunque a mí no me ocurrió nada gracias a Dios, a muchos sí les ocurrió, ya lo creo que les ocurrió y lo peor, los odios, las venganzas y las cosas que se vieron no deberían existir nunca entre personas, que parecíamos animales y los hombres tienen que arreglar sus diferencias de alguna otra manera, sin empezar a matarse unos a otros, ahora empezamos de nuevo con los golpes, hacía años que no se oían tiros en el valle, me da pena, pero yo ya no lo veré, no podré resistir otro invierno a poco malo que venga y si es para ver lo que se avecina sabe lo que le digo, que me alegro de irme.

JOSÉ GARCÍA PÉREZ (TRAMPAS): La cosa está que arde, más caliente que el rabo de un cazo en la lumbre, me han dicho que la poli quiere bloquear las negociaciones, que no deja pasar la pasta por lo de la fuga de capitales y el plazo se cumple, ¿o no?, y como se cumpla a los etarras, porque los socialistas no tenemos nada que ver con el asunto, seguro, a los etarras no les va a quedar más remedio que pegarle un tiro porque si no cumplen las amenazas, ¿quién les va a hacer caso en la próxima? Y si se lo cargan es a un vasco y eso no les favorece, no señor, que el tío es más vasco que las boinas Elósegui, si hasta a los aceros les puso nombres del país, de ríos, Urola, Leizarán, Irati, Arnegui, claro que si se lo cargan el gobierno también queda en entredicho por abandonar a un capitalista, una situación divertida, carajo, entre cabezotas anda el juego, el primero Lizarraga por no ceder, si prefirió apagar los hornos y anda que si hay un fuego sagrado es el de los hornos, para no dañar al refractario, dicen que ya se ha caído una bóveda de revestimiento, si no le cuesta la cabeza por lo menos dinero un rato largo, ya sonará lo que sea, nosotros de momento no entramos, a resistir como leones, el personal está muy unido y eso es lo que cuenta, aunque a lo mejor seguimos esta conversación en chirona, quien sabe, todo es posible con treinta años de castidad política a la espalda.

HERMANA MARÍA DE LOS DESAMPARADOS: Es que hoy no valoramos lo que tenemos, en la guerra, y después también, lo importante era la comida, comer una vez al día por lo menos y eso le da su valor real a las demás cosas, menuda carpanta gastábamos y eso que a nosotros nos arregló mucho la frontera, a Francia sí se podía pasar, a por lo básico, pan y patatas, lo escondíamos en cada sitio, en el colco, entre las, bueno, a veces corriendo para que no nos pillaran los carabineros. Jesús, que eso nunca lo he entendido, si de este lado no había, ¿por qué no nos lo dejaban comprar del otro?, y después igual, peor, a los hombres les hacíamos unos chalecos especiales con bolsas pespunteadas para meter lentejas y así, como estaban delgados aparentaban bien, entonces no había problemas de tipo fino, con tan pocos hombres había otros problemas, muchas se liaron con los italianos, muy figurines, ya sabe, que Dios las perdone, pobrecitas, con lo que pasaron algunas cómo no las va a perdonar, a Kiskitza, a la comunidad, nos proveía de huevos y hasta pollos un contrabandista que trabajaba para don José María, le decían El Magnífico, y también aceite, que daban de racionamiento un sebo negro que ya, ya, lo de la frontera no lo podré entender, mira por donde después fueron los franceses los que tuvieron que cruzarla para comprar comida, un disloque, se perdió mucha gente con tanto sufrimiento.

FELISA BARBER - VIUDA DE OLASO: Pues cómo quiere que esté con la maleza de los años, que cada día me pesa un año, endolorida más por dentro que por fuera, tocada del alma y me viene de golpe cuando me se recuerda, me lo recuerda alguien, ahora usted y no quiero ofenderle, le agradezco la visita, no tenía por qué molestarse con flores, aquí somos muy sencillos, la guerra no fue nada con lo que me pasó después, día del plato único, todos eran de plato único y gracias, pero mejor ya estábamos con el hombre en casa que no ahora, Dios mío, cuando me lo dijeron me dió un blinco síncope el corazón y traspuesta, no volvía en mí ni con el agua de Sanjuán, la de curas que no le habría hecho, tenía mano para los males, enfermedades caseras, y no poderle cuidar, ni remedios, ni indicciones, ni nada, rezar por su alma, nada más, rezar, le atravesó el estómago una varilla al rojo en el tren de laminación por enseñar a otro, siempre el primero para enseñar, para trabajar, para ayudar, un santo si los hay y de estómago ya tuvimos en casa con torzón, con úlcera, con cáncer y cuidábamos, el abuelo se nos murió en la cama, bien cuidado, tranquilo, a él nada, en la fábrica, cómo me lo trajeron, destrozado y una cara de dolor, figúrese con el hierro en el estómago, y heridas ya tenía en el cuerpo, unas cuantas, cortes de segar, de cuando joven, entonces orinaba y cicatrizar, sí, mear, con perdón, para las heridas lo mejor mear, mejor que la pinicilina y anda que yo de las cajas de cartón sólo creo en la pinicilina, lo mejor hierbas, pasmobelarra y así, y descoyuntos también tenía, y yo le preparaba mejor que la escayola, una guata empapada con vinagre, clara de huevo y jabón, le liaba con un trozo de sábana y al poco como un corzo, brincaba como un corzo, menuda encarnadura tenía el pobre, pero contra el hierro nada, una lanza, peor que la metralla, y a mí el síncope que no he vuelto a levantar cabeza, si no fuera por los hijos hubiera hecho una locura, cinco son muchos y hay que sacarlos adelante, por más que le decía cuídate jamás le veía las ojeras al lobo, se creía omnipotente y zas, lo del hierro fue lo más horrible que me pudo pasar, mire que duelen los partos pues prefería uno diario, eso cambiaba yo por aquel hierro, cinco y el mayor Mikel de aprendiz, no nos quiso estudiar y no digo a todos pero a algunos sí hubiéramos podido, tenía problemas y es que él nunca se preocupó del dinero, no sabía pedirlo para su casa, para otros sí ya dio la cara y oportunidades tuvo, tantas como el otro «Jenti», millonario, eran como hermanos y Joshemari se portó como un hermano, mejor, ya he visto yo hermanos que para qué, con mayorazgos y líos de herencias, como hermanos, pues, el mejor piso de las casas que hizo para los empleados, el mayor y como quisimos sobre plano, de capricho, aquí el baño, aquí la cocina, todo completo para nosotros y sin renta ni nada que ya me veía metiendo pupilos, y la escuela de los críos y a Mikel porque no puede, salió al padre, si no ya le nombraría jefe de algo, nos falta el gizona,[1] pero de lo material ni esto, la primera tele que entró en Eibain fue para nosotros, para entretener a

_____

1. Hombre.

la abuela, pobre amoña, asustada te andaba o así, qué hacen todos esos hombres ahí dentro de esa caja, y cuando el locutor daba las buenas tardes ella le contestaba y le ofrecía de comer cuando íbamos a la mesa y qué tarde se acuestan decía, para ella era un milagro, no había ido nunca al cine y los críos se le reían, ya hicimos risas con la amoña, ya, Lizarraga siempre se portó bien con los suyos, será rico pero sin hacer daño a nadie, ahora no quiero saber, es egoísmo pero te ando endolorida con la reúma y al pobre Joshemari no sé qué le van hacer que no se lo merece, yo rezo el rosario porque no le pase, pero prefiero no saber, me pongo nerviosa porque sé lo del otro lado, que todas las monedas tienen otra cara, sé lo que estará pasando Libe y ojalá no se lo traigan con un hierro en el vientre como a mí me lo trajeron.

MIKEL OLASO: Ya está bien, ¿no? Deje a mi madre en paz, como vuelva a darle la lata le rompo la cara, coño. Pues a mí me encuentra de casualidad, estoy haciendo un montaje en Bilbao pero como si no, a mí no me sonsaca chiquita, ni de Lizarraga que a ver si lo capan de una vez y se acaban los paternalismos, ni de la guerra, pero si yo en la guerra no había nacido, pues sí que tiene vista. Y ahora largo, eso sí, por lo finolis, usted primero, largo.

ANÓNIMO VIII: Miedo le decía uno, pero ya no es miedo, es pánico, están deteniendo por suspirar y ya estamos en el callejón sin salida de siempre. No sabemos qué hacer, de Guatemala a Guatepeor. Al Mauro no le busque, le han detenido, no creo que tenga nada que ver con el rapto y lo suyo es legal, pero lo de siempre, te sacuden por todas partes, incluso entre nosotros ya hay fricciones, los de Lizarraga han montado una especie de autoservicio y no nos dejan participar a los de empresas auxiliares que vamos quedando sin trabajo, somos parados, no huelguistas. La cosa se está poniendo a caldo.

PACO: Nosotros no sabríamos leer pero teníamos a los intelectuales de nuestra parte, la prueba es que fue un mili, el legionario, el que soltó lo de muera la inteligencia, por algo lo diría, por algo se pasarían por el pedernal a García Lorca y en el pueblo sin ir más lejos a Pablo, el periodista, vendía periódicos y nos daba teórica, de la forma más canalla, a golpe de ricino, se fue vivo, murió sobre su propia mierda, puff-puff-puff, para humillarlo, para degradar su imagen, era el jefe de mi retén, la cosa nos pilló tan en pelotas que en todo el retén sólo teníamos dos pistolas, yo me quedé con una, con poco más contaba nuestro batallón de milicianos, batallón, qué risa, nunca se atreven a armar al pueblo hasta que es demasiado tarde, así marchamos sobre Vitoria, íbamos todos juntos, con los de UGT, UHP, nacionalistas, chipi-chapa, chipi-chapa, a golpe de calcetín y mirándonos con desconfianza, desconfiábamos de los gudaris casi tanto como ellos de nosotros y después se vio la razón, no captaron el problema global, luchaban por su autonomía soberana y luchar fuera de las lindes de sus provincias equivalía casi a hacerlo en el extranjero, no te jode, Aguirre no se atrevió a pasarnos revista, le teníamos preparada una pita de tiembla el misterio, el caso es que tuvimos que volver a toda leche a Sanse, se habían sublevado los cuarteles de Loyola y se armó buena, ocupamos los centros neurálgicos, estrategia de buen cubero, a mí me tocó la Telefónica, diez hombres, siete con escopetas de caza abajo para barrer la entrada, los dos que teníamos pistola arriba para el tiro de precisión y el otro descansando, pasamos días, tú, sin afeitar, sin dormir, yo aguanté con un bocadillo de queso, me acuerdo bien, allí no entraba ni el tato y llegaban noticias de que los militares se habían hecho fuertes en el María Cristina, salió la telefonista jefa, me cago en ella, qué tía, dejaba chiquitas a la Pasionaria y a la Agustina de Aragón, a las dos juntas, huesuda, bla-bla-bla, menuda arenga, se notaba la costumbre de mandar y hablar por teléfono y con ella nos fuimos al asalto del Cristina, vamos a volarles, nos dice, había más tiros que en la alameda, los de las escopetas se metieron detrás de carretes de papel, las bobinas grandes de los periódicos, las habían traído de Rentería, de Papelera Española, supongo, y por el agujero del centro disparaban, nos pegaron una ráfaga de ametralladora que no veas, como galgos a los portales y va la tía y se adelanta sola a pecho descubierto, es un decir, no tenía casi tetas, ¿dónde están los hombres?, y allí se queda quieta, todavía no sé cómo no la tumbaron, yo llevaba sin dormir la tira y no podía más, allí los dejé y me fui a casa de mi hermana a Eguia, me avisaron unos del retén de Gros, no se podía pasar, estaban bombardeando el barrio desde el monte así que casi a cuatro patas, no podía con mi alma, bluff-bluff-bluff, me fui a la casa de niñas del Paseo de Colón, tenía una conocida, a uno se le han dado siempre bien las chavalas y hasta los sesenta ha funcionado a la dinamita, ¿eh?, chipi-chapa, chipi-chapa, corrimiento de tierras, me dejaron una cama, solo, y si al día siguiente no me despiertan todavía estoy allí, que corre el contador, majo, y a la calle. Funcionábamos demasiado por libre, si cada región emitió sus billetes y todo, así es que después no valieron para nada, la de belarminos que no habré roto, zis-zas, y en setiembre fuera, entraron los navarros y a hacer turismo por el Cantábrico. Ni cinturón de hierro ni cinturón de castidad, a los euskéricos lo que les faltó fue recurrir a la lucha sin cuartel como la Junta de Defensa de Madrid con el macho de Vicente Rojo, así se tenía que llamar, mucho llanto con que si las pavas, los junkers, les habían sembrado Guernica con fósforo, algo así como el napalm, y en la primera ocasión a rendirse por libre y a quién, no te digo, a los fantasmas italianos de las flechas negras, la Paz de Santoña, toma castaña, se la metieron doblada, menudo engaño, en esos tiempos se conoce a los hombres, todos a presumir de liberales, de tíos buenos, pero el Comité de Refugiados Vascos nos mandó a los maquetos a tomar por el culo y los republicanos franceses nos encerraron en una playa, en Baixleche, que cuando subía la marea tenías que estar de pie porque sentado te ahogabas, ahí cogí el lumbago, como rebaño de ovejas y los perros pastor senegaleses, lo que faltaba, pero hacen falta más morenos para sujetar al hijo de mi madre, me escapé en el carretón de los muertos. Fueron años jodidos empalmando con la mundial, viviendo al salto, hacia el final mejoré por una chiripa impresionante, me escondió una francesa más cachonda que las gallinas, colaboracionista pero el pellejo vale más que las ideas y acepté encantado, ya intenté conectar con el maquis pero no había forma de asomar la gaita fuera de la gambara, por la noche la tía se tiraba a los oficiales alemanes, pero por lo visto no le bastaban y durante el día subía al desván a que yo le diera marcha, siempre tengo la pitera lista y el mealegrovertebueno a todo nabo, así que ya lo creo que le di marcha, era incansable, chipi-chapa, chipi-chapa, me enseñó cien posturas diferentes la muy guarra, me trataba a cuerpo de rey, queso fresco, carne, chocolatinas, cerveza, el 69 la volvía loca, decía disfruta de la guerra, la paz será terrible y acertó. Nada más acabar apareció el marido y yo me fui a Toulouse.

IÑIGO ABAD IRIONDO: Supongo le sorprenderá mi visita, pero tiene una explicación lógica, me informó don Ignacio Lizarraga de su deseo y aquí estoy para ofrecerle la información que precise de la empresa, no tenemos misterios y puede seguir su marcha por las memorias y catálogos, no muchos, la verdad, pero confío en que sean suficientes para su propósito. Nunca lo hemos hecho, pero como usted insiste más vale que maneje datos reales y no nos veamos después en el desagradable compromiso de demandarle por deformaciones tendenciosas aunque involuntarias. Sé que Avelio y Patxi le están ya adelantando información, pero tenga en cuenta que son dos personas fuertemente impresionables, uno resentido y otro emotivo, más vale que se ajuste a números concretos, tendrá una visión más real aunque no tan pintoresca, claro. Esa es la colaboración que le ofrezco. Por si no le han hablado de mí me adelanto, de todas formas le hablarán y mal, por supuesto. Tengo el grado de master en Ciencias Empresariales y soy el secretario de don José María, él es el motor, un motor privilegiado, todo corazón, yo soy el que se encarga de racionalizar administrativamente todos sus impulsos y claro, la frialdad de las normas choca con los deseos plañideros de los que antes le lloraban directamente, si alguien le llora logra su objetivo por disparatado que sea y a mí me toca hacer

de paso a nivel, eso entre otras cosas, pero eso me da
mala fama, por si no lo sabe se lo digo yo mismo, me
llaman capicúa, once, porque si empiezo con uno
termino con uno, dicen, supongo que por la misma
razón me atribuyen la cita heráldica de «dábale arroz a
la zorra el abad», es capicúa, dice lo mismo en lectura
normal que en bustrófedon, los más benévolos terminan
de hacerme el inventario con un pero vale mucho y
poco más se molestan en añadirme. Disculpe el
anecdotario. Puede ir a verme cuando desee, pero lo
que sí quiero adelantarle también es la personalidad
industrial de Guipúzcoa, que es la de don José María, la
antítesis del capitalismo español, que muchas veces pasa
desapercibida al forastero. En un terreno pequeño y no
muy propicio, con valles mal comunicados entre sí, sin
grandes ríos, ni materias primas, ni energía, ni fortunas
de la tierra, ha sido el hombre el único factor positivo de
progreso superando todas las dificultades. La austeri-
dad, el trabajo constante y la autoinversión, aquí no se
dilapidaron los fáciles beneficios de la autarquía, han
hecho la realidad que es hoy el sector metalúrgico,
podía ser mejor, cierto, pero es, existe. Hay un clima de
trabajo, un espíritu de emulación que impulsa a los
sectores más modestos hacia la propiedad de la
empresa, hay muy pocos gigantes, pero ellos también
tienen un origen humilde y esto hay que tenerlo muy en
cuenta a la hora de juzgar y conste que no estoy
haciendo el elogio del self-made-man a lo americano, se
trata de algo mucho más auténtico, más entrañable,
confío en que sepa captarlo. Si va a verme lo mejor es a
primera hora de la mañana, según avanza la jornada se
va complicando y los huecos se hacen más difíciles. Otra
cosa, para comprender la presente huelga piense que en
el metal es donde se da una mayor concentración

humana, Lizarraga es la mayor empresa de la cuenca, en empresas más pequeñas y que trabajan una materia prima menos dura que el hierro los problemas se solucionan mejor, todas las inquietudes, todos los malos humores de tipo político, que no encuentran fácil salida por los cauces que debieran ser los idóneos, se manifiestan en el metal a través de reivindicaciones salariales y los empresarios, debido a las circunstancias del sistema, tienen que aceptar aumentos comparativamente superiores a los de cualquier otro sector, consulte las estadísticas, los nuestros son los más altos de la zona y ya ve. Bueno, confío en su visita y su sentido común.

AVELIO SOLER: De lo que te diga el milcientonce nada, macho, entendámonos, de lo que te diga por lo oficial, porque saber a la fuerza tiene que saber los garabos del excelso, así que si eres habilidoso barra libre, pero de estadísticas y declaraciones ni caso. En la época prodigiosa, la del desarrollo, de cojón de mico, se introdujeron miles de toneladas de hierro de contrabando por Bilbao, san don José María estuvo vinculado en rumores sin confirmar al Frisia, un cargo de dos mil toneladas procedente del brumoso norte europeo, traía productos siderúrgicos, yantón, fermachina y chatarra, tres cuartos de chatarra y el resto siderúrgicos en la declaración oficial, exactamente lo contrario en la realidad, la chatarra estaba libre de aranceles y los férreos pagaban una media del treinta y tres por ciento. Teniendo en cuenta este ligero desliz y que importamos medio millón de toneladas de chatarra al año los datos estadísticos de producción, importación y demás que maneja nuestra industria se deben suponer de un rigor que pasma, ¿no te parece?

«... las sumas de dinero sólo se distinguen por su magnitud. Por tanto el proceso $D \longrightarrow M \longrightarrow D$ no debe su contenido a ninguna diferencia cualitativa. El proceso acaba siempre sustrayendo a la circulación más dinero del que a ella se lanzó. El algodón comprado por 100 libras esterlinas se vende, por ejemplo, por 100 más 10, o sea por 110 libras esterlinas. La fórmula completa de este proceso es, por tanto: $D \longrightarrow M \longrightarrow D'$ donde $D' = D + AD$, o lo que es lo mismo, igual a la suma de dinero primeramente desembolsado más un incremento o excedente que queda después de cubrir el valor primitivo es lo que yo llamo plusvalía (surplus value). Por tanto, el valor primeramente desembolsado no sólo se conserva en la circulación, sino que su magnitud de valor experimenta, dentro de ella, un cambio, se incrementa con una plusvalía, se valoriza. Y este proceso es el que lo convierte en capital. Como agente consciente de este movimiento, el poseedor de dinero se convierte en capitalista. El punto de partida y de retorno del dinero se halla en su persona o, por mejor decir, en su bolsillo. El contenido objetivo de este proceso de circulación, la valorización del valor, es su fin subjetivo, y sólo actúa como capitalista, como capital personificado, dotado de conciencia y de voluntad, en la medida en que sus operaciones no tienen más motivo propulsor que la apropiación progresiva de riqueza abstracta. El valor de uso no puede, pues, considerarse jamás como fin directo del capitalista. Tampoco la ganancia aislada, sino el apetito insaciable de ganar. Este afán absoluto de enriquecimiento, esta carrera desenfrenada en pos del valor, hermana al capitalista y al atesorador, pero mientras que éste no es más que el capitalista trasnochado, el capitalista es el atesorador racional. El incremento insaciable de valor que el atesorador persigue, pugnando por salvar a su dinero de la circulación, lo consigue, con más inteligencia, el capitalista, lanzándolo una y otra vez, incesantemente, al torrente circulatorio...»

Me sigo aburriendo.

En la vida he leído tanto y entendido menos, y no porque no se entienda en líneas generales la obsesión cientifista de dejar todo demostrado bajo un ángulo dialéctico, veleta que indica dócil hacia donde el poderoso soplo del supercerebro Marx la oriente, sino el cómo puede perdurar a través de los años, cuando puso el huevo de pie no existía el telex, la cibernética, la colada continua y sin embargo siguen adorándole, ahí está el truco, es la biblia del materialismo, sin la fe nada perdura, hay algo de misticismo trascendente y la prueba es que me obliga a pensar en el tema con su argot tendencioso, estoy quemándome las pestañas con este flexo de tercer grado para no pensar en lo que de veras me preocupa, en la ausencia de noticias que según dicen en Francia, si es que estoy en Francia, son buenas noticias, pero preferiría saber algo concreto por ramplón que parezca.

—¿Cómo va esa lectura?

—Inacabable y eso que me ha dejado una edición abreviada. Entero no se lo ha leído nadie, seguro.

—¿Qué le parece?

—No será un chequeo, ¿eh?

—Es una charla. Si le molesta la dejamos.

—Se lo agradezco, los otros parecen de piedra, hay turnos en que no abren la boca.

—Disculpe, los vascos no son buenos charlatanes.

—¿De veras cree que todos los componentes del FARE, etistas o comunistas o lo que sean, han leído este mamotreto?

—Yo sí.

—¿Y por qué le da tanta importancia? En pura teoría económica está desfasado, hoy en día las condiciones son muy diferentes. Como profeta me parece un fracaso.

—Bueno, históricamente marca un punto de inflexión. Copérnico dijo que la Tierra no era el centro del Universo y aunque sus cálculos estén superados, su idea revolucionaria ahí queda, ¿no?

Por los siglos de los siglos, en busto de barba mesiánica sobre pedestal marmóreo en el cementerio de Highgate, van tantas peregrinaciones como a Lourdes o a la Meca, a adorarle, a pedirle gracias, de vez en cuando algún exaltado lo destroza a martillazos, pero se restaura como si fuera una obra de Miguel Angel, es la mitificación de los mass media que diría el pedante del marketiniano Izquierdo, es el santo del día y sin aura religiosa no se entiende su éxito revolucionario, bautizan a los niños con su nombre, San Carlos Marx, ora pro nobis, a mí también me pone el san por delante algún que otro descreído, el sambenito de su desgracia particular.

—No se vive de la historia.

—Vamos, señor Lizarraga, no diga eso, usted está viviendo de sus rentas desde hace tiempo.

—¿Qué rentas? Explíquese.

—Lo sabe usted mejor que yo, aún vive de los frutos del invernadero proteccionista, cupos, licencias, estraperlo, hornos del tiempo de maricastaña.

—El tren de la número dos es el más moderno de Europa. Somos exportadores de chapa y redondo.

—No competitivos.

—Pero vendemos.

—Haciendo dumping.

—Ya salió el complejo.

—Sí, y en cuanto se habla de la liberalización mercadocomunitaria el tinglado nacional se derrumba. Curioso, ¿verdad?

—Ése es un problema de macroestructura, no pretenderá que también me responsabilice de él, ¿o quizá sí?

—El capital ni se crea ni se destruye, sólo se acumula. Para usted y muchos otros como usted es la única ley científica que cuenta, el abrir mercados, ponerse al día, investigar son músicas celestiales. Con el proteccionismo más salvaje que recuerda la historia ni siquiera han conseguido uno solo de los frutos más preciados del capitalismo, la empresa multinacional.

—No dice nada, esas cosas no se improvisan y nos llevan demasiados años de ventaja.

—¿Años? Siglos. Recuerde al poeta, «el hierro vizcaíno, que os encargo, es corto en palabras, pero en obras largo», más bien parece una incapacidad congénita, nunca fueron nuestras obras demasiado largas, no pasaron de la buena copia.

—Por...

... favor muchacho, eso es historia, ¿qué tenéis los jóvenes aparte de ser la generación que más cosas ha tenido en este país desde el principio de los tiempos? Os preocupa el pasado, lo único que os preocupa es el qué pasó político, un continuo pedir cuentas a los que nada decidimos entonces, lo único que ocupó y ocupa mi vida es el trabajo y eso de forma independiente a la situación política, superándola por así decir, no faltaría más, naciendo en Norteamérica por supuesto que hubiera engendrado mi multinacional, sería un Ford, el Turner de la Union Steel y me seguiríais acosando con que el único trabajo rentable es el de los demás, será así, pero yo siempre trabajo, trabajé en las condiciones que podía y algo habré ayudado a los demás a levantar cabeza, no sé hacerlo de otra forma ni conozco otra de arreglar el mundo, no soy revolucionario ni estadista y me deprime tanta contradicción, me preocupa más el futuro que a vosotros y eso me deprime, estoy haciendo planes para el futuro, ¿para qué? ¿no sería mejor mandarlo todo a paseo? Vosotros no hacéis más que preguntarme por el pasado, el hierro vizcaíno, siempre hemos sido homo faber, en ese tiempo difícil y heroico que tildáis de invernadero parecía que el ser vasco fuera la probabilidad más alta para llegar a dirigir una empresa de cierta importancia y por algo sería, el fallo quizá esté en la religión, nos equivocamos de santo, pero San Karl no estaba para muchos trotes y los protestantes tampoco, somos demasiado católicos, una época extraña en que parecía también que para ser internacional bastaba con jugar en el Athletic de Zarra y compañía, el PNV clamaba por la creación de riquezas y me preocupa esta lucidez retrospectiva, la riqueza es el fundamento de la nacionalidad, el nacionalismo considera a sus detentadores, sean cuales sean sus ideas políticas, como elemento intangible de la nacionalidad, sin ella no tienen eficacia los derechos de la ciudadanía, por eso Dios y sus Viejas Leyes estaban equivocados, el protestante es el pragmático del éxito, quizá si hubiéramos sido protestantes no estaríamos, yo al menos, en esta encrucijada inexplicable, ¿qué pasó para que el grito de los mártires variase tanto?, del «¡Gora Euskadi Askatuta, Jaungoikoagan bakarrik lotuta!» de los gudaris de Dueso al «¡Gora Euskadi Askatuta, Iraultza ala hil!» de los etistas de Burgos, del País Vasco únicamente unido a Dios, a la Revolución o la Muerte, con la pérdida de Dios hemos perdido el rumbo, la religión del éxito material como justificación nos hubiera asentado a los dos niveles, en una verdad compartida y comprendida, es más que una depresión, es para tirar la toalla, tanto análisis histórico para no comprender que mi quinta es la de Uzcudum y la vuestra la de Urtain, menuda diferencia, como hay Dios, en el que ya no sé si creo, que abandono...

—¿Le pasa algo?

—Me había distraído.

—Hablábamos de la siderurgia.

—Ya sé, ya sé.

—Mucho presumir de ferrores y al final dependemos de las divisas que produce el sudor ajeno, el del coño de las turistas y la frente de los emigrantes.

—No reniegue de los ancestros.

—Son ustedes los que reniegan pagando a las multinacionales para que nos exploten, al final las decisiones sobre Eibain se tomarán en Pittsburgh y mucho más duras que allí, por supuesto.

—Con vuestro extraño sistema de diálogo no me extrañaría.

—Denos tiempo y se sorprenderá de los resultados.

—Seguro.

—La especulación fue el campo propiciatorio, ahí sí que nos mostramos eficaces los vascos, ¿no? La Banca española es nuestra, podemos sentirnos orgullosos.

—No es coherente, una persona tan leída como usted no debía caer en el mismo error que el poeta del hierro vizcaíno, la banca sí es vizcaína, el Bilbao, el Vizcaya, pero no guipuzcoana, el industrial guipuzcoano es de origen obrero y no entiende de finanzas.

—Angelicales criaturas.

La ironía sin obras no me sirve, yo al menos hice algo y no me vais a obligar que me arrepienta de ello, me siento orgulloso de mi obra, otros en mejores condiciones ¿qué han hecho aparte de amontonar dinero?, ¿qué necesidad tenía de meterme en la número dos? A lo que sí me vais a obligar es al abandono del terreno de juego, a ver después qué hacéis los listos, los grandes teóricos que nunca faltan, tras el luchador viene el filósofo, en la victoria para justificarle, en la derrota para criticarle, os equivocáis de categoría ontológica, yo no luché por tener sino por ser, no tener algo sino ser alguien, y lo soy, dejo una huella tangible, sólo el burgués se deja definir como propietario, yo soy lo que pomposamente llaman en los homenajes un capitán de empresa, no lucho por la seguridad institucional, al contrario, me la he jugado a las chapas en múltiples ocasiones, mi miedo es otro. A propósito, en confianza.

—¿Se sabe algo?

—¿De qué?

—¿De qué va a ser? ¿Qué cree usted que me puede preocupar aquí encerrado?

—Me lo figuro.

—¿Entonces?

—Nada.

Un miedo tan indefinible como ese nada, quizá a la libertad, a la depresión que me provoca el haber llegado a este encierro, la angustia de no saber, de no decidir, quizá esa fuera mi gran ambición, la meta de mi lucha, decidir, ser yo en persona quien decidiera mis cosas, y aquí estoy sin ni siquiera saber lo que ocurre a mi alrededor ni por qué se han producido estos hechos, sin dar con el quid del fallo, cuando todo falla, el sistema de seguridad incluido, eso sí, no se preocupe, es el malestar físico de la ignorancia, la impotencia, el vago aire familiar de objetos y personas alrededor no hacen más que acentuar la náusea del tiempo inmóvil, del miedo desperezándose para atacar, del silencio audible en los latidos de mi corazón.

—¿Puedo seguir leyendo?

—Por supuesto.

—A ver si me entra sueño con este rollo.

«... durante una etapa del proceso de trabajo, el obrero se limita a producir el valor de su fuerza de trabajo, es decir, el valor de sus medios de subsistencia. Pero como se desenvuelve en un régimen basado en la división social del trabajo, no produce sus medios de subsistencia directamente, sino en forma de una mercancía especial, hilo, por ejemplo, es decir, en forma de un valor igual al valor de sus medios de subsistencia o al dinero con que los compra. La parte de la jornada de trabajo dedicada a esto será mayor o menor según el valor normal de sus medios diarios de subsistencia o, lo que es lo mismo, según el tiempo de trabajo que necesite, un día con otro, para su producción. Si el valor de sus medios diarios de subsistencia viene a representar una media de seis horas de trabajo materializadas, el obrero deberá trabajar un promedio de seis horas diarias para producir ese valor. Si no trabajase para el capitalista, sino para sí, como productor independiente, tendría forzosamente que trabajar, suponiendo que las demás condiciones no variasen, la misma parte alicuota de la jornada, por término medio, para producir el valor de su fuerza de trabajo, y obteniendo con él los medios de subsistencia necesarios para su propia conservación y reproducción. Pero como durante la parte de la jornada en que produce el valor diario de su fuerza de trabajo, digamos 3 chelines, no hace más que producir un equivalente del valor ya abonado a cambio de ella por el capitalista, como, por tanto, al crear este nuevo valor, no hace más que reponer el valor del capital variable desembolsado, esta producción de valor presenta el carácter de una mera reproducción. La parte de la jornada de trabajo en que se opera esta reproducción es la que yo llamo tiempo de trabajo necesario, dando el nombre de trabajo necesario al desplegado durante ella. Necesario para el obrero, puesto que es independiente de la forma social de su trabajo. Y necesario para el capital y su mundo, que no podría existir sin la existencia constante del obrero. La cuota de plusvalía es, por tanto, la expresión exacta del grado de explotación de la fuerza de trabajo por el capital o del obrero por el capitalista...»

ANÓNIMO IX: Oiga, usted, no se moleste en llamar, está cerrado. Si fiesta, ¿me toma el pelo o se cae del nido? Huelga, huelga general. Hombre, las tiendas y los bares también, si pueden. ¿Cómo que por qué? No vacile que no está el horno para bollos, no, mire en El Riojano a ver si lo encuentra. A Mauro no, aún está en el trullo.

EL RIOJANO: Pase por aquí, si está cerrado y recién cerrado, ¿no ha leído el cartel? «Cerrado por Vacaciones». Estoy veraneando en Ezcaray o en Torremolinos, ya elegiré, como si lo estuviera ¿Quiere un vaso? Invita la casa que para eso estoy de vacaciones, joder, si acaba de pasar un cabo con dos números haciendo el aviso, al que cierre veinte mil duros de multa. Y los del piquete, ¿qué? Si cierro me destrozan el bar. Un castizo el cacereño del galón ¿Tiene permiso de caza? Sí. ¿Tiene escopeta? Sí. Pues al que le amenace métale dos cartuchos del doce en la barriga. Asunto concluido, visto para sentencia y cierro por vacaciones, este año me quedo sin playa pero la huelga es la huelga. Yo a favor de mis clientes. Si son más cortos que las mangas de un chaleco, en vez de aceptar las condiciones que después ya harán lo que les salga del nabo, como siempre, lo que pretenden es cargarse al Lizarraga, no te digo, a quién se le ocurre enviar una carta de despido a todos los huelguistas y dar palizas a destajo. Así no se consigue nada salvo encender los ánimos. Huelga general y tendrán que readmitirlos por pelotas si no quieren ver al jaun más fiambre que la puñeta. Mire la pizarra, iba cuatro a uno a que salía con bien, ya se ha puesto cuatro a tres. ¿Se apuesta algo? No, el Mauro sigue en chirona, si quiere charla ahí tiene al nazi, está disfrutando como un marica con lombrices.

PACO: El nazi será tu padre que yo ni siguiera llevo el trebolito gamado, como otros. Hoy he ido a misa, por variar, hacía la tira que no pisaba iglesia, menuda homilía se ha largado el Kutz, levanta ampollas, pero que no se haga ilusiones, aquí las cosas no se arreglan más que toc-toc, a bastonazos, toma homilía, como la de aquel obispo con nombre de condón en el primer año triunfal, decía el gachó lo del deber de perdonar y encima amar a los que han sido nuestros enemigos, no se había enterado de lo del vencido contra una esquina, por eso o por el título del sermón que parecía el de una novela rusa, «lecciones de la guerra y deberes de la paz», se lo prohibieron y allí empezó la serie, una xenofobia del carajo frente a los rusos, además de remitirles la División Azul les cambiamos de nombre a la ensaladilla, de rusa pasó a nacional, no te lía, si quiere le continúo la batallita, no me importa, me encanta, había que andar con pies de plomo, yo hacía en los dos lados y con los fondos de Toulouse, cuando llegaban, podía resistir aquel hambre bíblica sin cartilla de racionamiento, para lo que daban, oye, per cápita cien gramos de azúcar, cincuenta de lentejas, un decílitro de aceite, que se aprendió uno el sistema métrico decimal, lo peor era no tener la tarjeta de fumador y como las mujeres no tenían derecho a ella no las podías camelar, todavía cascaba uno tres lovestories seguidos tan campante así que al estraperlo, very typical, menú del día y plato turístico, todo en una pieza, las patatas asadas al gasógeno sabían a gloria y el café de agua de castañas también. Cuando los aliados ocuparon Francia llegó nuestra oportunidad, una quijotada, pero algo había que hacer, yo me apunté el primero para la invasión del día D, éramos cinco mil hombres relativamente bien pertrechados con fusiles,

138

ametralladoras y bombas de mano, pero sin artillería pesada, ni intendencia, ni retaguardia, ni nada, el maquis penetró chipi-chapa, chipi-chapa, por el Roncal y sin apenas resistencia nos apoderamos del Valle de Arán, del revalle, porque arán en vasco es valle, la verdadera acción fue una semana después contra Moscardó y sus muchachos, estaba claro que no se podía en acciones frontales, nos dispersamos algunos en guerrilla y los que no cascaron de vuelta a Francia, la gente no se enteró de la misa la media, menuda censura, de estas noticias ni pío, ya sabes, sólo existe lo que se nombra y ojos que no ven cartera que desaparece, uno del retén nuestro, de la UGT, no sé como se las arregló para pasar las purgas y pudo continuar en el periódico, nos contaba cada una, de putero pasó a puntillista, tenía que dibujar las puntillas de escotes y faldas para poder publicar las fotos de las artistas, con lo cachondo que era, siempre de chop-chop, pues seguimos igual, de la huelga aquí presente, que hay que tener hígados para lo de la carta, no se entera nadie de Echegárate para abajo salvo cuando anuncien que se ha terminado, yo resistí como pude en el batallón de trabajadores, siempre fui habilidoso y con lo de buena conducta y la redención de penas por el trabajo en cuanto pude me largué para aquí, Eibain era el oeste, desenfunda forastero, el personal fluía como la escoria y para lo de antecedentes se hacía la vista gorda, los de la brigada social vivían como pachás si eran buenos chicos y quizá también, por lo menos a alguno, el ambiente lo acojonaba un poco, lo que hacía falta eran brazos y los míos eran de primera especial y conocía la industria, no era primerizo, que muchos procedían del campo, lo más que habían manejado era la hoz y claro, había accidentes como escombro, pero se vivía y si me apuras no mal, como palmó Alemania suprimieron lo del brazo en alto, si tenían que saludar hasta los futbolistas antes del partido, y también lo de tanto cantar el himno, por decreto, lo mismo que suprimieron la lucha de clases, por decreto to er mundo e güeno, hala, ni siquiera comíamos aquel famoso pan amarillo, de piedra, de maíz, por más que aquí la gente estaba acostumbrada a la borona desde siempre, una de las labores fundamentales de la cashera era hacer el pan de maíz, la borona en forma de talo, antes, cuando los caseríos eran autosuficientes, no lo comíamos porque en la cuesta de Arrizar, cuando subían los camiones renqueando, algún alma caritativa dejaba caer un saco de harina y se distribuía en la cooperativa clandestina, eso no era nada para lo que hacía el Consorcio de Panaderos, desaparecían trenes enteros y tan tranquilos, hasta que les pillaron con las manos en la masa, del régimen y por poco les dan garrote, lo que no robarían, plaf-plaf-plaf, a los que especulan con el hambre del pueblo español la horca, en una pintada, pero no, medallas, les daban medallas, qué manera más loca de condecorarse, tú me pones una a mí, yo te pongo otra a ti, y hambre, lo que se dice hambre, de morir, sólo la pasé en una cueva de Arán, al retirarnos, no lo he contado nunca, nos juramos ir a la tumba con el secreto, pero en fin, no sé, después de lo que han contado los del avión ese perdido en los Andes es un alivio, lo nuestro fue bastante menos, nos comimos las nalgas de un compañero caído, ñam-ñam, horrible, ya está, ya lo he dicho, sólo una vez, las dos cacharolas y gracias a eso sobrevivimos, eso es hambre y lo demás es cuento, dicho y olvidado, un alivio. Lo que no habrá pasado uno en esta puñetera vida.

Julio Lasa Barriola: Tal como está el cotarro no le extrañe no ver mujeres por la calle, pronto ni a los gatos, las jovencitas de ahora si callejean que hasta van a los bares para encontrarse con los chicos, hacen despedidas de soltera y todo, pero hasta hace muy poco la mujer vasca era retraída, muy de su casa, dispuesta sí, pero no callejera, pero con lo de la huelga general mire, por primera vez las madres y las hijas de acuerdo, no salen, no le extrañe tampoco lo de las mujeres de la familia Lizarraga, ya le recibirán cuando se aclaren las circunstancias, son un puntal de las viejas costumbres, en los años difíciles Edurne fue una de las máximas celadoras de la moral pública, en cuanto al sexo porque lo demás iba manga por hombro pero no contaba, nada de bailar apretados, nada de solriza para esos chichos descarados que encima llamaban «arriba España», nada de escotes, de medias transparentes, ya iba para monja, lo que no pudo impedir es que el de Ultramarinos Caracas, según dicen las malas lenguas y por esta vez creo que aciertan, se tumbase a una buena parte de las amas de casa del pueblo a cambio no de regalarles algo sino de venderles harina y aceite a precio libre, fuera del cupo de la famosa cartilla del racionamiento, ante el clamor de estómago no hay moral que valga, pobrecillas, resulta humillante, el caso es que el hombre tenía una cama plegable en la trastienda y cuando Edurne le armó allí mismo la marimorena le dijo que él tenía tanto derecho como el que más a la siesta, que para eso trabajaba hasta de noche y que si quería ver deshonestidades que fuera al barracón del economato de su hermano, a la fábrica, y la verdad es que le tapó la boca, estaba ya para monja perdida y después de las misiones del Padre Coloma, un auténtico show medieval con todos los hombres rezando el rosario de madrugada y comulgando en serie tiarrones que no lo habían hecho desde la primera comunión, un proceso de santa histeria colectiva, después de la misión, en pleno éxtasis, convenció a su hermano José María para restaurar el convento de Kiskitza, junto a la ermita de Izaspi y allí se fue con sus dichosas monjas de clausura, mucho rezo y poco huerto, que para cultivarlo siempre han contratado casheros, desde entonces es una comunidad floreciente en el sentido que no les falta de nada, entre Lizarraga y la divina providencia tienen las necesidades cubiertas y como encima son accionistas de la fábrica pues nada, a rezar que son dos días. La devoción a la Virgen de Kiskitza es antiquísima y se fortaleció en el XVIII con un breve pontificio del Papa Clemente XIII que vaya usted a saber cómo conocía su existencia, la dinastía mariana vasca es impresionante, si tiene curiosidad consulte el *Andra Mari* de Lizarralde, ya verá, la guía telefónica, el breve daba a la cofradía diversas gracias espirituales, de ahí deriva la orden religiosa, para pertenecer a cualquiera de las dos era necesario ser cristiano y no tener mezcla de raza judía o mora ni haber sido sentenciado por el Santo Oficio, estas anécdotas y su explicación me gustan más que las contemporáneas, es curioso que la imagen de la Virgen se asiente en un trono sobre el casco de un viejo navío estando la ermita de Kiskitza tan tierra adentro, pero es que los arrantzales[1] de Guetaria y Zumaya, quizás los de Orio también, acudían a los bosques de la zona en busca de madera de haya para la construcción de remos, de ahí que los hombres de mar recurrieran a la

---

1. pescadores.

virgen montañera implorando su protección en los momentos de peligro y después le enviaran exvotos, costumbre que todavía perdura a pesar de que ya no salga ningún remo de la zona por falta de madera adecuada, lo de la madera, el expolio de los bosques, merece un capítulo aparte. Lo que más necesitaba la comunidad eran religiosas, mujeres dispuestas a la vida mística, pero eso también lo solucionó don José María, había muchas chicas en situación desesperada, solteras con hijos, huérfanas sin trabajo, bocas de más en familias numerosas y de entre ellas reclutó los mejores elementos, vocación a cambio de seguridad, muchas escaparon así de prostituirse, así es que cuando Lizarraga va a Kiskitza es como si llegara el Santo Padre, lo tratan a cuerpo de rey, muchas veces se retira ahí arriba para descansar, pero empiezan a cargarle, no hacen más que pedir y ahora con los años prefiere el clima seco, la Navarra profunda, para la salud y el bolsillo es mejor alejarlas, las quiere trasladar a Falces, la costa del ajo, pero ellas se resisten, no se dejan y eso que salir no salen, a ésas sí que no se las ve en la calle, no sé cómo se pudo acostumbrar Edurne con lo dinámica que era en sus buenos tiempos.

AITONA: Pues no había tanto desbarajuste, hombre, que hasta las cosas antiguas son para el desquicio, mire la caza de argizaiolas, se venden carísimas y no se ve una con la vela encendida en la iglesia, no sé qué dirán los muertos cuando las vean de adorno en casas muy finas, muy vascas, ya, pero de adorno, si les dejaran alguno se llevaría hasta el altar, es muy decorativo, porque el púlpito ya hubo uno que quiso comprarlo, había más necesidad, el hambre que todos conocimos y no me explico cómo ocurrió aquello porque en tiempo de guerra, cuando no trabajaban en el campo más que hombres viejos y mujeres, no faltaba comida y después empezó a escasear, de todas formas en el caserío lo pasamos algo mejor que en la calle porque producíamos en casa y siempre había algo para comer, aunque sea leche con talos, y el estraperlo, algo, sí, pero pequeño, el grande lo hacían otros, tiendas, molinos y carnicerías. A nosotros nos quitaban a tasa las cosechas y el ganado de carne, pagando una friolera, claro que ocultábamos lo posible y aquello lo vendíamos a buen dinero. Miedo ya lo creo que pasábamos y grande porque castigaban fuerte, había andanzas increíbles, de noche, por caminos de monte que no es para explicar y además uno va olvidando con el tiempo y cuando lo explico hasta a mí mismo me parecen increíbles, los nietos me burlan un poco, que exagero, pero peor es pasarlo que escucharlo. Para traer un saco de harina a lo mejor íbamos cuatro o cinco horas en el monte de noche, por sitios desconocidos y sin luz porque no nos viera nadie y gracias al burro que sabía por donde iba, lleva fama de tonto pero el burro es muy listo, mucho más que el hombre para encontrar caminos en el monte cuando está oscuro, por donde ha pasado una vez ya no se vuelve a equivocar. Para ir seguro no hay más que agarrar al burro por la cola y seguirle por donde vaya. A mí una vez me pareció que en un cruce se había equivocado y con el palo le hice tomar el otro camino que creía seguro, pues resulta que nos perdimos y el burro tenía razón. Y también para avisar el peligro es más listo, si hay algo extraño en el camino el burro nota mucho antes que una persona, levanta las orejas y se para. Cuando el burro levanta las orejas a nosotros se nos levantaban los pelos de la cabeza. A lo mejor no era nada pero el susto no nos lo quitaba nadie. Una vez que iba de noche al molino, con la luna bastante clara, el burro se me paró de golpe con las orejas tiesas, dejé atado el animal y fui con disimulo a ver lo que pasaba, a la luz de la luna pude ver a lo lejos un bulto que se movía, pensando lo peor estuve observando aquel bulto toda la noche, como no se movía de madrugada me fui derecho a él y resulta que era otro estraperlista que llevaba carne y me había visto a mí, los dos pasamos la noche vigilando el uno al otro, qué tiempos, menudo trasiego de carne, la tasa valía poco dinero y los carniceros pagaban mucho más, se mataba en el caserío y se llevaba la carne a escondidas, menuda sirena la del zerri, se aprendió a degollar los cerdos sin que dijeran ay ensartándoles el morro. Se vivía, pues, no mejor que ahora porque no había tantas comodidades, tanto coche, tanta carretera, tanto lujo por todas partes, lo que se tenía era menos diferencia con los de la calle, de la ciudad, y por eso no daba tanta envidia, los caseríos buenos, con mucho terreno y ganado, hicieron algo de dinero que hoy no se consigue, los jóvenes no quieren trabajarlo y en parte tienen razón, pueden encontrar otra forma de vivir mejor y más cómoda, en la dos de Lizarraga casi todos. En la temporada, algunos, se hacen el enfermo y piden la baja al médico del seguro, para echar una mano en casa, pero no es sistema, el ordeño es diario y tantas otras cosas, el Ayuntamiento suprimió ya, va para diez años, la corta del helechal, hizo bien pues resultaba falso, una tradición hueca, no se cortaba. Vivir, vivir, lo que se dice vivir, viven los caseríos del turismo excursionero, como éste, ya le conté, dando comidas, y quizás los del Bidasoa del contrabando, aunque no sé, con tanto guardia como hay ahora tendrá que preguntarle a ellos.

ELEUTERIO (EL MAGNÍFICO): Natural, si al Bidasoa le quitas el contrabando te lo cargas, todos los iruneses llevamos el contrabando en la sangre, pero no como una fechoría sino como una de las bellas artes, la prueba es cómo lo cantan los poetas, si hasta en San Juan de Luz celebran la noche de los contrabandistas, por algo será, el contrabandista es un negociante, pero también un benefactor de la humanidad, en esa época se salvaron muchas pieles, de pilotos aliados caídos en Francia que nos los traían hasta el borde los de la resistencia y eso lo sabían los SS y no se andaban con chiquitas, que te jugabas la vida más que ahora con los de ETA, y judíos, pasamos montañas de judíos, eso sí, fue el contrabando más enigmático, no sabíamos ni quién los ponía en el borde ni quién nos pagaba, ni queríamos enterarnos por si acaso, si pasaríamos judíos que en pleno bloqueo dieron un comunicado internacional de gracias, es un tráfico penoso éste de la carne humana hacia el otro coté, te cuentan cada caso los pobres, con cacereños, portugueses, marroquíes, se han hecho verdaderas sarracinas, a veces atados como ganado para que no se perdiesen o para poderles cobrar antes de la fuga, amontonados en portamaletas, sí ha habido cosas feas, pero también heroicas si nos ponemos a dramatizar, a mí me pillaron con lo de los portugueses, tenía una agencia y todo, La Lisboeta, y por lo mío ya pagué y conste que estoy retirado total. La verdad es que todos los fronteliers hacen contrabando y también las amas de casa que pasan a la compra y los turistas que pasan a jugarse los cuartos a Biarritz, es una institución o algo así, con la que a pequeña escala se transige, pero en aquella época fue a lo grande, se pasaba de todo, alimentos, tabaco rubio, materias primas, maquinaria, repuestos, los rodamientos fueron cosa fina, todo era

146

negocio, así conocí yo al «Jenti», bueno, ya nadie se atrevía a llamarle así, era don José María, tenía yo un tajo muy bueno por su caserío, lo cuidaba un arrendatario en trance de jubilación que apenas si hacía lo de un jardinero, pero el lechuzo iluminaba de muerte la entrada junto a un nogal espléndido y todas las noches zapa, pedrada al canto, tantas bombillas que le cabreamos al Lizarraga, un fin de semana en que apareció por aquí me armé de valor y me fui a verlo, por la cara, y le expliqué el asunto, si usted nos permite instalamos un conmutador en el poste, así podremos apagar sin estropicios, a cambio de facilitarnos el paso podríamos hacerle un favor de vez en cuando, cuando lo necesite, tendrá cosas que pasar, creí que me iba a partir la cara, era un tiarrón de miedo, ya sabe, pues mira por dónde no es que aceptara para de vez en cuando es que se convirtió en mi principal cliente, menuda inspiración tuve con visitarle, andaba necesitado de herramientas y no le gustaba tratar con unos y con otros, me cogió casi en exclusiva y es un hombre de negocios y de palabra, un apretón de manos y firmé mi suerte, no le traté muchas veces más personalmente, quedaba con un intermediario. El Gallego, menudo tajo, nos cedió la borda como lugar de aprovisionamiento, no tenía ya ganado y la dejamos como los chorros del oro con un tabique tambor para las cosas delicadas, no descubría el hueco ni Sherlock Holmes, se lo juro, y pasamos la tira, la fábrica iba a más y necesitaba de todo, lo malo era la maquinaria pesada, no podíamos cruzar el río con ella y montamos una sucursal por así decir en Elizondo, ése sí que es un pueblo de especialistas, los de Vera nos salieron más estrechos, más suyos, pasamos despiezados hasta un torno gigante y había piezas monstruosas, el bastidor pesaría más de una tonelada, yo qué sé, necesitamos dos noches con una pareja de bueyes, campeones especializados en tan especial prueba de arrastre de piedra, y ocho arreadores akullaris, al final todos eslomados y borrachos de simpatina, los bueyes un tubo entero, en mi vida pasé más canguelo, claro que para estas maniobras a lo grande contábamos con la amistad de algún carabinero, se les dejaba decomisar alguna chuchería para que cubrieran el expediente y pasara el monstruo. Así se escribe la historia, sin nosotros no se hubiera industrializado el País Vasco, ¿cómo no le vamos a caer bien a la gente y a los poetas?

AVELIO SOLER: De los años del hambre yo guardo un recuerdo vaporoso, irreal, algunos detalles y la meditación, ya adulto, por ciertos detalles, de las angustias que debió pasar mi padre, recién llegado a Madrid como chupatintas ínfimo del registro del Ministerio de Industria, para sacar la familia adelante, ciento veinticinco pesetas el litro de aceite, ¿por qué sé yo ese precio? Está ligado a discusiones familiares, es el recuerdo de una escena desagradable para mi sensibilidad infantil y que hoy se me hace más que entrañable, lo que no pasaría el pobre y mi madre resistiéndose a meterme de botones y con el colegio de pago encima, casi nada, macho, pero eran años de muy diversas hambres, el hambre gorda generadora de muchas otras era la de materias primas, con la autarquía vino la apoteosis del sucedáneo, había que sustituir importaciones y producir, fabricar lo que fuera, como no había de nada todo estaba vendido, el que tenía permiso para algo, cualquier chapuza, millonario, y qué fiebre de novedades, la repera, más peregrinas que el gasógeno, un carpintero del barrio se puso morado con unas tapas de water de madera que para qué las prisas, modelo «salud», me acuerdo, al primer chorro de pis se rajaban, pues todavía le sirve el invento, funciona en El Rastro con antigüedades a base de envejecerlas del mismo modo, las grietas meando y los orificios de la polilla a perdigonazos, no hay nada como la imaginación al poder, macho, ante la imperiosa necesidad de producir desde las cosas de uso masivo al acero se fabricaba mal y caro sin ningún esfuerzo de investigar a fondo la teoría sustitutiva, en eso eran maestros los alemanes, pero éstos, que eran sus forofos leyendo el *Signal,* en lo de estudiar y trabajar para su padre, me acuerdo de un artículo con fotos de cómo de la basura extraían triglicéridos para grasas comestibles, el industrial era un especulador, la técnica no importaba pues el negocio estaba en la compraventa, el mejor empresario era el que más cerca estaba de los centros del poder, la era de las concesiones a título personal, cupo va, cupo viene, y Lizarraga sería de pueblo pero bien se arregló no sé cómo para arrimarse, quizá Ignacio, el hermano, ése se instaló en Madrid desde muy pronto, consiguieron unas exportaciones a la Argentina según tengo oído y menudo negocio era el exportar, incluso haciéndolo a mitad de precio era negocio por el acceso a las divisas, con ellas se compraban fuera herramientas, lo que fuera, y dentro se vendían diez veces más caras, así las cosas ya me dirás quién coño se iba a preocupar de la técnica, ahí se inició el proceso de hipotecación al extranjero, mira, por esas fechas la Union Steel, en Pittsburgh, en plena crisis bélica, pero racionalizando los procesos, puso a punto un sistema de laminación de chapa en frío muy similar al actual de open coil, con un proceso intermedio mandaban prefabricadas a los astilleros las chapas del casco y en un día montaban un petrolero, ¿te das cuenta?, eso es esforzarse en cubrir una necesidad, eran los T-1, con una mina se desguazaban solitos, pero los T-2 en los que empleaban una semana de montaje salieron formidables, después de la guerra la Navy los vendió casi a precio de chatarra, y los avispados de Niarchos y Onassis formaron así su flota petrolera, casi gratis, han estado en servicio hasta el cierre del Canal de Suez, de ese negocio tampoco nos hemos enterado, pero cómo sería la flota industrial que de cualquier objeto bien hecho se decía que era como los de antes de la guerra, vaya un punto de referencia para la calidad, la madre que los parió, mira, el control de calidad y la investigación siguen siendo dos entelequias para nuestra industria, así, a pesar de la autarquía, se tuvo que importar más que nunca y eso sin contar el contrabando, como para racionalizar las mezclas de chatarra andaba el cotarro, se fundían hasta los clavos, las fundiciones del cuarenta debieron ser la releche, caldo de teta, se juntaron el hambre con las ganas de comer, de eso tengo yo recuerdos muy vividos, de las colas y de caerse la gente desmayada por la calle, de pura hambre, de chaval no sabía por qué se desmayaban, también me desmayaba yo cuando tenía que ir a comulgar en ayunas con el olor de las velas y el incienso, la gente se caía por las calles de Madrid por las buenas, los chavales estábamos acostumbrados a la escena, uno se caía y alguien nos mandaba al bar más próximo a por un café caliente, algunos se caían con ataques epilépticos, no he vuelto ya a ver en la vida tanto epiléptico por el suelo, casi nada, macho, que sabíamos ya cómo sujetarles la boca para que no se mordiesen la lengua y el hambre de joder para qué las prisas, la de veces que me habrán preguntado por la calle Naciones, yo vivía por allí, en pleno barrio de Salamanca, un barrio bien y con una calle hasta la bandera de prostíbulos mugrientos, nos daban una propina, ¿y sabes en qué nos la gastábamos?, en castañas o en boniatos, son recuerdos tipo flash, el sabor dulzón del boniato es uno de ellos, otra cosa que no he vuelto a ver en mi vida, íbamos a ver el trasiego de las casas, a las prostitutas de sostenes negros a través de la ventana sin saber muy bien de qué iba la cosa, pero el sábado lo confesábamos y los domingos de excursión con el Frente de Juventudes, nos disfrazaban de falangistas y cantábamos lo de prietas las filas, recias marciales, nuestras escuadras van, cara al mañana que nos promete patria, justicia y paz, paz o pan, no sé, hay estribillos que no se olvidan aunque se olvide el contexto, por ejemplo, el de ir gritando a la Plaza de Oriente Franco-Perón, mañana vacación, manifestaciones teledirigidas con el aliciente de no ir a clase, las de la Virgen de Fátima, las de Gibraltar español, y esas pancartas que afirmaban nuestra naciente virilidad, «si ellos tienen UNO nosotros tenemos dos», no se nos ocurría que UNO no fuera un cojón, ¡ah! y el letrero enigmático que siempre evitábamos en el metro, «reservado para caballeros mutilados», además de a las señoras había que cedérselo también a los hombres, vaya gracia, crecíamos inocentes en medio del fanatismo político sin enterarnos del significado de nuestro insulto favorito, cuando te cabreabas con alguien lo primero que hacías era llamarle rojo, y algunos hombres se nos asustaban los pobres y entonces gritábamos rojo con todas nuestras fuerzas, ¿qué era rojo?, una palabra mágica como el shazam del Capitán Marvel, los tebeos de más éxito eran los pedrines, los de Roberto Alcázar y Pedrín, me gustaban, sangriento lo de rojo, cuando una tienda se

151

promociona con el slogan de «los rojos no usaban sombrero» todos a cubrirse, de horror, los niños no nos dábamos cuenta, pero nuestros padres... los niños nos aplicábamos a los juegos con chapas de gaseosa, palos de escoba, todo lo que caía en nuestras manos lo transformábamos en algo útil con bastante más imaginación que los importantes hombres de negocios de la época.

AITOR ARANA (MONDRAGÓN): No me pudo ver porque no estaba, huir no, de paseo, cambio de aires, a pasar unos días a casa, a Mondragón, no sé, por vergüenza o así, de vergüenza que no me detuvieran con la de gente que estaban metiendo en el tubo y como a mí no me dijeron nada pues eso, qué iban a pensar en el pueblo, antes tan primero de la lista que yo sólo me presentaba en el cuartelillo cuando había visita de ministro, de pez gordo, me pillaron en un Aberri-Eguna poniendo la ikurriña y a la lista, se conoce que con los años borran. No me importa contar, lo que sé lo digo delante de quien sea, que no tengo pelos en la lengua, si hay que decir porque si no para qué, yo callado, tranquilo, ya me dijo Patxi lo suyo y me parece bien, la verdad por delante no ofende y quien se ofenda que le den por el culo. Ahí está pues. Por el pueblo, manías, como soy de Mondragón pues Mondragón me llaman, sí, en Francia hay otro pero separado, Mont Dragon, pero en ninguno ha visto el dragón del sucedido, el monte sí, ja, tampoco tiene mucha gracia que digamos. Ahora hay que estar, no se fueran a creer otra cosa y por si Joshemaría necesita que la cosa está que arde, encabronándose, lo de las cartas ha sentado fatal y con razón, no es su estilo, es el del ex seminarista de Iñaki y cualquiera sabe ahora por dónde revienta la morcilla, por donde menos te esperes.

Francisco Aguirre Elizondo (Patxi): Este de la escasez ni cuenta porque era un imberbe, ¿eh?, una escasez angustiosa, tanto que los herrajes de latón, no había ni latón ni latín, se hacían de hierro niquelado, lo bueno es que todo valía, no había rechazos, claro que con el hierro también teníamos problemas, escaseaba, a veces se fundía sólo un par de días a la semana, nos daban el lingote con cuentagotas así que para no perder el tiempo, a veces hacer por hacer porque después sobraban, a moldear, a pisar la mala uva, se acumulaban los moldes vacíos y era una pena verlos así, huecos, que parecía una funeraria el almacén, no se podía fundir por falta de hierro, faltaban materias primas y el lingote pues lo mismo, a faltar pues el cupo nos lo chupábamos en un día y eso que ya se trajinaba la picaresca, equilibrios para ampliarlo, al distribuidor del cupo provincial le dimos cada cena en Lagunak que temblaba el misterio y era un buen tripasai, ¿eh?, y buenos sobres, valían los enchufes, ya lo creo, pero nunca se saciaban las necesidades por la gran demanda, no sólo de cocinas, ¿eh?, lo que hicieras, chupachups, pero papeles se necesitaban todavía más, hasta para toser, las guías te volvían loco, como un pasaporte para trasladar la carga de una provincia a otra y nosotros no veas, si no paraba un kilo de hierro en Guipúzcoa, y el salvoconducto y la monda, lo dicho, papeles cantidad, el cupo no llegaba ni para un diente y las licencias de importación eran tan chollo que había bofetadas por ellas, momio seguro, en Madrid había colas del copón, Iñaki ya se había instalado allí, se casó con una chica de familia bien relacionada pero es un ex seminarista linfático, mano sobre mano y las dos sobre los huevos, más conseguía aquí Joshemari trabajándose al gobernador civil y moviendo los hilos prohibidos, nos sacaron de más apuros que los oficiales de Iñaki. El chatarrero, curioso, ¿eh?, antes era un hombre desprestigiado, el jodío chatarra y así, en aquellos tiempos se hizo gran personaje, capitán con mando en plaza, gobernaba el cotarro y como no eran tontos se olieron la tostada y a montar industria propia, vendían de contrabando material de guerra, malo, caro y a darles las gracias, tuvimos los primeros accidentes al explotar algunas bombas pues, aun sin espoleta, con el calor expansionaba la trilita y canca, sin desgracias personales de muerto, de heridos sí, pero pudo haberlos, menudos sustos. El Magnífico, un jeta, un contrabandista irunés fino como el coral, nos solucionó bastantes averías, había sido de la UGT, así decía la competencia y la propaganda, según, un auténtico girasol siempre mirando a donde más calienta, tenía su escuela y con la borda de los Lizarraga hizo locuras, menos cuando la llenó de tabaco rubio y estuvieron rondando los carabineros, Joshemari agarró un cabreo de órdago, por poco lo mata, el trato era sólo para la cosa industrial, se pudo arreglar y desde entonces el Magnífico no se salió del raíl, ésa es la verdad. Pero el cupo era la base del hierro y no llegaba ni para un diente, mira que se hicieron gestiones para ampliarlo bajo cuerda, algo así, pero insuficiente, un día Joshemari se caló los guantes de conducir y se marchó él solo, nos extrañó porque no era sábado, todos los sábados despachaba en Bilbao el minicupo extra y lo que fuera, sábado sabadete, camisa nueva y polvete, solía ir en tren porque el Fiat de seis cilindros se lo dejaba al Gallego, un representante dicharachero que fue una institución en la casa, viajante nato, era un lunes, se caló los guantes, digo, y nos dijo: vuelvo con lo del lingote resuelto. A mí me dio un aire, así como pena, ¿eh?, pues siempre cumplía su palabra y ésta era la cuadratura del círculo, imposible de cumplir y Olaso le dijo cuando anunció que si hacía falta se daría la vuelta a España, déjate de leches y vuelve pronto. El caso es que visitó a los habituales de Vera, Altos Hornos de Vergara, los de Baracaldo y los no conocidos personalmente, Nueva Montaña, Duro Felguera, Avilés, no, Avilés no existía entonces, a por hierro exclusivamente pues de chapa andábamos bien, apenas necesitábamos metidos en ciento cincuenta cocinas diarias, ¿eh?, para le época tela marinera. Nos lo contó demudado por la ira, menudo peregrinaje y sin ser Año Santo, en todos los sitios muy buenas palabras y más cachondeo que realidades. De vuelta quiso comba con Vergara, tenían un alto horno pequeño para hierro, de carbón vegetal, de encina, roble o haya porque el pino no vale, y nada, larga cambiada. Con los prontos que le dan se plantó, fue una conversación que los de la vieja guardia nos la sabemos de memoria de tantas veces como salió a relucir en otras conversaciones, fue un cabreo fundamental para la marcha de Lizarraga, un farol, pero salió. Os advierto, si no me dais os voy a poner yo un alto horno, los que me hagan falta, después no quiero quejas. No es tan fácil, hay que saber. Si sabéis vosotros también puedo saber yo. Hay que tener permiso. Se tendrá. Pues ahí tienes uno, en Orbaiceta, es del año catorce y está parado, cómpralo, ya verás el lío en que te metes. Eso habrá que hacer. Es un tío cojonudo, si dice habrá que hacer hecho, volvió con las manos vacías de lingote pero en cierto modo cumplió su palabra, ¿eh?, yo diría que con creces, volvió con la solución definitiva, con la firme decisión de comprar Orbaiceta, una ruina arqueológica, sin saber si estaba a la venta o lo que es más importante, si conservaba la licencia de fabricación y estaba permitida su puesta en marcha, sin saber si era aprovechable y sin tener puta idea de lo que era un horno alto, bueno, con más moral que un caballo de carreras nos explicó que era más o menos un sistema de carburación como el de un gasógeno y un buscar el punto del caldo como en una merluza koskera y que con menos detalles ya habíamos hecho cosas más difíciles, leche, aquello fue la obra de El Escorial, lo trasladamos a Eibain a puro huevo y no se consiguió su permiso oficial hasta el mismo día en que hicimos la primera colada, para mí que la hubiera hecho incluso sin permiso, fue una machada contra viento y marea, todos los siderúrgicos vascos informaron al ministerio negativamente, protestando por la nueva instalación, que si ya estaban cubiertas las necesidades nacionales, pijarotadas, tenían miedo a perder un trozo de la tarta como así fue, pues la verdad es que la parte material del horno apenas valía nada, una ruina, lo importante era conseguir un cupo propio, después nadie sería capaz de controlar en qué medida se sobrepasaba, eso lo vieron más claro que el agua puesto que lo estaban haciendo ellos y protestaron, ¿eh? Yo no sé qué gestiones, sobornos, enchufes o plegarias utilizaría, el caso es que estuvo a la altura de un auténtico «Jenti» y cumplió su palabra.

AITOR ARANA (MONDRAGÓN): Mejor cortar el rollo y explicar lo del traslado, tuvo su bisigarri, no se puede saltar eso, jobá, fue la aventura de mi juventud, me gusta recordar el traslado, la puesta a punto, me gusta mucho, todo el mundo dice de aquellos años malo, malo y era malo y a mí me avergüenza, como verá a pesar de que me dicen mala leche tengo más vergüenzas que nadie, de pudor o así será que no entro en explicaciones, vergüenza de que los recuerdo como los mejores años de mi vida, de joven, tenía un pecho blindao y funcionaba a tope, qué manera de trabajar, casi un chaval y andar con Lizarraga, Olaso y Patxi para un asunto tan de puta aldaba, fuimos los cuatro a ver la compra, lo estoy viendo cuando apareció el cañón del horno alto, al atardecer, entre dos luces y nublado, era para rodar una película de miedo, la chimenea como un rascacielos brumoso con el gris de la piedra sucia y el reflejo de la puesta y el tinglado alrededor, desmantelado, con vigas que movía el viento y las chochas graznando por la visita, dándole vueltas, boquiabiertos, cuando se ocultó el sol, a oscuras, sin estrellas, podían haber salido Drácula, el Hombre Lobo y toda la jarca sin inmutarnos, fueron años importantes, no pasé más necesidades que las del trabajo y me gustaba la metalurgia, casi nada, allí con los dos «Jenti» que habían confiado en mí, más importantes que un combate Paco Bueno-Fidel Arciniega, si me sobrarían fuerzas que hacía mis pinitos de box, aquella noche, en la pensión, no pegué ojo y de madrugada, sin desayunar, ya estaba yo con los planos de la viuda de Orbaiceta dándole más vueltas al tangay, andábamos de despiste como un burro en un garaje y Joshemari puso más conferencias que un ministro, andaban mal los teléfonos con la nacionalización de la Telefónica pero la central de Sanse, independiente, con material Ericsson de primera, bien, no hay más cera que la que arde, los planos de la viuda, algunos rotos, todos sucios y los que faltaban al carajo y lo que veían nuestros ojos, con eso a reconstruirlo en Eibain, madre coraje. Levantar un plano numerando piedra por piedra, eso hicimos, como el americano que se llevó la iglesia de Urraenea a Nevada, pues así, para reconstruir como un mecano. Unas piedras tremendas de grandes, apenas podíamos aprovecharlas, al quitar el mortero para el transporte se rompían, y las que llegaban sanas al labrar también rompían, quemadas o así, negras por dentro, para el cubilote si se aprovechaban nuevas, hicimos croquis de cada una, ya hicimos cosas, y a encargar nuevas. No era fácil, para todo más pegas que la mar, a contratar canteros y menos mal que los había gallegos pues los euskaldunes habían pasado a mejor vida, no muertos sino a mecánicos, ajustadores, a mejor oficio, el caso es que de donde fueran canteros ya había, pero piedra me cago en, difícil, siempre lo mismo, no hay, le atacamos al de Alsasua y el Olaso me manda a mí, como era el más joven siempre a bailar con la más fea. Vaya usted que tiene pinta de falangista. Me puse camisa negra y me recorté el bigote a lo finito y aguanté la vergüenza, le saludé al cantero, carlista, con el brazo en alto. Arriba España. Bueno, bueno, vale, vamos a hablar más tranquilos. Necesitamos piedra. ¿Piedra?, no sé si habrá. El tío me dice no sé si habrá con todo el monte a la espalda y un tajo recién barrenado que daba gloria verlo. En la sidrería cerramos el trato y bien, entró Lizarraga y me sacó del apuro. Se hizo plantilla de cada piedra perdiendo diámetro la hilada hasta el tragante, la tapa de carga, las dibujamos con dos centímetros de holgura y después nuestros canteros las ajustaban en casa, labor de artesanía, pero la cosa marchaba y lo de Eibain cogió forma, la chimenea de trece metros con zunchos metálicos y la piedra natural arenisca amarillenta, no se empleaba la dolomía sintética, claro, y una estructura de hormigón alrededor para facilitar los movimientos, en la tragante dejamos una plataforma de unos tres metros para lo mismo y todo protegido de la lluvia por una tejavana, las naves con soplantes, las estufas, los almacenes, Eibain se convirtió en un pueblo nuevo y nosotros orgullosos porque era obra nuestra, no, puestos a recordar no recuerdo mal los años malos, fueron los más intensos de mi vida, fue mi juventud y me gusta, ahí está pues.

Francisco Aguirre Elizondo (Patxi): En ese sentido si fueron buenos años los de pioneros, ese primer horno de diez toneladas fue una aventura y el segundo gemelo que montamos poco menos que de matute también, ¿eh? Despúes el grande de 35, de cok, ya fue más técnico que aventurero, el caso es que aunque el permiso era sólo para producción propia se hacía de más, natural, y mira por donde de no tener pasamos a ser vendedores de lingote, ése fue el negocio, un chorro de oro, el kilo salía a dos y media y se vendía a seis pesetas, la mina, y lo que supuso para cambiar en especie por otras materias primas, por lo que fuese, una varita mágica, pero lograrla, ¿eh?, fue duro, tiene razón éste, el bolo de aquella madrugada sin saber por dónde empezar a meterle mano es inolvidable, un bolo duro que no se te movía del estómago y no era cuestión de aguardiente, no, que no era el gusanillo mañanero, parecía una empresa imposible, de titanes y el caso es que metidos en el ajo, sobre la marcha, pues eso, titanes, no había dificultad que nos parara, de dónde coño sacaríamos tanta fuerza, en la vida me he sentido más seguro de mí mismo y a los demás les pasaba ídem del lienzo, ¿eh? El ejemplo arrastra y Joshemari era un tigre dando el callo, porque dice lo de la piedra, pues lo de la

159

leña más difícil todavía, que el horno se comía todo el carbón vegetal que le echásemos, venticuatro horas diarias dale que te pego, se contrató a un ejército de aizkolaris, de carboneros, un trabajo duro y en el economato se pidió sobrealimentación para ellos, la cartilla no les llegaba ni de aperitivo, habas, tocino, pan y café, el café se les escaqueaba y ni cuenta pues no lo bebían, mejor vino, arrasamos bosques enteros, qué escabechina, Olaso o yo íbamos con el experto, teníamos un tasador propio pues no hace falta vista, la mar, hacíamos visita previa y luego a la subasta de las parsonerías hasta Navarra, que por los alrededores no dejamos roble en pie y ya compramos hectáreas, a veces te daba pena, ¿eh?, tan hermosos y más de cien años para hacerse así, luego te acostumbras, bonitas excursiones hicimos con la madera. Se seleccionan las ramas medianas, las pequeñas no valen y el tronco tampoco, para tala de carpintero dejábamos, se hacen montones como de una meta chica sobre el propio terreno y se quema, un sistema prehistórico de hacer carbón y resulta, cuando sale la llama azul ya está, movilizamos regimientos enteros, parecía lo de las pirámides, se metía en sacos y por el monte en mulos, todo un espectáculo, a los camiones. Hicimos almacenes de granel en naves muy altas con tejavana para evitar la lluvia y la descarga se hacía con cuidado pues, si soltabas como en volquete, el carbón se hace un cisco fino que no vale para el horno, según crecía la montaña se le iba poniendo un camino de tablas, trabajo sucio, ¿eh? Y también tejavanas para los depósitos de caliza, otro problema, bueno, líos por todas partes. Lo que sí nos servía el carbón era para hacer buenas chuletadas, el carbón vegetal es bueno pues hace brasa con calor uniforme, en sidrerías con el vaho de las vacas y todo, buen ambiente, la chuleta de una en una partida en tantos trozos como comensales, así está a punto y no se enfría, por un tanto alzado nos abrían la chocha y a beber toda la sidra que se pudiera, barra libre le dicen ahora. Crismamos bosques enteros, ¿eh? Que sí que daba pena verlos después con los tocones llorando musgo, hasta Arantzazu mondo y lirondo y claro, se tuvo que repoblar con pino, se revendieron a los papeleros, el pino sí les sirve a ellos para pasta, que de viajes, hasta Soria fuimos por encino, en fin, que te ponías en la muga de Navarra y Guipúzcoa y para llorar más musgo que los tocones, los navarros cuidan mucho lo suyo y allí a lo correcto, por árbol que cortan árbol que plantan.

AITOR ARANA (MONDRAGÓN): Ir a por todas, eso hacíamos, con tantos problemas técnicos de puesta a punto que los demás no existían, la cabeza siempre estaba en lo mismo, en el trabajo y yo te creo que así se es más feliz que no pensando en la hora de la salida para ir al baile, o donde sea, pero con la cabeza en otro sitio, que ahora a muchos que se quejan de la paga no les ves más que mirando el reloj, porque todos tienen reloj y reclamaciones, pero maldito si luchan por arreglar nada. Ya digo, sin experiencia y a por todas, hubo fallos, accidentes, a follón diario salíamos pero avanzando, localizamos al ingeniero de la viuda en Pamplona, un viejito más sonado que Arciniega y ni se acordaba de Orbaiceta, me suena, me suena, sonar y lo había instalado él, joder, le dejamos en paz. Problemas del carajo y problemas tontos. Un manómetro de mercurio más viejo que la isla y a no cambiar pues no sabíamos la presión que marcaba, sólo una raya y qué sería la raya, me cago en, más de una vez saltó el mercurio a tomar viento y a los casados, ja, con el vapor la alianza blanca de amalgama, vaya susto, limpiar rápido con lija y nueva. Y cuando la puesta en servicio que por poco si se nos desmorona, necesita varios días de precalentamiento para irse la humedad sin producir grietas, pues gracias al ojo divino que al segundo día ya estaba el Olaso metiendo mecha. Peligro y serio el lobo, que viene el lobo como en el cuento del pastor, que se solidifique el mineral dentro, el horno alto se carga por capas, si no se reparte bien el carbón en su capa, o la caliza, no quema bien, no hay temperatura para fundir totalmente el mineral en la capa junta y entonces al llegar al crisol no tiene combustible, no termina de licuarse, vaya, y el vientre se queda duro, ése es el lobo, no se puede pinchar la piquera y sangrarlo. Si pinchas y no viene y se llega a enfriar, lobo al canto, hay que dinamitar el horno, la rehostia, ahora con control automático marcha de seda, pero antes qué, quién, ojo clínico, a Joshemaría nunca le pasó y tampoco tenía experiencia o así, conocimientos de ingeniero, que de ser todo lo más herrero, allí no hacían falta ingenieros ni títulos, práctica, Lizarraga es un aparato de precisión humano, vista y horas a pie de obra, siempre atento, siempre él delante, nada de papelitos de régimen interior, allí y a voces si hacía falta, y a leches, venía mal y allí estaba y si venía mal echar más carbón, o meter un tubo de oxígeno y purgar un poco, tantear con las cargas por arriba o jugar con las toberas para dar calor sólo a una capa, así hasta que venía, a veces el horno llegó a estar enfermo de puta aldaba, dos días seguidos y allí el «Jenti», que si deja la fundición a media taza vaya desastre, sin dormir hasta curarlo, nunca tuvimos lobo, tanteando hasta que el tío dice ahora viene bien la escoria, ya está, dale, pinchamos el tapón de arena y sale el caldo rojo, un dardo líquido y glorioso, fluido y a colar, se las sabía todas y yo a aprender, de él aprendí, es un instinto eso de ver cuando te viene, como correrse al tercer polvo, que ya ni puedes pero de pronto notas y arreas, a mí ese chorro rojo del caldo, la calor que te reseca la piel, me parece una cosa tan de hombres que mira que es duro el oficio pero no sabría vivir sin su presencia, sin el chisporroteo, te da algo por dentro esa sensación de poder y riesgo, te hace hombre. Sin peligro no hay hombre, y trabajar con peligro trabajamos cantidad, el no saber, el probar tanto de nuevo, y con el hierro no tanto, ninguno, con el óxido de carbono es con lo que caían como moscas, con tanto personal virgen de fábrica y como la cosa no estaba por la seguridad sino por la producción o así, pues eso, caían, por intoxicación de gas, arriba, en los tragantes no murió ninguno, mareos y vómitos los que quieras, la campana de la tragante no cerraba bien, con fugas, daba un olor fétido, característico, se te metía en la ropa, y a caer como con los braseros de antes, de cisco, les sacabas al aire y como nuevos. Un día Joshemaría les empezó a llamar maricones a los del mareo y como siempre subió a dar ejemplo, no se podía aguantar, bajó medio muerto, sin sentido, lo sacamos a una campa pero no cayó en la fundición, pálido, de cera, pero sin caer, si cae delante de los obreros sería de muerto no de otra cosa. Fuimos a otros hornos altos a copiar las toberas de bronce y de cobre, las nuestras de hierro colado se rompían y eso, las hicimos más grandes también, en las de Avilés, entramos disfrazados con buzo y casco de Ensidesa y nadie nos preguntó nada, si enganchamos un vagón de tochos nos los traemos a casa, menudo despiste, pues mira por dónde el primer muerto fue la cosa más tonta, la carga de mineral se subía en un caldero con un polipasto, el caldero al llegar arriba daba a una palanca, un invento made in casa, y así paraba el tambor de enrollado, pues una vez no funcionó el invento, siguió tirando del cable y canca, cayó carga, caldero y la biblia, mató al de abajo, instantáneo. Ha muerto gente pero yo te digo una cosa, para mí así lo prefiero, en la fundición y de repente que no meses en cama jodido de cáncer.

FRANCISCO AGUIRRE ELIZONDO (PATXI): Pasaban cosas, el personal llegaba como la marabunta y no todo se podía controlar con la rigidez de ahora, ni la parte técnica, ¿eh?, que funcionábamos sobre la marcha, la de números y croquis que hicimos sobre el puto suelo de la fundición, ni en papeles siquiera, el suelo siempre con polvo y Lizarraga haciendo cálculos, dibujando con el dedo en el polvo, a ver, tú, números cantan, o dibuja lo que vas a hacer y allí en cuclillas lo decidíamos, se borraba fácil con la palma de la mano si no estaba de acuerdo y hala, a dibujar otro croquis, cuando se daba con la solución adelante con ella sin más permisos, y con el personal lo mismo, desde el cuarenta empezó a llegar el correo con gente hasta la bandera, en los techos, que más de una cabeza se segó a la entrada de los túneles, con su maleta de cartón y ni empadronamientos ni salvoconductos evitaron la avalancha, natural, la gente se mueve hacia el trabajo, en Eibain lo peor de cada casa pues no se pedían informes a la guardia civil como hacían Patricio y otros, uno había matado a su padre, otro violado a su hija, menuda jarca, pero currelaban y así ni huelga ni leche, porque si se les exigían papeles estaban perdidos, había mucha necesidad y también se transigía con las trampas, ¿eh?, metían el dedo y hala, de baja a la siega, a su pueblo. Con lo del gas empezamos a racionalizar algo, a no desperdiciar, lo llevamos a las estufas y combustible gratis, contaminaba menos aunque maldito si importaba, aún no les habían dado a los cagatintas por escribir sobre la contaminación, el mejor aprovechamiento fue con dos grupos electrógenos suizos, como los suizos eran neutrales vino un ingeniero joven y los montó bien, con filtros purificadores y todo, menudo marcaje le hicimos, y después siempre, tío de fuera que venía a absorberle toda la sustancia gris, que algunos ya se enfurecieron, ¿eh?, era un chaval majo y no se cabreó, estaría bueno, se fue contento porque le tratamos a cuerpo de rey, era una época de cenas a barullo, cenas de trabajo podíamos decir, ¿eh? No dejaban hablar euskera en la calle, pero en las cenas de órdago y el Gora Euzkadi Askatuta hasta las tantas. Con el comandante del puesto y los de la brigada político social había jarana pues pasó cada cabrón de aúpa, ¿eh?, pero como había amistad con el gobernador con un toque a tiempo la cosa no pasaba a mayores, a por vagos y maleantes les mandaban, uno sí cayó bien en el pueblo con todo su golpe de comandante del puesto, un andaluz más salado que las pesetas, andaluces y de por ahí eran, pues ningún guipuzcoano que yo sepa fue nunca guardia civil, ¿eh?, no hay afición, el tío lo llevaba bien, el andaluz que te digo, siempre nos saludábamos: ¿Qué, epidemia de orden? Tranquilidad, contestaba. Cuando alguien denunciaba en el cuartelillo que había oído canciones vascas escribía unas declaraciones pomposas y comprometidas, habiendo oído canciones ofensivas contra el régimen, yo fulanito de tal denuncio a o así, y ninguno se atrevía a firmar aquello, mejor, le felicitaba, para qué complicarnos la vida. Aquél vivía y dejaba vivir, mejor que a otros le fue. Me encargaba a mí las chapuzas. Patxi, mándanos un hombre para blanquear el cuartel, que sólo tenemos dos mil pelas para el mantenimiento de todo el año. ¿Ya le habéis pedido permiso al Lizarraga? Hazlo tú, coñe, que me da lacha, le estoy pidiendo carbón todos los días. Pero con otros, ¿eh?, había que tenérselas tiesas, justo lo contrario. El caso es que, cuando funcionaron los hornos, Eibain creció y Lizarraga se convirtió en la gallina de los huevos de oro, lo que se hiciera vendido y sin preocuparse de virguerías, nadie se molestaba en hacer nada con la meticulosidad de antes de la guerra, y los pagos al contado o por adelantado, ¿eh?, no se concebía el crédito ni el follón de letras, se hizo dinero, cantidad, tanto que no se sabía qué hacer con él y sin embargo algo había que hacer, ¿no?, por eso pasamos al acero.

ANÓNIMO X: ¿Qué le parece la exhibición de solidaridad? Una respuesta inmediata al desafío de las cartas, todo cerrado y todos encerrados en casa, menuda tensión, menos mal que la gente se lo está tomando con calma y más serena que la luna, claro que como sigan provocando no sé, habrá que salir a la calle, a las barricadas, es una tentación a evitar, peor que una trampa, por eso mejor en casa, a una moza por darle una torta a un poli le han puesto el culo más negro que el de una sartén y una multa del carajo a la vela, es un aviso, hay que aguantar flemáticos, no queremos muertos de ningún lado, sobre todo mientras dure lo del rapto no hay que perder la calma, que no se confunda la gimnasia con la magnesia, el topo sigue su marcha, no cederemos ni a la violencia ni al sentimentalismo, no queremos que le pase nada a Lizarraga, pero tampoco vamos a firmar un manifiesto pidiendo su libertad. Algunos no tendremos himno, ni bandera, ni escudo, pero existimos, somos de carne y hueso y ocupamos un lugar en el espacio. ¿O no? Pues entonces que se nos respete y después hablaremos.

JOSÉ SÁENZ DE HEREDIA: Es increíble su contumacia, no insista en lo de las informaciones porque nada confidencial puedo comunicarle, un banco es como un confesionario y el secreto de la confesión es fundamental, y además no hay nada de esos rumores de concentración de billetes usados, al menos en esta sucursal. Los banqueros tenemos mala prensa pero mucha bibliografía, los informes generales los puede encontrar en cualquier libro de texto, mi opinión, particular, no del banco, no estoy autorizado para ninguna declaración oficial al respecto, es que se hizo lo que se pudo, el statu quo frenó la corriente inflacionista, pues se hubieran lanzado a la creación de nuevos bancos con afanes meramente especulativos y si el contexto legal fue rígido con la creación del Instituto Español de Moneda Extranjera y la ley de Ordenación Bancaria es que había razones de peso para ello, los privados ya hicimos lo posible por agilizar la situación mediante la pignoración de la Deuda Pública, por otro lado muy mal interpretada por los economistas, a posteriori, claro. ¿Lo hubieran hecho mejor ellos? Lo dudo, mire, en frase crudísima «les affaires c'est l'argent des autres», y cuando el bloqueo estábamos solos, no había otro, se acabó la exportación, Lizarraga aprovechó bien la oportunidad de la Argentina y lo de México, había allí mucho vasco refugiado, amigos y enemigos, y a través de intermediarios muchas empresas funcionaron en acuerdo bilateral. Concedido que el cambio único resultaba forzado, pero ya se compensaba con el sistema de cuentas especiales, eso atenuó el mercado negro de divisas, sería inútil negarlo, existió un mercado negro pero seguirá existiendo como la falsificación, son cosas que no se erradican con la inocente nota al margen de los billetes del XIX, «pena de muerte al falsificador», y se dan en las economías más poderosas, los eurodólares de hoy sin ir más lejos. La devaluación de la peseta hubiera hecho el mismo efecto que todas estas medidas combinadas, era una devaluación de facto, y sicológicamente al pueblo le hubiera desmoralizado más, la moral era un valor financiero en una época tan dura y no había forma de salir del círculo vicioso porque insisto, no había otros, faltaba el dinero de los otros. En esa línea estuvo bien la quema de los billetes de cinco mil pesetas que el Consejo Republicano del Banco de España encargó con bastante inconsciencia a su habitual proveedor Bradbury Wilkinson, servata distancia nos hubiera pasado como a los italianos con sus sábanas de liras. Las circunstancias mandan y la postura no fue sine die, en cuanto se pudo se volvió al cambio múltiple. Cierto que se produjo una concentración financiera, pero en manos experimentadas y honestas, al menos algo del oportunismo circunstancial se salvó. Está de moda atacar a la banca privada pero nadie la explica en aquella estructura económica de puro caos, las leyes de Parkinson se cumplieron a rajatabla con la organización burocrática más sofisticada del mundo y, por ejemplo, con un tráfico ferroviario plagado de preferencias que obligaba al mayor recorrido por tonelada que se recuerda ¿También los banqueros tenían la culpa de eso? La pertinaz sequía fue algo más que una metáfora y el pueblo español siempre tiende a solucionar sus problemas con el milagro, por eso era tan importante la moral, le gustaban las noticias milagrosas como el descubrimiento de petróleo en el centro de Alicante y lo que son las cosas, con moral y trabajo Alicante y toda su provincia a la larga encontró su petróleo particular, el turismo, hay que dar tiempo al tiempo limitado, caramba, no insista, si se está enconando es por los intermediarios que como usted mismo hacen circular los más extraños rumores, si dejasen en paz a las dos partes ya estaría solucionado, sí, es mi opinión particular, se arreglará, don Ignacio es un negociador habilidoso.

ANÓNIMO VII: Ese es un vaselina, está haciendo méritos de niño bueno para que le asciendan y no dirá nada, venga aquí, a Lizarraga tienen que bailarle el agua por pelotas, trabajaba antes con el Guipuzcoano y como no le hicieron consejero se pasó a éste con todos los arreos, en algo le complacerían, digo yo, ahora con lo de las incompatibilidades no se sabe quién es quién, la mayoría son hombres de paja. Lo de la pasta ya está o casi está, lo tienen en la central de Sanse, los cincuenta en billetes de mil usados, y de cien, empaquetados según las instrucciones, pero según radio macuto sólo saldrán, si salen, en caso de emergencia, hay órdenes de arriba, de muy alto según parece, nada de negociar bajo imposición y el bueno del hermano encantado de retener la bolsa, por eso están forzando las investigaciones, pero con la huelga general les ha salido el tiro por la culata, en realidad la han provocado ellos mismos con unas cartas tan improcedentes, lo que resulte ya lo verá usted. A mí no me ha visto, ¿de acuerdo?

169

IÑIGO ABAD IRIONDO: No me molesta en absoluto, todo lo contrario, no sabe cómo me alegra la aceptación de mi ofrecimiento. No, de su situación personal no puedo decirle nada porque nada sé y si me apura le diré que prefiero estar ignorante, no es que no me preocupe, que me preocupa y mucho, pero es una cuestión familiar, no empresarial, mi opinión particular es que se están tergiversando las informaciones, ya verá cómo no llega la sangre al río y todo se arregla para bien de don José María. Lo importante es eso, su seguridad personal, después ya recuperaremos el tiempo perdido en la fábrica, peores temporales hemos pasado y la cuestión laboral se remansará, la verdad es que en el fondo todos los obreros le aprecian, ahí tiene esa maqueta preciosa, es una obra de arte, original, no copia, una ferrería de 1697 diseñada por Pedro Bernardo Villarreal, de Berriz, con una placa de lo más expresiva: «Por suscripción colectiva de todos sus productores al Ilmo. Sr. Dn. José María Lizarraga Múgica en el día de su cincuenta cumpleaños. Zorianak eta Aurrera».[1] Costó una fortuna y aportó hasta el último aprendiz de forma espontánea, no todos los patronos pueden mostrar una cosa parecida. Pero lo que mejor puede mostrar es su obra en marcha, competitiva, con futuro. Y el nacimiento sin embargo no pudo ser en condiciones más desfavorables, el salto a gran empresa en los años de autarquía le muestra como un hombre de empresa de talla excepcional, supo fundamentar con seriedad, con base tecnológica, en una época de desarrollo industrial a lo que saliera, en una

---

1. Felicidades y Adelante.

época de huir hacia adelante como fue la fuertemente condicionada por la amistad con el III Reich y no con los aliados, con una desastrosa política económica que nos llevó a rechazar un crédito USA de cien millones de dólares en el cuarenta, figúrese, y quedar fuera del European Recovery Program, el plan Marshall, y en el interior con una hostilidad oficial a que la industria renaciera en la llamada zona roja de las vascongadas que, en el ordenancismo exagerado de la época, marco ideal para la corrupción estraperlista al más alto nivel, y sin tener acceso a los despachos de Madrid para licencias de importación, divisas, etc., obligó a un esfuerzo titánico para crecer con las dimensiones adecuadas y no caer en la fácil especulación no productiva. No se era de interés nacional, no se socializaban nuestras pérdidas como hacía el INI con los fallos de otros particulares, y se aguantó la escalada demagógica de la Seguridad Social, con todo ello resulta injusto que ahora, de cara al Mercado Común, a un mercado transparente, se haga sólo responsables a los empresarios, pero es que a pesar de todo Lizarraga sí está preparada para competir en una economía de mercado y todo porque en los años difíciles se supo ver con claridad, sin contentarse con un crecimiento de invernadero protegido por unas barreras aduaneras, protectoras sí, pero también fosilizantes. Esto es hablar claro, nuestro gobierno jamás practicó la autocrítica y menos aceptó la exógena, sostenella y no enmendalla fue su lema, así que las opiniones que queden entre nosotros. Los números oficiales sí pueden airearse. Tenemos pocos impresos de la época, no había afición a los datos estadísticos, no se hacían ni catálogos, pero de todas formas le prepararé un dossier con lo existente. Por supuesto nadie es espíritu puro y nadie pudo funcionar totalmente dentro de la ley, por otro lado laberíntica y contradictoria, a veces caía en el pintoresquismo, el cementerio nuevo se bajó por Arrizar porque tenía que estar a más de cien metros de la vivienda más próxima, pero después, cuando construimos el grupo de casas económicas para los obreros, no hubo pegas legales en llegar hasta sus tapias. En líneas generales se ciñó a la ley lo más posible, apenas existió la doble contabilidad, ni el contrabando, algunos repuestos se obtuvieron de la picaresca, con el truco de la etiqueta verde como muestra sin valor postal, cosas nimias, la solución definitiva en aquella stanginflation, entonces no se llamaba así porque no existía nombre para el estancamiento con inflación galopante, fue comprar la correspondiente cuota de mercado, comprar una industria para así circular entre los agobiantes decretos sobre recuperación de chatarras, restricción de hierro, de combustible, se llegaron a consumir los schlamms como si fuera cok del bueno. Una decisión valiente. Se compró lo de Orbaiceta y con ellos sus permisos, pero fíjese bien, se compró una instalación caduca y se puso al día, al más alto nivel de rendimiento cuando nadie tenía en cuenta los costes y cuando la mayoría lograba dichas prebendas por amistad, la menor concesión normal, sin hablar de las deshonestas, era un privilegio y Lizarraga jamás tuvo ninguna. Sólo una y la compró con su propio dinero, jugándose todo el capital a una carta, para mí eso es definitivo, casi heroico.

Celso Trincado Bodelón: Sí señor, bueno, no señor, quiero decir que yo no soy don Celso Trincado pero que no tengo inconveniente en contárselo ya que, si el señor Abad le deja ver los papeles, sí señor, sí me llamo Celso, éramos tocayos, su ayudante, de eso entré yo en la casa, como ayudante suyo por recomendación de un amigo, mi madre era viuda de guerra y conocía al gobernador, bueno, pues ponga su nombre porque el mío no cuenta, no le voy a dar ninguna información de primera mano, las que le oí a don Celso que en gloria esté o donde se halle, que estará, si vive, pegándose la gran vida, era un vividor nato, ya sabe, como los de entonces, a lo gran señor, sombrero y chaqueta cruzada, grueso, siempre impecable de gris o azul marino, el pelo hacia atrás con fijador, a mí me imponía respeto, fue un personaje clave en Lizarraga hasta que desapareció sin dejar rastro, a tiempo, ya nadie se acuerda de él y si vienen mal dadas tampoco le pedirán cuentas, imposible localizarle, un tipo con vista, cuando se acabaron sus servicios especiales se esfumó, yo apenas le ayudaba en tener al día los pedidos, los papeles de archivo, sí señor, su ayudante remoto, como ahora del guaperas del señor Izquierdo, el del marketing, otro de los seguros de sí mismos y en la cresta de la ola, yo es que no he pertenecido a ninguna ola ni moda y a ésta del marketing menos, es el de la corbata chillona que parece un maniquí, un presentador de la tele, ya le conocerá, en realidad no tengo carácter para prosperar en una empresa tan grande como ésta, con tantas responsabilidades y zancadillas, pero es un empleo seguro y con los quinquenios no me quejo, vivo, tampoco hubiera prosperado en ninguna, lo mío es la filatelia, cuando me jubile los sellos serán mi salvación, me entretendré con ellos y en caso de apuro económico ya valen algo, sí señor, le cuento porque en los papeles éstos no encontrará nada, aquí nunca se guardó nada importante, a lo mejor ni figura ya el nombre de mi tocayo, un fanfa, siempre andaba presumiendo de que si tal y que si cual y por las trazas parecía cierto, fue el primer marketiniano y con más salero que estas crías de pavo real, el que montó aquí lo comercial y sin tanta máquina electrónica, sólo con su pico de oro que convencía a cualquiera, capaz de venderle frigoríficos a los esquimales, aunque lo suyo no era el problema de ventas que las cosas se vendían solas sino el de las compras, en fin, de todo lo comercial porque el equipo primitivo con don José María, Olaso y demás, de tacto comercial cero, lo suyo era la fábrica y él tenía gancho, carisma, se supo ganar su confianza y eso que era de fuera, El Gallego le llamábamos porque era de Ponferrada, en León, pero él decía de El Bierzo, la quinta provincia gallega, ése era un rollo que le gustaba y los gallegos son una mafia, se ayudan como nadie y como estaban en el machito tenía contactos, ése era su gran mérito, siempre tenía una tarjeta de visita a punto con la recomendación idónea, qué tío, valía para eso, yo no puedo, no tengo cara, no me gustan los líos, prefiero decir sí señor a todo el mundo y que me dejen en paz, ayer mismo me pararon los grises en un control y me puse tan nervioso al ver la metralleta que no sé, por poco declaro que yo rapté a don José María, si me dicen que me ponga un lazo rosa en el pito me lo pongo, también le llamábamos Pito de Oro, pico por lo que hablaba y pito porque siempre presumía de las chavalas que se beneficiaba en sus viajes y sería cierto, no me extrañaría nada con sus posibles y la necesidad que había, estaba metido en mil asuntos, en su tierra con el wolfram se forró, y con el carbón, el caso es que se ganó la confianza del señor Lizarraga, tanto que era él casi en exclusiva el que manejaba el Fiat de la casa, un seis cilindros negro, con asientos de cuero negros, un coche regio que andaba la mar de bien y aunque las carreteras estaban de pena, como apenas había tráfico, los viajes no eran incómodos y mira que desde que don Ignacio chocó con el tranvía de Tolosa no le dejaba conducir a nadie y todos nos pirrábamos de envidia, pues sí señor, tanta confianza que hasta en las gestiones de Madrid era él y no don Ignacio el que llevaba la voz cantante, la verdad es que don Ignacio nunca, bueno, el caso es que don Celso conocía a la persona adecuada en el despacho clave, así que en Eibain siempre entraba por el arco del triunfo con la licencia en el bolso y varios virgos más en el coleto y todos encantados, tocayo, cuando vengas conmigo a los madriles te voy a presentar a una teutónica que te tengo reservada. Alguna vez le acompañé y sí que nos corrimos nuestra juerga por cuenta de la casa, siempre con teutónicas, le gustaban opulentas, tienes más delantera que el Athletic de Bilbao piropeaba, se las sabía todas y aquí todo el mundo encantado de viajar con él. Madrid estaba salido, revistas, boites, la intemerata, don Celso tenía el cuartel general repartido entre una marisquería, La Tropical, por el día, y una sala de fiestas, Cunigan, creo, por la noche y en cuanto aparecía la vocalista se acercaba a su mesa para cantarle lo de bésame, bésame mucho, como si fuera esta noche la última vez, un fox lento para enderezar al más menopáusico, habían prohibido esa letra, por eso estaba tan de moda, pon en tus besos destellos de loca pasión, y salía a bailar al centro de la pista con un magreo que para qué, se bailaba aplastado, nada de pop, lo de la vaca lechera quedaba para gamberrear en la calle, el antro era un nido de estraperlistas de alto copete y allí se apalabra-ban los negocios serios, a lo grande, entre gangsters anda el juego, y como solucionaba pegas increíbles se forró, una vez estuvo a punto de fallar, sí señor, es verdad, pero la versión no sé si es ortodoxa porque me la contó con eufemismos y yo apenas controlé la gestión, por otro lado apenas controlaba nada, la palabra y el sobre en mano era lo más frecuente, algo de una reductora, no sé, se conoce que no daba ni con la tarjeta ni con la persona y recurrió a la Marquesa de Patatín, de Patatín porque todavía está en activo, por eso le digo el pecado pero no el pecador, la Patatín estaba liada, o era parienta, o el contacto que fuera, con un militar de campanillas, tampoco le digo el pecador por lo mismo, y solía vender sus servicios de intermediaria aunque la mayor parte de las veces se quedaban en agua de borrajas, no hacía nada y se quedaba con la pasta, las víctimas por temor al Ejército y a la Fiscalía de Tasas no la denunciaban, pues eso le pasó al Gallego, que le estafó, menuda fiesta, pasaba el tiempo y la reductora sin aparecer, el señor Lizarraga tuvo unas palabras con el señor Trincado, el caso es que los dos juntos se fueron a ver a la Marquesa, jamás se había metido don José María personalmente en las gestiones personales del otro, el caso es que don José María agarró por el cuello a don Celso y don Celso agarró por el cuello a la Marquesa, aunque lo más probable es que don José María agarrase por el cuello a los dos y así unidos en amigable trinca se presentaron en la fiesta del militar. Sí señor, me hubiera gustado verlo. Daba una fiesta en una villa de cine, cuatro cuartos de baño, garaje, piscina y casa de guarda, en Miraflores de la Sierra, algo suntuoso y por todo lo alto, con orquestina y animadora, un lujo asiático en los años de la tisis y el piojo verde y de los árboles colgaban jamones para servirse uno mismo, y nada de cup, champán francés, no sé qué entrevista tuvieron pero el caso es que de allí salió para Eibain la reductora que estaba en un stand de la Feria de Muestras de Barcelona, salió más cara pero salió, sí señor, ése fue el único incidente, lo demás lo solucionaba como la seda y sin palabras extranjeras, ni estudios de mercado, ni el follón que necesitan ahora los imberbes bigotudos del departamento comercial que se creen el ombligo de Buda, yo no seré nada en la empresa, un subalterno a perpetuidad, pero no creo que ellos sean mucho más, en especial el señor Izquierdo que lo único que cumple de los requisitos que se anunciaron para el puesto es la buena presencia, y las chavalas de la oficina ya le miran, pero de ahí a las consumaciones del Pito de Oro hay un abismo, ni a eso le ganan, sí señor, yo también soy Celso, pero ni me nombre, digamos que soy la voz de mi tocayo desaparecido en el más confortable de los anonimatos, ahora bien, si quiere algo de filatelia la cosa cambia, sí señor, para eso sí estoy dispuesto, colecciono de España y animales.

ENEKO: En el fondo la situación del vasquismo siempre ha sido mala, hombre, tanto como en aquellos años no, imposible, aparte el hambre que pasábamos, sólo nos alimentábamos de féculas, meca con las famosas alubias, los tambores de Fumanchú, lo vasco estaba perseguidísimo y muchas familias separadas por la frontera, la nuestra, me acuerdo para ver a mi hermano y tener noticias de la etxekoandre y los hijos quedábamos citados entre los zarzales del río y alguna vez ya nos atrevimos a vadearlo para darnos un abrazo, era un riesgo tremendo, me tiraba manzanas y quesos y los cazaba al vuelo, si nos pillan los alemanes kaput, los alemanes se paseaban de permiso por Donosti y la gente del pueblo llano, los obreros, los vencidos, les pegaban cada pita de muy señor mío, ¿sabe lo que se les envidiaba más?, los uniformes, menuda tela, y las botas, bueno, fue un proceso de desvasquización durísimo, mi pequeño me contaba que en la escuela, si durante el recreo hablaba en vasco, le daban una bola de acero, de rodamiento y se la tenía que pasar al siguiente que oyera hablar en euskera, el que entraba con la bola en clase era castigado contra la pared, el más canijo era el que se quedaba siempre con ella, por supuesto, el caso es que cuando volví se había perdido el gusto por el idioma, daba vergüenza hablarlo, era un síntoma de paletez, de borono, sin embargo ahora parece que vuelve y con fuerza, es un problema de falta de comprensión, si hasta nuestro símbolo sagrado lo asocian a la cruz gamada y es justo lo contrario, la svástica tiene las puntas en giro hacia la izquierda, signo de muerte, y el lauburu las cabezas hacia la derecha, signo de vida, en fin, qué se le va a hacer, aunque la cosa no tenga remedio seguiremos luchando.

El mugido berrendo de una ballena herida suspende la comida, el agonioso de muerte y el chapoteo por librarse de los arpones y el remolino de arena le estremeció el alma, notó el arrebujo del corazón y pensó en el cachalote embarrancado en Zumaya que fueron a ver todos los niños de Guipúzcoa, él de la mano de su padre, dos ruidos superpuestos en un motor con veinte toneladas cuesta arriba, el agonioso del freno y el chapoteo de las velocidades, susto, sorpresa del primer sonido diferenciable del exterior desde hacía cuántos días, años, en que iban de excursión a Ulía y desde la Peña de los Balleneros Vascos la imaginación vislumbra el clásico chorrito por los escudos de Fuenterrabía, Motrico, Lequeitio, Bermeo y las costas de Terranova, trepaban ilusionados y el aitá señalando el horizonte con el anacrónico rebenque contaba sus aventuras, cuando cruzamos el charco, jamás lograron divisar cetáceo alguno, sintió los incontables latidos tan apiñados en la garganta que el trago de agua mineral con gas se le atragantó y tosió de modo espectacular para el crítico momento.

—¡Calla, coño!

—¡Chisst!

—Silencio. Atención. Esto es una alarma. Tírese al suelo. No haga ruido. No hable. Quieto hasta que no se le ordene lo contrario. Puede morir. ¿Comprende?

La cabeza de arriba abajo es sí, lo entienden en casi todo el mundo menos los rumanos que hacen al revés, ya son ganas de diferenciarse, los indios con el blanco de luto, los ingleses circulando por la izquierda, y las regiones con idiomas conflictivos, más vale limitarse al momento presente, bai, oui, yes, de acuerdo, suspendió la comida y se arrojó al suelo, con cuidado, maniobrando entre las agujetas y el dolor de espalda, si descubrieran el refugio y un montón de eslabones condicionales más quizá recobrara la libertad.

—No se mueva, el menor intento de fuga o rescate y es usted hombre muerto, ¿comprendido?

Se evaporó la tenue esperanza, el negro orificio de la Parabellum de Abelbat, gemelo del de las otras dos armas pero menos ominioso por su íntimo control, se prolongaba en aquel ser humano que no apeaba el tratamiento de usted dándole un aire menos siniestro a las amenazas, pues apuraría al máximo el margen para disparar, pero también lo haría llegado el caso, se encontró tumbado, de cúbito prono, forzando vista y sentidos para percibir algo, habían apagado el flexo y nueva sorpresa, todavía empuñaba el cuchillo diminuto de los elementales cubiertos camperos con que le sentaban a la mesa de conservas, repasó el filo con peladura de manzana, meditando.

—Silencio.

—Calla tú.

Se escuchó el silencio de la palabra pronunciada fuera del receptáculo por el vigilante intuido y después el audible paso de un ángel incapaz de levantar el menor susurro, nada, el vital golpeteo en el esternón, en las sienes y en los pulsos al forzar el giro de la poderosa muñeca, los dedos insuficientes en número eran sobrados para provocar la huella que buscaba, el indicio tangible con movimientos cortos, lentos, podero- sos de sierra, con la breve navaja cortó el suelo de lona, ahogando el rumor del rasgueo con los temores de la sudoración, del picor de poros infectados en el cuello, con la suciedad acumulada por simples lavajes con una toalla húmeda, con los escozores de ropas íntimas sin posible cambio de muda, rasgó lo suficiente para la toma de muestra, un centímetro, cambio de posición dentro de la amplia palma, de lo fino a lo agudo y clavarlo, intentar el giro en barrena del cuchillo, en vano, apenas un pinchazo pues ante la resistencia del desconocido sustrato la hoja amenaza con romperse por flexión sobre la dura roca, cemento, terrazo, no tan consistente, ya gira y la barrena produce las ansiadas virutas, parece serrín, migas de sueños empalmados con otros sueños, la sensación tantas veces flotante parece sedimentar en un último sueño imposible de existir, el de yo he estado aquí antes, ocurre en los sitios más inverosímiles, en el viaje al país antípoda, en la visita al personaje desconocido y de repente, al entrar en una habitación, uno lo siente con seguridad inquietante, es como si ya se hubiera estado allí, ahora aquí, en otra imposible ocasión y uno se resiste a la imposibilidad y busca en el desván de los sueños infantiles, inefable archivo que siempre defrauda, hasta que se convence, mientras resoba la viruta, de que no da con la pista y sin embargo la sensación es innegable, es un hálito, algo tan real y remoto como un jeroglífico sin descifrar, un rótulo en japonés, lo mismo es el significado de los sueños, las interpretaciones son complicadas, poco fiables y menos en boca de especialistas próximos al esoterismo sicoanalítico, FARE tendría también algún significado, ¿si eran ETA porque firmaban FARE? La contradicción en sigla deforma el significado, el contenido, le da una cotidianidad enmascarante, RIP se dice fácil y sin demasiadas connotaciones lúgubres, F de fuerza, de federal, de fusión, A de asociación, de armada, de activista, R, de revolución, seguro, de república, de rebelde, E de España, de Euzkadi, de Eibain, ¿en qué idioma se tendría que leer FARE? Hoy el mundo no se entiende, como mucho se sobreentiende comido por estas abreviaturas que se autoprocrean cancerígenas, de prácticas pasan a obnubilantes difuminando significados, desviándolos hacia bastardos intereses, es el torrente incontenible de BB, CC, LD, DT, TWA, USA, CIA, CEDA, CECA, ASTM, AISI, TIR, ITT, CNT, UGT, PNV, RTVE, UHP, HP, RH, PH, PENS, PCE, FET, JONS, TOP, OAS, OMS, SOS, DNS, SA, SL, SCI, SARL, GMBH, MGM, MMM, FMI, FBI, ICC, CCI, BIRD, OIT, OPEP, FC, CIF, FOB, UNO, INI, UNE, UNI, INP, VIP, MIL, AFNOR, DIN, CEE, TTT, EFTA, GATT, SEAT, IHA, SIS, JIS, NASA, FASA, SS, CCOO, SOE, PSOE, USO, BOF, SKF, RENFE, RPM, EPM, en propia mano, para que no se pierda, así deben entregarse los mensajes íntimos, no en jeroglífico de rótulo japonés, la sensación de haber estado antes aquí, en contacto con estas migajas que al apretar pinchan, son diminutas astillas de un suelo de madera, cualquier conclusión puede estar provocada por el deseo y es mala norma operativa, acientífica, incluso para alguien que presume de percepciones tecnificadas, acostumbrado a diagnosticar sobre material, espesor, temperatura, tiempos, caracteres humanos, virtud ahora aprovechable por si urge o se provoca, por si se quiere forzar la ocación.

—Pasó el peligro.

—¡Chist!

Un silbido corto y otro largo fue la señal, pasó el peligro, no retiró la pistola pero dejó de apuntar, de ser un dedo más, tumbado en el suelo, balanceando la palma abierta, le indica que conserve la posición, que no se levante.

—¿Lo ve? Nos salvamos juntos. Por colaborar. La unión es eficaz en todas las circunstancias.

—A la fuerza ahorcan.

—Siempre hay objetivos comunes, la vida en este caso.

—La cogestión en general, ¿no? Supongo será partidario.

Provoca la charla, es sencillo enredar la madeja de las discusiones socioeconómicas, se ha acostumbrado a los nuevos hábitos del encierro y resultan mejor que el incontable conteo de segundos, latidos, cadáveres, son temas que jamás discutió ni en público ni en privado, ni siquiera consigo mismo, pero hay que distraerle, esta vez no para pasar el tiempo, sino para poder guardar la navaja en un bolsillo, si no la echan en falta bueno y si lo hacen da igual, no va a empeorar su situación, variar sí ha variado, el mugido del exterior lo ha variado en algún sentido aún por determinar.

—Está legislada y todo, si hasta algunas empresas sientan un obrero a la mesa del consejo, es la campaña de Navidad, ¿recuerda? Siente un pobre a su mesa.

—Algo es algo. Le dejarán hablar y además de la opinión es un voto.

—No es nada, es el subterfugio de la técnica neocapitalista más sofisticada, las relaciones humanas, se utilizan como la música clásica en las granjas supertecnificadas, no para hacer felices a las vacas, para que den más leche.

—Pues si no es co, auto; las cooperativas funcionan en autogestión, ¿tampoco le gustan?

—Marx veía en las cooperativas la prefiguración del socialismo, lo dice en *El Capital*, ¿lo ha leído?, ¿ha llegado hasta ahí?

Va bien, un empujón más y oculta lo que todavía sobresale del mango en el bolsillo, lo hace suave, sin alterar la charla en falsete, aguanta el pinchazo del muslo, le cuesta la dualidad, con lo sencillo que sería hilvanar con el tiempo, lleva demasiado sin llover, o con la cocina, si prefiere las angulas de lomo negro a las francesas de plástico, continúa improvisando ingeniosidades sin ofenderse por la opinión contraria.

—Lo que usted no ha leído en ninguna parte es que los empresarios de buen corazón, cuando están al borde de la quiebra, socializan las pérdidas transformando la industria en sociedad cooperativa. Bonito truco, ¿eh?

—Parece que asimila. No es ése el problema, el fundamental, vaya, lo que ocurre es que una cooperativa de producción, en un régimen capitalista, reproduce los defectos del sistema, para subsistir no le queda más remedio que explotar a los asalariados no miembros y en definitiva a los clientes consumidores.

—Ya, ni Mondragón, ni Suecia les valen, los suecos no quieren pero explotan a otros países con sus multinacionales, el socialismo no admite la pequeña escala, ha de ser global, ¿he comprendido bien?

—Muy bien.

—Pues les queda un largo recorrido.

—Se andará, se andará, usted tranquilo.

—Una vez socializada la Tierra alguien tendrá que seguir haciendo de gerente, de director, ¿no? Si hubiera nacido en esa situación también sabría dirigir esas empresas, es mi oficio.

—¿Sin ser dueño de los medios productivos?

—¿Por qué no? Y el oficio sería más cómodo, créame.

—Está equivocado, usted no valdría, su capacidad es meramente especulativa, no creadora.

Vaya por Dios, también éste con su creatividad a vueltas como el petimetre que asomé en volandas por la ventana de la sala de juntas, ¿qué son esas naves y chimeneas?, ¿barro? Del susto se le salieron los faldones de la camisa, los extremos se tocan, transformar toneladas de acero al año no es creatividad, es pasividad para la carne joven de ejecutivos y terroristas, ya tengo el cuchillo a buen recaudo, ¿para qué seguir la conversación?, estoy ofendido y de buena gana le agitaría como al publicitario, poner en duda una capacidad avalada por los hechos no es buena referencia, señor, ¿hasta cuándo?, hasta las heces estoy apurando el cáliz para que mis nervios no se desflequen.

—La madre que los parió.

—¿Ya se han ido?

Es Abelbi furioso el que entra sin precauciones, el arma en la mano, los pasos rápidos hacia la mesa con restos de comida.

—Habla normal, coño, no hay nadie. Vamos a recoger, hay que estar preparados por si acaso.

—Bien.

—De buena gana le pegaba un tiro y asunto concluido. Lo hará como descubra lo de la navaja, le inunda el sudor, eterno compañero del exilio, es el torpe hocico del miedo hurgando en su integridad física, contempla la iracunda mano por el tablero de la mesa arrojando plato, vaso, cubiertos, sin mirar, a una bolsa de cuero, está muy excitado, mal asunto, se siente egoísta, no le preocupa Libe, no le preocupa nada salvo su vida, crack, ha sido una sensación de golpe, lo presiente, el rapto acabará mal y antes de que el energúmeno utilice la Parabellum deberá utilizar el cuchillo, negro porvenir, en la oscuridad, sin la luz del flexo, no hay resquicio para el optimismo, es una evidencia, son muchos años, si fuera a los veinte cuando levantaba piedras la lucha sería más equilibrada, en cuanto pueda, el cerebro ofrece más posibilidades que la fuerza bruta, lo importante es sobrevivir, abandonar la madriguera, después Dios dirá, no es lógico levantar hipótesis de futuro improbable.

—¿Por qué habla siempre en erdera?

—Porque me da la gana. Cállate, cabrón.

Porque uno de los tres no sabe vascuence y no quieren

revelarlo, el enfrentamiento es tan inevitable como necesario ya que algo no marcha, lo presiente. Abelbi ha perdido todo comedimiento, un punto más de lo habitual, está demasiado nervioso y no debo excitarle más, su compañero así lo entiende también.

—Cálmate, tú, Hola...

—¿Qué hola, di, joder, qué hola?

—La tuya, Abelbi.

—Me estás cabreando.

—Atención. Calmaros los dos. Es una orden. Y mucho cuidado, por la boca muere el pez.

—El clan Lizarraga es la hostia, se están repartiendo la herencia y de soltar la pasta nada.

—No será tan roña, ¿verdad?

Ahora tengo que volver a argumentar mi defensa con nueva palabrería, prefiero hablar del tiempo, huir, por lo menos callarme, pero es necesario hablar, maldita sea, estoy agotado por la tensión.

—Sostengo la ikastola de Eibain, soy socio protector de revistas, editoriales, ochotes y el lauburu en pleno, pero cincuenta millones tardan en reunirse. ¿Cómo va el plazo?

—Como no te importa.

—Mal.

—Les agradeceré que se calmen, el primer interesado en que todo salga bien soy yo, me juego la vida.

—No lo dude.

—Venga, reanuda el turno y a otra cosa.

—¿Puedo dormir? Estoy agotado.

—Al saco pues.

—Descansa en paz, hermano, la vida es más breve de lo que uno se imagina.

Me queda el cuchillo contra un augurio que no llega a materializarse, lamentable consuelo de intimista desvarío y sin embargo lo noto cierto, es el extremo del cable que se desfleca, si tuviera la serenidad de un estado de ánimo tranquilo, de espectador imparcial, descifraría su fórmula y alma de acero atando los cabos sueltos que no puedo controlar ante lo inmediato, el temblor perentorio de qué estará haciendo el medio seminarista de mi hermano con sus remilgos jurídicos y la hijoputa de la monja con todo el claustro rezando por mi salvación espiritual y Libe, ¿qué hace Libe?, dulce esclava a punto de liberarse del amo, no es razonable que se retrasen por la minucia de localizarlos en billetes usados y prolonguen esta triste situación capaz de incidir en una vida de esfuerzos descomunales, ¿por qué?, ¿para qué?, ¿para quién? El monumento funerario de la número dos puede dar trascendencia al esfuerzo, la inmortalidad de un símbolo con un S.A. terminándolo, la cebada al rabo, si se convirtiese en pira funeraria a ver quién lo lamentaba más, a quién le amargaban más las cenizas, si a nadie le interesan, si salgo de ésta lo prometo por lo más sagrado, se acabó, liquidación y retiro, demostración infalible de quién es el que beneficia a quién, ni seguir, ni ampliar, se acabó, ni producción, ni plusvalía, ni puestos de trabajo, ni cerdo capitalista, todos contentos en el bucólico rincón, a segar, a plantar puerros, con las ovejas, a triscar por el monte, por los hierbajos de entre las naves abandonadas, pero si el retiro es posible pensándolo desde aquí, encerrado, ahora, no lo es en una hipotética reencarnación, si volviera a nacer volvería a ser el mismo Lizarraga, pero si salgo de ésta por lo más sagrado que cierro y así comprenderán los recalcitrantes, por fortuna no se vuelve a nacer, tendré que intentarlo a la desesperada.

Julio Lasa Barriola: El hierro ha sido el objeto que, considerado como símbolo económico, ha contribuido de modo primordial a la formación del carácter de ciertos núcleos vascos, quizás los más importantes, de ahí el prestigio del siderúrgico, del ferrón, del gentil, del llamémosle «Jenti», un trabajo secular y cíclico, de las armas aperos y de los aperos armas, pero desde el Poema de Fernán González, Guipúzcoa tenía minas y tenía bosques, después se necesitó agua, las tres condiciones necesarias para la siderurgia estaban aquí, hoy podemos decir que los bosques están agotados, las minas vacías y los ríos putrefactos, de las tres la verdaderamente importante y decisiva hoy, serían los bosques pues las minas no lo eran tanto y pienso que el agua todavía puede depurarse, a veces pienso en etnografía-ficción, los bosques han desaparecido y nunca sabremos cómo eso influirá en nuestros cromosomas, esos tiempos que la gente llama del Oeste, del crecimiento desmesurado de Eibain, fueron la puntilla a los bosques, el remate de un largo proceso histórico arboricida en el que apenas se modificó la técnica, el primer horno alto era una técnica rigurosamente medieval, en el siglo XII el hierro se obtenía a base de cantidades fabulosas de madera carbonizada, el mineral de hierro, con el carbón, se colocaba dentro de un tronco de árbol de gran diámetro ahuecado previamente, recubierto de arcilla y otras sustancias minerales, la combustión se activaba con fuelles de piel de gamo o cabra, a mano, las toberas encauzaban el aire así producido, el mineral dejaba caer sus escorias en una hoya que recibía el nombre de arragua, el arrugia de Plinio al hablar de la minería hispánica, ahí se depositaba la vena. Todo estaba en contra del bosque, el carboneo, ikatzabillia, se reprodujo con calco levantando a la orilla del bosque una chimenea de palos entrecruzados, se colocan troncos verticales alrededor y después, sobre la primera, otras capas de troncos igualmente dispuestos hasta formar un montón de metro y medio o algo más, se recubre éste de tierra y musgo dejando sólo la abertura central, cuando el fuego encendido con unas ramillas se propaga van abriéndose orificios laterales y se cierra la chimenea de la carbonera o txondorra, cuando el conjunto está bien carbonizado se criba y se mide en cedazos especiales, después al burro o al camión, el proceso es el mismo, árboles fuera, y aún Alfonso XI, en 1332, dio a Oyarzun el famoso «fuero de las ferrerías» en el que se anotan soluciones para remediar la deforestación progresiva, hoy ni eso, la ley del más fuerte, la de los westerns, a pesar de todo se llegó a principios de siglo, según datos estadísticos de la Diputación, recogidos por don Serapio Múgica, con una población de cinco millones y pico de robles en la provincia. Una buena parte se los tragó Lizarraga, ya quisiéramos hoy conservar tan solo el pico. Es una situación que me indigna, el roble para su desgracia es de buen carboneo, pero es el árbol de nuestro espíritu vasco, no sólo por marcar nuestros lugares de encrucijada telúrica como en Guernica, sino por constituir nuestro habitat ancestral junto con hayas, nogales, castaños, árboles todos en trance de desaparición, ¿por qué? Por el espíritu materialista que no sé de dónde se nos ha insuflado en las venas y está cambiando nuestra sangre, y no lo digo como eufemismo, la repoblación se ha encargado de llenar el vacío pero con pinos, el pinus insignis, y no es el mismo respirar, vivir la agreste selva del robledal que el dócil alineamiento de coníferas amansadas, los futurólogos debían explorar en la etnología-ficción, hacia dónde nos lleva el homo economicus, hay una inquietante serie de hechos sin explorar, éste es el caso vasco, pero hay otros, ¿cómo puede afectar a los niños de Nueva York el hecho de vivir en un rascacielos a cien metros sobre el nivel de la calle sin pisar tierra? Pero hay explicaciones más inmediatas, el pino crece rápido, es una fábrica de madera, el que lo planta puede talarlo en vida y recoger los dividendos, el empobrecimiento del humus, la variación cromosómica, le traen sin cuidado, después de mí el diluvio. Y nadie protesta, tan sólo el frágil corazón de los poetas acusa el golpe, Beurko, en la revista *Aranzazu, Vete, pino vete,* Pelay, en *Oarso* con su *Adiós a los viejos bosques,* que no sé por qué no hay una reacción popular, quizá la razón sea ese complejo de superioridad que nos proporciona la actividad fabril, una coartada para justificar los desmanes ecológicos, es curioso que caiga en ella incluso nuestro gran poeta Celaya, para dar un varapalo a una desidia se olvida de la propia, no sé, mire, en *De negocios en Tierra Muerta* dice:

En Covaleda, recuerdo,
yo, traficante en maderas,
hice los puercos negocios
normales en la posguerra.
En Covaleda, en Vinuesa,
donde todo se vendía
por unas cuantas pesetas,
donde los pobres idiotas
castellanos, como cluecas,
se encerraban recelosos,
negociaban su pobreza,
sin ver cómo, manejada,
podía ser su madera

algo más que el inmediato
comercio, me daban pena,
me daban asco, me daban
conciencia de la tristeza.
¡Se creían tan astutos
y no entendían la buena!
Regateo, no trabajo.
Pensar cómo la materia
primera que así vendían
podía ser más riqueza,
exigía más esfuerzo
del que cabe en sus cabezas.
¡Castilla, o te conquistamos,
venciendo tu muerte muerta,
o acabarás por llevarnos
al «nada vale la pena»!

Perdone la disquisición pero el tema me violenta y no sé, no me gusta recurrir a las citas no científicas, pero es para marcarle este dualismo tan nuestro y que a la larga se nos volverá en contra. Conozco una pequeña campa con unos robles centenarios, pues bien, de vez en cuando voy de excursión a este santuario pero yo solo, no me fío de que el acompañante no desentierre el hacha de guerra. Decía que la contaminación de los ríos aún se podía remediar, pero no lo creo, ante la insensibilidad popular el proceso es irreversible, a los niños ya no les gusta el agua sin sabor a cloro. Ya que salió a relucir la poesía le voy a presentar el único poeta que ha dado Eibain, un muchacho interesante por la contradicción que encarna y el garbo con que la lleva.

JOSÉ LITEO HERNÁNDEZ: Tanto como poeta, aficionado nada más, también hago prosa pero nada importante, gané hace años el concurso de cuentos Ciudad de San Sebastián, pero metido en este txoko es difícil hacer literatura, te faltan contactos con editoriales, revistas y al final te cansas y lo peor es que uno mismo se va degradando sobre sus propias cenizas sin darse cuenta, lo del dualismo lo dice don Julio, que me estudia como a un bicho raro, porque soy perito industrial, me hubiera gustado hacer Filosofía pero no había facultad en la provincia, el problema universitario es grave, un abanico tan reducido que fuerza las vocaciones de los que no tenemos medios para ir a estudiar fuera y ya lo decíamos de estudiantes, el que vale, vale, y el que no perito, cada promoción una auténtica manada y aunque hay mucha industria costaba el colarse, pero era la única vía de estudios. Choca que un perito haga literatura, qué le vamos a hacer y me ha costado disgustos, me dice que le cuente la anécdota de Lizarraga, José María, como todo noble bruto, es básicamente injusto, funciona por corazonadas y si te empitona estás perdido, es para siempre, me había presentado para el puesto de jefe de mantenimiento y tras de una serie absurda de tests sicotécnicos, la casa encargada de la selección presentó a fábrica una terna con iguales posibilidades, uno era yo, según me contaron después, a los otros no los conocía nadie personalmente, a mí sí, soy hijo del pueblo, Patxi es vecino de casa, y fue él quien lo dijo. Chico majo, formal, le da por escribir. ¿Escribir qué? Versos. Bueno, uno eliminado. Ésa fue la conclusión de Lizarraga, ¿cómo puede confiarse a un poeta todo un servicio de mantenimiento? Divertido, ¿no? Me pasé a las representaciones y aquí estoy con grúas Potan, de Potan Española, casa francesa como su propio nombre indica, representante para la Zona Norte de las mayores y mejores grúas del mundo, con flecha hasta sesenta metros, par de hasta cuatrocientos tonelámetros y con el exclusivo sistema antibalanceo que les permite elevar un vaso sin verter una gota, se venden bien para el momento de crisis que atravesamos en la construcción, menos en Eibain, desde que el santo patrón me calificó de poeta oficial en mi propia casa no me compran un tornillo. La cosa tendría gracia si no fuera dramática, tanto que si publico algo firmo sin el Liteo, nombre raro que se buscó mi madre para el décimo y último, servidor, con José Hernández los de Potan no me localizan como poeta, ya sabe, el gato escaldado, etc. Es curiosa esta desconfianza instintiva hacia la letra impresa, la literatura oral la aceptan, el cantautor vasco y el bertsolari vuelven a estar en auge, es probable que por pertenecer a una cultura menos evolucionada y en la que se encuentran más cómodos, aparte la cuestión política, hay que ayudar a todo este movimiento y una edición de un libro en vasco se compra íntegra aunque después no se lea, entre otras cosas porque muy pocos de los mecenas saben leer en vasco, el vascoparlante suele ser vascoanalfabeto y es lo que se quiere remediar, se ha llegado a una situación bastante peregrina con este movimiento y es que aquí a los que de veras nos cuesta publicar es a los que escribimos en español o castellano si lo prefiere, la gente de categoría, un Gabriel Celaya, por ejemplo, publica fuera, en Madrid y Barcelona, lo mismo le pasó a un Martín Santos, sostenía un foco literario en Donosti y le conocían hasta las ratas pero le tuvo que editar Barral, a lo que iba, a esa desconfianza hacia la literatura escrita, montamos un concurso de cuentos, el Villa de Eibain, patrocinado, cómo no, por Lizarraga y el primer año así lo hicimos constar en las bases por halagarle, pues bien, se puso furioso, nos dijo que si no retirábamos su nombre nos retiraba la subvención, no le parecía serio figurar en algo de cuentos, ahora sigue pagando pero de forma anónima y desinteresada. Le falta tradición a la industria de la cultura, nadie concibe como en Cataluña que se pueda ganar dinero fabricando libros, por eso no hay editoriales con el radio de acción de otras empresas, nacional e internacional, sólo locales, lo del hierro sí, la escultura en hierro se prolonga como símbolo del poder industrial y si Chillida le pidiera el taller para fundir se lo dejaría encantado sin importarle la asociación de nombres, al contrario, y es que en el fondo se maravillan de que con un toque mágico ese hierro deforme valga cien veces más que la más sofisticada máquina herramienta que ellos puedan construir con ese mismo material, el argumento económico es decisivo hasta para la aceptación de una forma de cultura. El caso es que si tuviera que comer con lo que vendiera en Eibain me moriría de hambre, ni una grúa he podido colocar en mi pueblo.

José García Pérez (Trampas): Los establecimientos si abren, qué remedio, por las multas, pero la general sigue su curso aunque no sé, estoy más cabreado que una mona, ha habido un muerto y eso a los huelguistas no nos interesa, favorece a la reacción, justifica las represalias y ya están presionando bastante con la excusa del secuestro, no hay un palmo de terreno sin registrar, cuevas, bordas, todo, no puede estar en la provincia, cualquiera sabe, es la mejor disculpa que les podían haber puesto, así, en bandeja de plata, no sé quien es el muerto, me acabo de enterar de pasada, me llegó la onda con la citación para otro interrogatorio, no lo entiendo, puestos a utilizar la violencia física, en pura teoría, es más práctico el sistema de la guerrilla rhodesiana, rinde más un guardia civil mutilado que muerto, el mutilado es una carga para el sistema y su continua presencia impotente desmoraliza a los compañeros de armas ¿Lo ve?, por el camino de la violencia se puede llegar a cualquier aberración práctica, olvídelo, no quiero ni pensarlo.

FRANCISCO AGUIRRE ELIZONDO (PATXI): Bueno, pues aquel chorro de oro había que encauzarlo, ¿eh?, que hasta el más enano mental se olía no era eterno y mejor que no lo fuera pues a la larga la situación se hacía insostenible, por la cuestión política, que no me meto en eso, los americanos eran nuestros enemigos y de repente, zas, hermanos de leche, lo nuestro, por lo menos lo mío, era el tajo y a eso nos dedicábamos en cuerpo y alma, que en el fondo el que trabaja es el que se lleva el gato al agua, pues a por la laminación, un paso importante para variar los fabricados, fleje, palanquilla, lo que nos echaran y lo dimos ilusionados, ¿eh?, que poníamos un entusiasmo de miedo, pero antes teníamos que conseguir nuestro propio acero y ya no cabía el ojímetro, se compró el primer horno eléctrico, un Siemens de tres toneladas, pequeño, un juguete de maravilla, no se podía hacer ya lo mismo que para el lingote y un horno alto de verdad como el de Vizcaya o Ensidesa, con convertidor y toda la pesca, una siderúrgica integral resulta prohibitiva, me acuerdo de la primera colada, el seis de julio del 52, víspera de San Fermín, no corrió el encierro ni el tato, es que lo estoy viendo, ponerlo en posición con la grúa y zampa, la masa fundida al cazo, daba gloria verla fluir al rojo blanco, nos salió cachondi, el eléctrico es un juguete con el que puedes hacer diabluras, una especie de pote con electrodos para fundir y puedes ir analizando paso a paso, que falta manganeso, se lo añades, sale el acero que uno necesita, clavado, teníamos dificultades con los electrodos y el refractario, lo de siempre, permisos, papeles, pero una delicia y el último que se ha comprado, el de cincuenta toneladas a no contar, de película, el caso es que así empezamos a laminar nuestra palanquilla, el tren era un tanto primitivo pero en aquellos tiempos no había dónde elegir y teníamos que darle más pasadas que a un tiovivo, primero con los cilindros de desbaste y después en los de acabado, algo tremendo ver culebrear aquella cinta al rojo entre las piernas, lo peor era lo del curvero, tenía que coger con unas tenazas largas el extremo de la varilla y con un golpe de cintura darle la vuelta por encima de la cabeza, un pase torero, de verónica revolotinera o así, ¿eh?, y meterlo en los rodillos de vuelta, un trabajo duro si los hay, agotador, a destajo, claro, se escogía al más fuerte, pero ágil, ¿eh?, tenía que ser muy vivo, listo para no dejarse pillar y hacerlo sin joder al vecino, sacaban diez mil duros de entonces, un capital, veinte minutos de trabajo y diez de descanso, derrengados terminaban y era peligroso, con accidentes mortales, ahí fue donde cascó el otro «Jenti», enseñando a uno nuevo. Así, ¿ves? Así, ¿ves? Cada vez más rápido en el giro que nadie le ganaba. Así, ¿ves? y le pilló el lanzazo, una varilla del ocho fina como una lanza, en todo el ombligo y de lado a lado, la que se armó, cuestión de suerte, a uno le atravesó el muslo sin romperle hueso ni nada, al mes volvió de curvero y ni cojeaba. A Olaso en el abdomen, mortal de necesidad y se dio cuenta, ¿eh? Llevarme a casa, quiero ver a la Feli antes de morir. Le cortamos la varilla con una cizalla y así se lo llevamos, yo fui con él y no me podía contener las lágrimas, Joshemari se quedó, estuvo dos días a pie firme en el tajo de los curveros, quieto, firme, sin abrir la boca, que no dijo nada, ni comió, ni soltó una lágrima y todos pendientes de cuando iba a desplomarse, y de repente dio media vuelta y se fue a los funerales, después, de seguido, dibujó unas tenazas especiales y unas chapas protectoras, para él fue un golpe tremendo, para todos, el fin de una época, el final de los buenos tiempos, tan malos, ¿eh?

AITOR ARANA (MONDRAGÓN): Los metalúrgicos damos el índice más alto de accidentes laborales y aquél fue sonado, nos dejó la carne de gallina, coño, que parecía imposible que un «Jenti» palmara y como si diría aquel redondo, la varilla, en cierta forma nos atravesó a cada uno algo por dentro, que se iban muchas cosas, la posibilidad de averiguar nunca el resultado del pulso secreto entre los dos, los tiempos juveniles de actuar a puro huevo, que lo que se ha saltado Patxi fue otra machada, antes de poner a punto el blooming con el que tiramos redondo a punta pala, y todavía tiramos para todo, trefilado, clavos o lo que sea, pero sobre todo para construcción, tiramos redondo para construir todos los rascacielos del mundo y exportamos a todo el mundo, no al Congo de los negros, a los europeos, incluso a los alemanes les vendemos la tira y por algo será, pues antes hicimos otra machada, la última a puro huevo, mientras que te pones y estáte quieta se compró un tren de chapa diminuto, también por lo del cupo y se puso a punto, de chatarra para desguace se puso a trabajar veinticuatro horas diarias y hay que joderse, toda la obra nueva y los servicios auxiliares se hicieron alrededor de él sin parar de trabajar, es el único sistema, daliz'ko olak, burnirik ez.[1] Con la muerte de Olaso, como las desgracias nunca vienen solas, fue la leche, el choque del camión, un incendio, no sé, como cuando un chaval empieza a crecer y todo le queda pequeño, así nos ocurría que no dábamos abasto a reponer trajes y el otro «Jenti» no era fácil de sustituir que ya pasó gente por fabricación, ingenieros, oye, que no salían del despacho y no se manchaban las manos de grasa ni para Dios, mucho de boquilla, de teoría, pero cuando había que meter mano a lo concreto cero, desfilaron al galope, vamos, de traje y corbata y ni cambiarse en el trabajo, les era difícil encajar pues de números teóricos todo, se creían que con una regla de cálculo nos asustaban, chocholos, pero en la práctica nosotros sabíamos más, que con los montajes, las visitas a fábricas extranjeras y a ferias, teníamos nuestro propio know-how, el blooming nos dio una lata del diablo, que el paso del tocho al llantón es el más duro, y venga a darle calentones para que fuese a su ser, y la calamina, jo, que después la chapa no está bien batida y le sale soja, si hasta aprendimos la jerga inglesa, know-how, que a los montadores extranjeros los exprimíamos y siempre hacíamos mejoras en la instalación, mira, de los cuellos del blooming los de la Union Steel copiaron nuestra mejora de refrigeración y engrase, por algo será, y eso después bien que lo explota Joshemari para las compras de nuevo equipo, me

---

1. La herrería de si fuese, no hace hierro.

llevaban los demonios viéndoles tan de punta en blanco, eran carne de oficina técnica, los de la vieja guardia seguíamos el lema de Joshemari, el mismo trabajo te enseña a mirar, a estar atento y con cada avería más aprendíamos, los tipos no sabrían ni cambiar un cojinete, seguro, así que cuando me mandaba una chorrada alguno de los señoritos ni caso, hacía lo que creía más conveniente, menuda agarrada con el catalán, que si los catalanes se ponen a chulos no les ganan ni los madrileños, meca, y aquel año el Barcelona le cascó a la Real tres a cero en la final de copa, para una vez que llegábamos, pero con Kubala, que siempre han tenido que pedir ayuda extranjera, ahora con el Cruyff, no te digo y a presumir de nacionalistas, que hagan como la Real, todos catalanes, digo vascos, que si gana ganamos nosotros, no los turistas, bueno, pues cada agarrada de padre y muy señor mío, va el tonto del haba y se lo plantea a Lizarraga. O Aitor o yo. ¿Lo dice en serio? Completamente en serio. De acuerdo, pase por caja y que le liquiden. Se quedó de una pieza y yo también porque ya me había dado el tembleque, el culo así de estrecho y mira por donde así pasé a jefe de fabricación, con categoría de subdirector, la leche puta, con las ganas que les tenía a los titulados, les metí baqueta a ingenieros y peritos, a fondo, y ahí están pues, de cabreo pero funcionando a la seda, aquella noche me largué a Donosti a celebrarlo, no sé cómo, dando una vuelta, aterricé por el Paseo Nuevo, todavía no era nuevo, antes de ir a la sociedad y allí consumí la juerga, ni tripada ni mujeres, la mar. Las olas saltaban hasta el Cristo, me quedé viendo la mar, furiosa, qué potencia, el mismo trabajo te enseña, eso pensaba viéndola insistir ola tras ola, una maravilla de forcejeo, como las pasadas por el blooming slabbing, igual de impresionante.

Francisco Aguirre Elizondo (Patxi): Si hubo una época complicada fue aquélla, menudos garabos con las restricciones, si en medio de la colada se iba la corriente, ¿qué? Gracias a los motores suizos de gas, pusimos a un hombre en la grúa y a otro en el motor auxiliar para dar la voz de alarma, gracias a eso, que si no. La muerte del otro «Jenti» fue clave, deshizo el equipo por así decir y en pleno crecimiento que no dábamos abasto con el montaje y puesta a punto de instalaciones complicadas, ¿eh?, y personal a barra barra, y cambiando, que ya a Joshemari empezaba a escapársele el control de muchas cosas y eso no le gusta ni pizca, le gusta estar encima y ser él quien sabe más y eso ya no era posible, la prueba es que un día, en uno de esos momentos bajos en que la confianza se te escapa sola, como un suspiro, me lo dijo: si no conoces a todos tus empleados, su nombre, sus costumbres, ni siquiera les conoces de vista, no sé si se puede llevar una industria, si merece la pena llevarla. Estábamos haciendo todo tipo de perfiles, desbastes y piecerío industrial y era mucho tomate, ya lo creo, pero fue una solución también, ¿eh?, porque cuando vinieron mal dadas con lo del plan de estabilización mucha gente las pasó canutas, pero nosotros al tener tantos pies siempre tuvimos varios marchando a la dinamita, que si seguimos con el cubilote y las cocinas solas nos vamos a pique y así al contrario, para arriba, difícil, pero arriba, que desde lo del pobre Olaso nos liaban los nuevos fichajes, lo peor no era en fabricación que ahí ya dominábamos, lo peor en oficinas, que había más oficinistas que obreros, se reproducían como el cáncer, ¿eh?, y con un estilo de señoritos que nos daba algo, a Lizarraga no digamos, un infarto cada vez que los veía, son peor que Iñaki, y juraba en vano. Le montaron un despacho de superdirector general, superhetedorino, tenía una mesa acojonante, por cierto que cuando la estaban metiendo andaban entre cuatro con más melindres que para qué, llegó él y se cagó en lo más alto, dejaros de leches y a trabajar, la cargó como en sus buenos tiempos el yunque y hala, la metió él solo, claro que se cargó un cajón y el quicio de la puerta, andaba furioso, anécdotas como ésta a barullo. El día que le presentaron un estudio con más folios que el testamento del duque de Alba sobre racionalización de impresos y papeles por poco se muere. ¿En esto perdéis el tiempo? ¿Para esto os pago? Ya digo, ¿eh?, a cabreo diario y a pesar de todo el negocio para arriba, el motor no le falló nunca, arranca a la primera por más que hiele, cuando se empezó con lo de los electrodomésticos, eso si fue una debilidad sentimental, por prolongar la tradición de las cocinas, el barullo del papeleo fue apoteósico y aparecieron los alegres gilipichis del marketing, con sus teorías sobre la conquista de mercados, la publicidad, que si lo de uso y consumo es más diferente y sutil y hace falta creatividad, a esta empresa le falta imaginación creadora, no tiene creatividad, fue en una de esas reuniones del sábado, de coordinación, que menos mal que se suspendieron, otro invento de los corbateros, asistía yo también aunque no tenía un puesto concreto pues tocaba más palillos que no sé, venga a echar remiendos, es lo mío, y el gilipichi insistiendo en la creatividad, no hay imaginación creadora, le dio el pronto a Joshemari, le agarró de las solapas, me acuerdo como si lo viera, se le salieron los faldones de la camisa al señorito, y lo arrastró a la ventana de la sala de juntas, se veía todo Eibain erizado de chimeneas y dientes de sierra, el arrabio flotaba entre la niebla. ¡Mira si tienes ojos! ¡Esto no es imaginación! ¡Esto es creatividad, lo que yo llamo creatividad y la que exijo a mis subordinados! ¡Antes no era nada, monte! ¡Déjese de discursos y preséntenme hechos! Tiene un mes de plazo para enderezar hacia arriba su maldita curva de ventas. El maniquí se arregló los calzones y no le volvimos a ver el pelo, era de los que empezaban a dejarse melenita, pero fue igual, ¿eh?, se sucedían calcados unos a otros, que no había quien los distinguiera y fue una suerte cuando apareció el cientonce, el capicúa, jo, la retranca que se gasta el tío, el Abad, pero aunque era de la misma fauna no era igual, sabía hablar en romance llano, con él te entendías, sabía lo que quería y lo que la empresa quería de él y fue una suerte, así, es un decir, ¿eh?, se rehízo el equipo base, Mondragón metió en vereda la fábrica y Abad la oficina, no es santo de mi devoción pero vale y lo que vale, vale, ¿eh?

AITOR ARANA (MONDRAGÓN): Sí que vale y no sé de dónde le viene la casta, si la casta existe que mire al hijo de Olaso, se le dieron oportunidades pero se la trae floja, no la hinca, cumple sus horas como si estuviera en el Ayuntamiento y hale, a casita. El cientonce vale, pero el alma del equipo, de quitar a Joshemari, que no se puede quitar, es Patxi, especialista en remiendos él dice, buen templador de gaitas, un templador de puta aldaba, cuando hay problemas todos a llamarlo, es el único en la casa y ya somos cantidad, ¿no?, el único que sabe engañar lo mismo a un director comercial que a un cashero. A ver quién bate ese récord.

LEANDRO SANTAMARINA: Sí, se lo confirmo, pero no

pretenderá sonsacarme a mí también, ¿verdad? Y esta vez no se andan con tapujos, los dos atentados los ha reivindicado la ETA en Radio París, casi al mismo tiempo de cometerlos, como si tuviera miedo de que alguien le arrebatara los trofeos, el debutante FARE quizá. Un número de la guardia civil, veinticuatro años, deja viuda y un niño sin nacer, está de tres meses, casi recién casados, ¿no le gusta como argumento?, un ser humano marcado por el odio antes de nacer, pero en eso nadie se fija, es melodramatismo burgués, no tiene importancia. La otra víctima parece aún más difícil de justificar, el terror por el terror, un taxista con carnet de familia numerosa, viuda y cuatro hijos, me gustaría que usted, al que le gusta tanto hablar de la gente, les explicara de qué ha muerto su padre, me gustaría oírle la explicación, el cómo cada uno de los quince balazos ayudan a la huelga general en la reivindicación de los derechos de la oprimida clase trabajadora, a lo mejor les convence y se sienten orgullosos del asesinato. ¿No quiere las señas? No, no se las voy a dar porque sería capaz de irles a dar la lata. Mire, se lo advierto muy seriamente, ándese con tiento, estoy deseando pillarle en el menor desliz y entonces, no, prefiero que se marche e insisto en el consejo, márchese.

PACO: Esas noticias sí las dan rápido, pero cuando son los Guerrilleros de Cristo Rey y sus amigos del fuego purificador, el GAS y comparsa, maldito si lo vocean, en letra menuda en una esquina con los anuncios. Se los han pasado por el pedernal, un guardia y un chivato, tac-tac-tac-tac-tac, los dos al limbo y los han pillado juntitos en la cuna, en el momento del informe, tac-tac, coitus interrumpidus o como se diga, los chivas están causando estragos y los hay a manta, no sé ni cómo tienen valor, si vas a la Caja de Ahorros por la pensión de jubilado y les ves cobrando la transferencia, si les conoce todo el pueblo, es la comedia de los secretos a voces porque informan de lo que todo el pueblo sabe, leñe, por mi parte poco más puedo decirte, con la reincorporación al currelo fijo dejé la lucha activa, de protagonismos nada, que empecé con la úlcera sicofláutica de pura pena y andaba triste, triste, me costó abandonar el jarro, para un jodío consuelo que te queda, pues sí, aparecieron los marines listos para salvar al mundo occidental cuando lo de Corea lo mismito que en las películas y nos pusimos de acuerdo con ellos en el furor de la caza de brujas comunistas, no nos dejaron ir a Seúl pero ellos sí que vinieron y nos forraron de bombas atómicas en conserva, para tenerlas más a mano por aquello de la geopolítica, ¿no?, a cambio nos devolvieron los embajadores que daba gloria verlos en el Nodo con la escolta mora paseando por la Gran Vía hacia el Palacio de Oriente, a los moros los licenciaron con la independencia de Marruecos, pero la cosa no mejoró para los productores, porque ya no éramos proletarios sino productores, que se puso tan mal que a pesar de la represión y el gol de Zarra empezaron a salir huelgas como hongos, qué maravilla, lo que no había ocurrido desde antes de la guerra, pero de oídas, bis-bis-bis, dicen que bis-bis-bis porque en las Vascongadas ya hubo pero en Eibain ni hablar del peluquín, el señor Lizarraga es un liberal, dice que toíto te lo consiento menos fartarle a mi mare, y su mare, que por cierto se murió en una de ésas, su mare es la huelga y la huelga es un delito, te mata, te forra, te lo que sea antes que la huelga y como al personal nos tenía anzuelados con lo de los papeles al aire pues no se movía ni el gato, el que se movía rojo perdido y los sueldos sí eran de los más altos, fardaba de ser el que más pagaba en la provincia, así que nos lo puso imposible, a los activistas que no a mí porque yo lo más que hacía era de buzón y caja, que no era poco para el riesgo, y ya empezaron las comisiones obreras a funcionar, a conveniar en directo patrón-obrero, de ahí los convenios colectivos, pero mal, se andaba mal, el dinero del sueldo no valía nada, la cosa cada vez peor y el bunker no sabía por dónde soplaba el viento, por eso dieron paso a la Iglesia, se cambió el gobierno para dar paso al Opus que por lo visto entendía de negocios, ya lo creo que entendía, y así yo si me dejan, al bunker para que se estuviera quieto le regalaron los principios intocables del movimiento nacional, no se pueden tocar ni por siferendun, ya sabes, eso de Franco-sí, guerra-no, que votes lo que votes, aunque no votes, siempre sale sí-sí-sí-sí, el 99% de síes. Los del Opus venían a lo zorro, con su corona de santo y una fama de más sobrios que el copón, que si Ullastres dormía en una colchoneta de paja en el suelo, que sus mujeres no utilizaban los coches oficiales para ir al mercado, pijadas de propaganda y chipi-chapa, chipi-chapa a apretarse el cinturón, ellos el de castidad y los de siempre el de la barriga, a congelar salarios, final de horas extras, adiós pluses, y el que no esté contento que se marche a Alemania, buen viaje, bueno, pues ahí fue cuando la úlcera se me puso imposible, ya te digo sicofláutica porque apenas le daba trabajo comestible, bebestible sí y a la fuerza me di de baja, coincidieron dos cosas, Solís desde sindicatos inició conversaciones con la CNT y los del consejo aceptaron el diálogo, inimaginable, y para colmo en una recaudación para los presos políticos, yo hacía de caja, viene un viejo camarada y me dice, para los vascos y el PSOE nada, mira, más putadas que a mí a pocos le habían hecho, pero yo en la clandestinidad no hacía diferencias, todos hermanos, así que quemé el dinero, entendámonos, lo devolví a sus fuentes y me borré, pedí la baja, me dieron explicaciones, siempre hay explicaciones para todo, pero también hay cosas por las que uno no pasa y con la úlcera pegando menos, chipi-chapa, chipi-chapa, se acabó el carbón, lo que no puedo borrar son las simpatías, las ideas, el amor a los viejos ideales, de eso no me di de baja, pero de actuar sí, ahora veo los toros desde la barrera y estos de ahora me divierten, pero no me hago ilusiones, les hace falta raza.

ANÓNIMO XI: No se pueden hacer distingos, Lizarraga como todo capitalista que medra sobre el sudor de sus obreros es un cabrón, se disfraza de paternalismo, sí, pero por más que juegue con puntos, horas extras y teóricos repartos de beneficios no nos engaña, el trabajador puede hablar de su empresa, decir mi empresa, mi fábrica, mi taller, para definir el sitio en que está trabajando, pero de ahí no pasa, por mucho que le doren la píldora no se siente empresa porque no es empresario, no puede tomar decisiones, la prueba es que ni estando en juego la vida del gran jefe la empresa acepta las condiciones de los trabajadores y ésa es la razón de la crisis, represión y huelga general, si fueran sólo los millones del rapto ya estaba solucionado el asunto y además, la empresa fuerza la situación con un chantaje moral típico, el de poner a los revolucionarios contra el paredón de la opinión pública, sabe que ningún grupo, ni siquiera los que han optado por la violencia, ha cometido jamás un acto de terrorismo puro, de violencia gratuita que escandalizaría al pueblo porque todos los actos han sido de terrorismo político contra personas vinculadas al régimen, no neutrales, y éste es un proceso no deseable pero lógico cuando a una organización política se le cierran los cauces democráticos, lógico, tiene que recurrir a la lucha armada, y ahora de lo que se trata es de encerrar al FARE, que no se sabe quién es y lo más probable es que nunca se sepa, quieren encerrarle en un callejón sin salida porque si mata gratuitamente al gran jefe se desprestigia, pero la criada les ha salido respondona porque el FARE no es nadie, no existe y en buena lógica no pueden echar las culpas ni al PC, ni a ETA, ni a nadie, y si siguen jugando con fuego se van a quemar, lo saben y están exprimiendo todo el sentimentalismo que pueden antes de ceder y al mismo tiempo ganando tiempo a ver si lo localizan, ilusos, esos no ven a un cura en un montón de cal. Tenemos la partida ganada, lo que no se podían figurar es que resistiéramos meses enteros sin cobrar chiquita, confiaban en los esquiroles, en los que tienen más necesidades, pero no hay fisuras en el bloque, la huelga es una cosa y el rapto otra.

AVELIO SOLER: Siempre paga el pato el inocente, lo mejor es no meterse en nada, macho, nada de política, ya me dirás lo que tiene que ver un taxista con las cuatro témporas, en mi época universitaria igual, se abrió la mano con Ruiz Giménez y a la primera a un falangista de pega le metieron una bala en el cerebro, si le tuvieron en hibernación no se cuántos años para que no se muriese, vaya cabronada, joder, si todos éramos por pelotas del SEU, cada vez hablo peor y es que en esta tierra se te ensucia la boca de miedo, ni siquiera éramos universitarios, al menos los de las escuelas especiales que nos embrutecían para bárbaros especialistas y si me apuras no me importa, yo soy un homo faber y lo demás no me importa, salvo las faldas, of course, se intentó abrir algo la mano porque la situación era imposible, ya te digo, recuerdo los apuros de casa y estudiaba como un cabrón, ni cultura, ni leches, pero si nos creíamos que Somerset Maugham era el no va más en literatura y los progres representaban a Casona medio de tapadillo, bah, el único rato libre lo aprovechaba para el guateque semanal, a meter mano con el arrime, los mejores bailes los de chachas, los libros de texto apenas existían, los extranjeros ni soñarlo y hala, a pasar apuntes, así nos lucía el pelo, sin una base técnica no hay progreso posible y por más que éramos los grandes especialistas de la chapuza y el remiendo, con la llegada de los americanos se intentó renovar el equipo sobreutilizado, en esa línea Arburúa fue un tanto lúcido, vasco tenía que ser, y los de aquí ya se aprovecharon de permisos y tal, su teoría era trasladar a la administración el espíritu de la empresa, más que espíritu de funcionario hay que tenerlo de gerente, lo malo es que el espíritu empresarial era bastante rácano, al final, nada, macho, íbamos de culo, recibimos a los americanos con la boca abierta, a lo *Bienvenido Mr. Marshall,* a copiarles lo superficial, la tele y los coches en plan sucedáneo, el auto Acedo, el Biscuter, el 600, si todavía confiábamos en los inventos de TBO, un cura de El Escorial descubrió la forma de fabricar oro, otro la gasolina sintética, otro el movimiento perenne, otro la cuadratura del círculo, pero de percatarnos de su base tecnológica cero, así al único de veras, al Talgo de Goicoechea, vasco tenía que ser, ni caso, lo mismo que ahora con mi modificación para la colada continua, ni caso, pero si Lizarraga estaba aprovechando equipos de la primera guerra mundial, cojones, y le eran rentables, aquí nadie sabía nada, así que un tornero era Dios, escribir libros teóricos sí sabíamos, pero fabricar una conexión cardan eran palabras mayores, para mí existe un nexo claro entre desarrollo tecnológico y libertad sexual, cuando vi la película *Un día en Nueva York* me di cuenta del poder americano al mismo tiempo que me enamoré de Vera Ellen, una bailarina símbolo, feúcha, de nariz respingona con unas piernas de maravilla, de muslos airosos y biodisponibles, no como las chavalas que en la Moncloa practicaban deporte sumergidas en los horribles pololos, un amor deportivo al que no teníamos acceso, que nos obligaba a recurrir a las pajilleras del Carretas, algo tremendo, y la cosa sigue igual de sórdida, no ha variado en nada, macho, que aquí seguimos haciendo cola y ridículo para ver *El último tango* y más salidos que una mona, aunque chicueleo con alguna chavala de Eibain para tirarme a una moza he tenido que ir a Bilbao, a la Palanca, que si no agarro un sifilazo es porque Dios no quiere, pues en la industria el fenómeno paralelo, venga a seguir miméticos al automóvil con la industria básica en mantillas y la investigación tecnológica por nacer, y así irremediablemente al cesto de los yanquis incluso en un sitio como Lizarraga, que no se puede decir sean tontos, lo más que hacen son variaciones sobre el tema que les dan los americanos y recién se han caído del guindo, que todo el equipo nuevo es alemán de la Kraftmaschinenwerke Gmbh, de Hamburgo, si, sólo que la Kraftmaschinenwerke Gmbh es una licenciaturia de la Union Steel, y con los electrodomésticos, sublime metedura de pata de san don José María, con licencias de Ménage Belgique, subsidiaria de Tool and Home Corporation, una empresa del grupo Union, se empalma con el mismo origen, y así hasta cien, yo no sé hasta qué punto habrá una dependencia económica, pero la tecnológica es evidente, así lo más que se puede hacer es estar al día, pero jamás adelantar a nadie. Me acuerdo cuando a los de la escuela nos llevaron a Pegaso para ver nuestra maravilla publicitaria, el Z-102 de carreras, un buen coche con ocho cilindros en V y cuatro árboles de levas en culata, capaz de competir con los Ferrari, quizá pretendiéramos con él engañarnos a nosotros mismos, huir de la triste situación real, para mí fue una visión tan inaccesible como la de los deportivos muslos de Vera Ellen. Estoy deseando que reviente este lío y largarme.

IÑIGO ABAD IRIONDO: El final de la autarquía, cuando la firma del primer pacto de ayuda mutua con los Estados Unidos, fue una vez más un tiempo de encrucijada para la empresa, y una vez más don José María optó por el crecimiento jugándose el todo por el todo, la descapitalización podía haber sido absoluta, pero con su sistema de autofinanciamiento los niveles eran peligrosos pero siempre más reales y firmes que los crediticios. Junto con su clásico espíritu de sacrificio y capacidad de trabajo se superó la coyuntura, la empresa se transformó en sociedad anónima para tener opciones bancarias más versátiles, aunque sin llegarse a cotizar en bolsa, como sigue hasta la fecha pues repugna a la mentalidad de Lizarraga, lo cual a lo largo de su trayectoria le ha hecho perder verdaderas oportunidades, en el fondo le repugna que le tilden de financiero, él es un industrial, así se dio el salto del hierro al acero, forja, fundición y laminación de aceros propios de gran pureza obtenidos al horno eléctrico, las instalaciones y técnicas de fabricación de la acería fueron cada vez más eficientes de acuerdo con el continuo progreso técnico y con un control cada vez más riguroso, el incremento ascensional de todos los factores positivos del ya muy abierto abanico productivo se convierte en una característica constante, como el trébol de cuatro hojas, marca de fábrica. Estos datos le pueden servir de orientación:

Año	1925	1945	1965
Personas empleadas	8	1.418	3.791
Potencia instalada	7,5	12.000	65.000
Superficie edificada	250	25.000	69.000
Tipos de producidos	1	5-10	60-70

Estas cosas así vistas, puestas en un catálogo o en la exposición de un balance resultan frías, hay que entenderlas en el dantesco marco económico político que ya se va viendo con una cierta perspectiva histórica. La ayuda americana consistió en muy poco equipo y mucho excedente agrícola, soja y leche en polvo que algo ayudaron a matar el hambre, nada más, el país había optado por la industrialización pero ni el gobierno ni los empresarios, salvo excepciones como Lizarraga, tuvieron audacia para la suficiente liberación del mercado, la industria se sostenía de las importaciones y estas hundían cada vez más nuestra balanza de pagos ya que la producción no era competitiva y apenas se podía exportar alguna manufactura, nosotros exportamos rozando el dumping, lo clásico, una espiral inflacionista con aceleración supersónica, si se cortaban las importaciones la actividad económica entraba en coma y sin embargo se mantenían las peregrinas medidas como el cambio múltiple, el dólar oscilaba entre estos dos extremos, 31 pesetas para la exportación del mercurio y 126 para la importación de automóviles, curiosa circunstancia que permitía la más variada especulación, fuga de capitales y otras minucias parecidas. La palabrería y demagogia campaba a sus anchas, los fallos energéticos, los transportes, etc., se intentaron cubrir con empresas estatales financiadas con los fondos de la Seguridad Social y los salarios se dispararon, pero como en toda espiral inflacionista que se precie por debajo de los precios, los aumentos salariales obedecían al deseo de aumentar la capacidad de compra de la masa, aumentaban más por demagógicas decisiones gironianas que por presión de las organizaciones obreras, por entonces empezaron a reorganizarse los sindicatos clandestinos que aprovechaban también demagógicamente los aparentes éxitos de las subidas, hubo huelgas pero por fortuna no nos afectaron, ya le comenté la tradicional solidaridad de los productores con don José María, ni con las importaciones de choque de productos agrícolas alimenticios se consiguió que la gente comprara productos manufacturados, lógico pues no les llegaba para llenar la cesta de la compra. La mala cosecha de cítricos del 56 tambaleó toda la estructura económica, la industrialización era falsa, seguíamos siendo un país agrícola con exportaciones de aperitivo y postre. ¿Qué hacer con las divisas en números rojos? La Falange, como partido político, no tenía una alternativa válida que oponer a la de capitalismo o marxismo, no se podía retroceder a la autarquía, y así, para pasmo de propios y extraños, se produjo la gran contradicción española, cambiar los presupuestos económicos sin cambiar los políticos, se dio la alternativa al Opus Dei podríamos decir que como partido económico y en cierta medida resultó. Nació la era de los tecnócratas, se llama tecnócratas a los técnicos con los que no se está de acuerdo, y yo no lo estoy entre otras cosas porque me eduqué con los jesuitas, ellos dieron el aire neocapitalista que permitió un respiro, un paréntesis hasta que hiciera crisis la contradicción político económica, la que ahora seguimos disfrutando, pero su agresividad de equipo renovó algo la atmósfera, la agresividad fue una palabra llave, la agresividad en sentido empresarial se entiende, con ellos surgieron esos anuncios de se necesita joven agresivo dispuesto a comerse el mundo, se necesitan ejecutivos, para bien o para mal yo pertenezco a esa generación, tenían conexiones con los líderes económicos de Europa y Norteamérica, con la banca internacional, mantenían estrechas relaciones con sus colegas de Ginebra, Londres, París y New York y se habían enterado de la firma del Tratado de Roma, su meta era el Mercado Común y empezaron su gran marcha particular, inacabada y en la que perecieron, al principio con pasos tímidos, daba la impresión que no querían afrontar batallas gastadoras hasta enfrentarse con la definitiva, la estabilización, y esa la ganaron por K.O. a la clase obrera, pero sin el poder político, el verdadero, su itinerario era obligado. En el transcurso de esa batalla entré yo en Lizarraga, entramos todo un equipo de jóvenes ejecutivos y si no se luchó desde dentro de la empresa es imposible juzgar las dificultades que arrostramos. Don José María, con su lucidez habitual, supo optar por los ejecutivos, o tecnócratas si lo prefiere, que más le convenían a su empresa, ése es su gran genio oculto, la capacidad para juzgar a los hombres y colocarles en el puesto adecuado, no lo digo por mí porque no fui yo solo, fue todo un equipo y los resultados fueron positivos, la producción y rentabilidad ha ido en continuo aumento. No, sobre la actual huelga prefiero no especular, yo no creo que se haya roto la afinidad de los obreros hacia don José María, lo que ocurre es que esa relación está sobrepasada por el contexto político del país, reivindicaciones económicas siempre las ha habido y siempre se llegó a un acuerdo sin necesidad de violencia alguna, lo de ahora obedece a factores exógenos extraempresariales.

CELSO TRINCADO BODELÓN: Me costó un disgusto y es la primera vez, ¿me comprende?, es la primera vez que me pillan en un renuncio, que mi especialidad es la de no existir y pasar desapercibido, sí señor, y esa técnica de engaño y soborno suya será muy marketiniana pero de muy baja estofa, deje esos trucos para los niños bonitos como el Izquierdo y su sicología persuasiva, pues el señor Abad diciéndome que por qué revolvió en los papeles que sólo los del dossier y de mi tocayo Celso nada, tarde porque ya le conté lo que sabía, nada, poco más, se acabó como otras muchas incongruencias pintorescas, las de El Magnífico, se mejoró el sistema de denuncia en secreto con fuerte participación en la multa del contrabandista y se variaron los sistemas del pase hacia la legalidad, pues con el señor Trincado igual, a él plim, seguía con su Chester y no aceptaba un Timonel ni con recomendación de una de sus famosas tarjetitas, y cuando le empezaron a ratear la directa y a denegar solicitudes de importación se evaporó y bien nutrido, supongo que al limbo de los justos, y aquí me dejó empapelado que fue cuando empezaron los papeles de veras y no desfiló gente ni nada intentando aclararse, y yo sobreviví así de chitón, sí señor, a todo sí señor y a cumplir al pie de la letra, pues anda que no tenía gracia el texto de las letras, hoy lo vemos tan corriente, por esa segunda de cambio no habiéndolo hecho por la primera, y había como un respeto a ese pie de la letra que devolverla era un desprestigio, hoy ni aceptadas, si quiere le enseño un cajón lleno, enmarcadas, avaladas, juramentadas, aceptadas y devueltas, y no se lo enseño por si el señor Abad vuelve a la bronca, no me líe, si lo recibí, gracias por la serie de insectos, no la tenía completa pero es igual, poco más, don Celso se volatilizó y mire, para mí que como camisa vieja le pusieron la proa los de López Rodó, después de un follón de un permiso denegado me comentó, con la iglesia hemos topado, amigo Celso, me parece que alguien se va a hacer una jubilación muy gansa, y asociando ideas se puede empalmar la despedida con un viaje que hizo don José María a Ponferrada, algo impensado pues en Semana Santa se suele retirar a su santuario particular de Kiskitza y ese año no, a Ponferrada a una reunión minerosiderúrgica, había problemas con el carbón, que si cenizas volátiles, que si le daban a la manguera, y mucha gente de por aquí tenía intereses en Fabero, por la cuenca leonesa, Lazúrtegui, Gaiztarro, Lizarraga y muchos, sí señor, no fue una convención sino la despedida histriónica de mi tocayo, se despidió por todo lo alto de sus contactos y probablemente, de paso, les sacaría los últimos cuartos, sí señor, cuentan y no paran de la Pascua ponferradina, Galicia irredenta, se come a destajo, empanada y pulpo es lo típico, muy gallego, y truchas del Sil, lo contó el mismo don José María como si no fuera con él la cosa, en las cuadras de un castillo templario, como una sociedad gastronómica sería y para beber sangre de judío, sangría de la casa, con cada vaso matan un judío y todos los comensales le vengan a Cristo con creces, pero lo fuerte es el juego y aunque el juego está prohibido en Semana Santa no, a las chapas, a cara o cruz con dos monedas, a eso se jugaba por aquí antes de la guerra, pero allí es el juego por excelencia y ríase de las escapadas a Biarritz, en Viernes Santo es tan oficial que el alcalde hace la primera tirada, mil a caras, y todavía tiran con las monedas de cobre de diez céntimos, que las conservan como en oro en paño finas del desgaste, y dijo Lizarraga, joder qué burros, en una tirada se jugaban cien mil duros a caras, en mi vida he visto tantos billetes verdes rodando por el suelo y ahora que se lo cuento caigo en ello, fue la gran despedida del señor Trincado y el último sablazo a cuenta de los servicios prestados y si te he visto no me acuerdo, que yo nunca más le volví a ver el pelo, un pelo negro inconfundible, para atrás con fijador, y después de la partida a chapas se fue a la procesión vestido de nazareno, ¡que tío el Pito de Oro!, todos estos pijines tecnicomerciales, ingenieros de ventas, con su management y melenas no le llegan a la suela del zapato, qué tío, a eso le llamo yo una jubilación a tiempo, sí señor.

FRANCISCO IZQUIERDO: Encantado de saludar a un cromagnon evolucionado, quiere que le hable del Departamento de Publicidad de Lizarraga S.A., ¿no? Pues lo siento, no puedo hablarle del mismo porque no existe y eso nadie lo sabe tan bien como yo que soy el jefe del departamento, los enanos involucionados se cargan todo lo que huele a relaciones públicas, la misión de los departamentos no productivos es oír el oráculo, afirmar con la cabeza y esperar el resultado de las profecías, si se cumplen somos unos tíos buenos, si no se cumplen unos flojos, viva la baraka, este tipo de empresas son gigantes microcéfalos, funcionan con el cerebro de una sola persona y las circunvoluciones corticales de ese cerebro están altamente especializadas en el sublime arte de clavar clavos con un martillo, las demás actividades laborales son superfluas, así que cuando se pretende buscar una imagen de marca en el mundo del consumo, y en el último tercio del siglo XX se consume menos palanquilla que cocacola, no digamos electrodomésticos, indefectiblemente se choca contra el muro del marketing, al que se desprecia, porque lo que vale es el mesianismo unívoco del martillo clavador de clavos, la verdad es lo que él dice, ÉL, con mayúsculas, sólo que de puertas afuera, de la muga de Eibain al centro de Madison Avenue, la verdad individual es mentira y sólo la verdad colectiva es verdad por falsa que sea, difícil de tragar para quien cultiva el mito del puritanismo ascético fabril, fabricar es cosa de hombres, vender un vicio oculto y afeminado con el que apenas se transige. Pero ¡ay del vendedor que no venda con creces! A mi remoto Adán, predecesor perdido en la noche de los reptiles voladores, hasta le llegaron a zurrar la badana en una de las miríficas juntas de coordinación por atreverse a insinuar la necesidad de adoptar métodos más creativos, ahí se inauguró la santa costumbre de humillar y, a ser posible, zarandear a los parásitos que medran fuera del circuito productivo. ¿Quién osa rebatir una opinión del seráfico Aitor? Sólo el mago Merlín-Abad superespecializado en hacer a pelo y pluma. Que un plano venga con las especificaciones en inglés es normal, pero que un display se plantee en términos sajones es una mariconada y además, ¿para qué saber inglés?, que lo aprendan los parásitos y a lo mejor sirven de algo, de intérpretes. Piensa que el mundo piensa como él cree que debe pensar y regatea frente a las multinacionales con astucia de cashero ilustrado, yo le acompañé una vez a la Kraftmaschinenwerke para no pagar un know-how, de traductor. Dígale que es como si a usted, que es de Hamburgo, yo quisiera enseñarle a hacer hamburguesas. ¿De veras quiere que le diga eso? Traduzca y calle. Y claro, no lo entendió. Dice que no es de Hamburgo, que es de Pittsburgh. Pero si lo fuera, ¿qué haría? ¿De veras quiere seguir con eso? Ya lo creo que quería, horas hablando de las hamburguesas, que si no llega a ser por la versión libre que di de sus argumentos ahora estaríamos pagando hasta por el modo de atornillar, pero ¿quién se apuntó el tanto? No el improductivo, por supuesto, ya que el hacer una cola de milano es algo sublime, pero el dar con un logotipo, con un slogan, carece de importancia para los increíbles ornitorrincos supervivientes de una era más increíble todavía, cualquier duda la soluciona la gran ubre licenciataria y a mamar se ha dicho, sin embargo los publicistas tenemos antecedentes, no hemos nacido por generación espontánea, nadie podrá decir nunca lo que supuso para la Phillips la castiza frase de «oye, que sean Phillips». ¿A qué producción material equivale ese hallazgo? Para el señor a ninguna, SEÑOR con mayúsculas, lo que él diga o haga es la derecha y no comprende que no lo comprenda un especialista tan inteligente que ha merecido el honor de ser contratado por él mismo. Y como él no fuma, nadie fuma, y si en una reunión enciendo la pipa los carraspeos retumban, la dejo apagar y la olvido en la boca, es un acto de refinado sadismo pues aun apagada le destempla, pero en el fondo nos llevamos bien, ni siquiera me abofetea, así que si quiere difundir mi opinión en su *Guía Secreta de líderes Industriales con Carisma,* encantado, podría contarle anécdotas deliciosas y no acabar, tengo una de cintura para abajo sublime, en fin, que se difunda mi opinión, no me apetece irme por las buenas, prefiero que me eche para sangrarle una indemnización a fondo porque, lo que son las cosas, tan parásito y me están lloviendo las ofertas para dirigir departamentos tan inexistentes como éste, la vida es un arcano.

JOSÉ SÁENZ DE HEREDIA: ¡Quosque tamdem! ¿Otra vez ese plomo? Dígale que no estoy, vaya, hombre, quien pasa sin llamar se encuentra con lo que no quiere, no se disculpe, ni abierta, ni cerrada, ya lo ha oído, no estoy para nadie y menos para usted, la situación conflictiva no se la puedo aclarar y las lecciones de historia puede solicitarlas a la Universidad a Distancia, por lo visto no se ha dado cuenta de que esto es un Banco y de que estoy muy ocupado. Ya está bien de chismorreos. La próxima vez daré cuenta del allana-miento al señor Santamarina. Carmen, acompañe al señor hasta la puerta.

ANÓNIMO VII: Tiene un vicevérsico sentido del humor, mira que metérsele al Sáenz en la guarida, por poco le da un patatús, están nerviosísimos y me consta que andan a dos o tres reuniones diarias, lo del taxista les ha desconcertado, dicen que era un chiva en el que confiaban para la localización, que si les vio pasar a Francia, hay versiones para todos los gustos, que si es en represalia por un activista defenestrado, el periódico no lo comenta, claro, pero la noticia bomba es que el dinero ya no está en la central de Sanse, ha desapareci-do, claro que puede estar en alguna caja privada, el plazo está a punto de expirar y todavía se resisten a la entrega, pero con este muerto no sé, lo que sea sonará, al Sáenz ni se moleste en preguntarle, es un mandado y me parece que no ha salido muy airoso de estas gestiones a pesar de su vaselina boricada, ni nosotros tampoco, no crea, si no aparecen los críos del instituto berreando su ¡huelga-ge-ne-ral!, ¡huelga-ge-ne-ral!, no salimos a la calle. Su versión financiera es de lo más chorra, mire, lo real en los cimbreantes cincuenta es que se recibió el primer crédito serio, el de la Chase National Bank y en las monedas se imprimió «por la gracia de Dios» y a pesar de todo se hincó el pico, la peseta alcanzó la cotización más baja de su historia, al señor Lizarraga le siguieron marchando bien las cosas, pero por si las moscas se transformó en una flamante sociedad anónima, familiar, religiosa, porque se le colaron las monjas dentro, ya sabe cómo son, se les da la mano y te la devoran, pero no importa, él tiene la recontrasuperabsoluta mayoría de acciones, no sabría vivir sin ser el amo indiscutible. Y menos mal que salimos, que ya nos estaban echando granos de maíz, en fin, lo dicho, ni visto ni oído, como siempre.

Hermana María de las Nieves (Edurne Lizarraga): Tengo que hacerle una proposición pero no me atrevo, Ave María, es que en realidad no se cómo proponérselo, me parece una buena persona y por eso le hemos elegido, ¿sabe? ¿Es capaz de guardar un secreto? Sí, claro que sí, no se ofenda, es una cuestión muy delicada y es libre de aceptar o no, por supuesto, pero antes me tiene que jurar lo de guardar el secreto, si acepta seguimos adelante, si no acepta lo olvida, lo borra de su mente, ¿será capaz? No se ofenda, por favor, júremelo ante la Biblia, ¿es creyente?, ¿cree en Dios hecho Hombre?, ¿por lo menos en Dios? Júremelo en su santo nombre. O por su madre. Comprometa su palabra de honor. Gracias, sé que cumplirá, que puedo fiarme de usted, mire, si acepta en principio hablaremos con mi cuñada Libe, lo llevamos las dos muy en secreto y por favor esto entra ya bajo su juramento, ni una palabra a nadie, podría ser la ruina de una persona en la que ambos estamos interesados, sí, mi hermano, le interesa su historia, pues bien, yo como puede comprender sé muchas cosas, se la contaré, mejor dicho, si todo sale bien se lo presentaré, le obligaré a concederle las entrevistas que necesite, su biografía entera, en prueba de confianza voy a contarle unas cosas que quitando los dos protagonistas nadie sabe salvo yo, lo de su boda, pero recuerde su palabra, confío en su discreción, Ave María, Joshemari y yo estamos muy unidos, ¿sabe?, mire, lo de Kiskitza es su reposo del guerrero, cuando está agotado allá va a recuperarse, se confiesa conmigo, es un decir, al fin y al cabo también soy accionista, no lo soy, las acciones se las regalé a la comunidad, la Madre Superiora las representa y ya discutimos por eso, pero no importa, uña y carne, créame, en el convento le tratamos como a un pachá, toca el órgano y mira que lo hace mal pero a todas nos embelesa, es una obra de caridad poder ayudar a un hombre así en sus momentos bajos, allí se repone, y como tenemos prohibidas las carnes a él le ponemos su plato favorito, langosta a la americana, así no faltamos a la regla, está como en su propia casa y a él le gusta, nos enreda en el huerto, bancal que toca bancal que desbarata, pero ya lo arreglamos nosotras después, tiene una celda propia, le gusta la música y le hemos puesto sonido estereofónico y cuando anuncia la visita le compramos algún disco nuevo, folklore o clásico, y siempre cuenta con la sorpresa del regalo, disfruta como un niño con esas pequeñas cosas, con escandalizarnos con algún taco, y después de la muerte de su · amigo Olaso subió destrozado, estaba en una etapa de transición muy complicada en la fábrica y las desgracias nunca vienen solas, murió la madre, vivía solo con la amatxo y una criada, no era una criada en el sentido peyorativo del término, una criada a la antigua usanza vasca que es como un miembro más de la familia, pero no era familia, era Libe, y ella le planteó que no podían vivir así bajo el mismo techo dos personas de distinto sexo, lo cual ya indica su prudencia y seriedad, yo me llevaba muy bien con Libe, que no era una de esas locas, Ave María, y cómo se han disparado las mujeres, era más .joven que yo pero ya éramos desde siempre amigas, y no es que en mi juventud no las hubiese locas, que mire que cuando empezaron los coches y el frenesí del Circuito de Lasarte ya se hablaba como las niñas de Serrano, las veraneantas, con lo bien que te sienta el negro deberías casarte con un piloto, tendrías un luto sicalítico y cosas así, de ahí al destape actual que ya lo predijo la canción, tobillera, tobillera, ya te has hecho rodillera y al paso que vas, acabarás siendo muslera, muslera y algo más, y quién podría imaginar lo de la mini, si van con las vergüenzas al aire y los domingos quieren entrar así en misa, en Kiskitza no las dejamos, aún con pantalones montañeros pase, pues ella me pareció siempre muy fundada, recuerde el juramento, ¿eh?, y como murió la madre le aconsejé casarse, ¿y con quién mejor que con Libe si ya se conocían y le cuidaba a la perfección?, y además que como era un solterón, un mutilzarra, todas las hijas, primas y hermanas de sus amigos andaban a la caza y a lo mejor en un momento de debilidad caía con una jovencita de ésas, un txoriburu que le complicaba la vida y él necesita mucho sosiego en casa, que bastantes quebraderos de cabeza le da la fábrica, y además la familia Erauncetamurgil, la de Libe, había sido importante, venida a menos, pero en la casa solariega tenían escudo y todo y aunque se quedaron a la intemperie la sangre no se pierde. Mientras preparamos la ceremonia díselo, le aconsejé, y se lo dijo. Si tienes que pensarlo piénsalo, mañana me contestas. Replicó en seguida, es muy entera: no tengo que pensar nada. Bueno, pues entonces arriba, el lunes en el convento y no se lo digas a nadie. Avisaré a los padres. Mejor después. Al cura. No hace falta, ya está arreglando los papeles. Dicho y hecho, Ave María, un matrimonio feliz y compenetrado que con una mirada les basta, Libe es una mujer excepcional, eso se ve en los momentos graves como éste, de ella es el mérito de la idea, el valor, está bajo promesa, ¿verdad?, si no acepta olvídelo, si acepta adelante, ¿de acuerdo? Pues es lo siguiente, verá, tenemos la sospecha de que la policía ha bloqueado la entrega del rescate, cuestiones políticas que no importan pues es la vida de Joshemari lo importante y lo que está en juego y si Iñaki no lo hace, que no se atreve a mover un dedo y más vale que el aitá esté en el otro mundo pues si no le daría con el rebenque, que no merece llamarse Lizarraga, si no lo hace él lo haremos nosotras, aunque se oponga quien se oponga, entre los valores que están a nombre de ella y mi parte de la comunidad podemos reunir el dinero, pero ya me entiende, necesitamos un varón para entrar en contacto con los raptores, Ave María, no se asuste, verá, hay que explicarles que podemos reunir el dinero pero no en la forma que les gusta, billetes usados y así, que los cojan como los tengamos, que no sé, o que nos

224

den un plazo para cambiarlos, o lo que quieran con tal de que Joshemari vuelva sano y salvo, ¿estaría dispuesto a hacernos este favor?, por favor, no corre ningún riesgo, no es del pueblo, nadie le conoce, se irá a su tierra y no sé, nos fiamos de usted, también le pagaríamos, por supuesto, sí, la entrevista por supuesto, ya ve que le he contado algo bien íntimo, pues eso, si acepta quedamos para mañana con Libe, venga a casa, no habrá problemas, estaremos al tanto, Nekane, la Hermana María Dolores estará al quite, le explicaremos el plan por si lo oficial falla, no nos falle usted, conocemos los detalles, el lugar de la entrega, la hora, pero necesitamos al hombre, y por el amor de Dios recuerde su promesa, el juramento, disculpe, ya sé que la cumplirá, estoy muy nerviosa.

HELIODORO RUIZ GARCÍA: El maestro de escuela es algo así como el tonto del pueblo, el último mono, el muerto de hambre, teóricamente tenemos un gran prestigio, lo de las primeras letras y todo eso, pero en la práctica nadie nos hace caso. ¿Qué quiere que le cuente? Yo no me salgo de mi actividad docente y fuera de ella nadie me consulta, y no me quejo pues en la actividad escolar sí cuentan conmigo y eso es algo que se agradece, con eso y la nueva ley de educación a ver si el papel del maestro sube, y el que se queja de Eibain es porque no conoce otros sitios, aquí desde siempre, por lo menos a mí, desde que llegué las fuerzas vivas me ayudaron a sostener la escuela y es una escuela nacional, la sostuvieron con dignidad y me llenaron la barriga y perdone lo prosaico de la expresión, pero es que literalmente no me la podía llenar con el sueldo oficial y me dieron clases particulares y las clases nocturnas para adultos en Lizarraga, aquí no es que todo vaya sobre ruedas, pero funciona, y lo sé por experiencia, que yo vine de mi pueblo, de Villafranca de los Barros, en Badajoz, soy casi un cacereño auténtico, que cuando la inmigración masiva bien que me costó erradicar lo de cacereño el último en los juegos del recreo, y mi pueblo no era y no es pobre, con cereales, vino, aceite y ganado pero todo se queda en las dos mismas manos y aquí no es que no sean dos manos las que manejan la riqueza, pero un respeto a la diferencia, se quedarán lo más, no digo yo que no, pero reparten el resto y no distinguen la Villafranca de procedencia tanto como dicen, que los hay de la del Duero, Valladolid, del Ebro, Zaragoza, de la Sierra, Ávila, del Campo, Teruel, del Bierzo, León, del Panadés, Barcelona, de los Caballeros, Toledo, de Córdoba, Córdoba, claro y también de Ordizia, en Guipúzcoa, y vivimos todos, esto de citar pueblos es deformación profesional, conocimientos que no valen para nada, como recitar los afluentes del Tajo por la derecha, y es un puro exhibicionismo geográfico que no puedo evitar, un acto reflejo, quizá me compense de otras deficiencias cuando insisto, y mire, de Lizarraga dirán lo que quieran, que tiene sus prontos y si te agarra caray, pero es más campechano que sus prepotentes colegas del cálido sur y si te lo encuentras en el bar, antes no era difícil encontrártelo en festivo para café y copa, con dejarle ganar a la escoba te lo metías en el bolsillo, y hasta yo mismo jugué una vez con él y me dejé ganar, claro, que había subvencionado a la escuela lo mismo que a la ikastola y que si le pides razonando no te lo niega, el Abad es el que pone las pegas pero él nunca te lo niega y sin alardes, como con el concurso de cuentos Villa de Eibain que él lo paga todo y por modestia nadie lo sabe, no quiere figurar y lo hace sin alardes, a la pata la llana, y sin él ni la ikastola ni nosotros tendríamos la mitad del material escolar, ni la mitad de actividades, los equipos de fútbol y baloncesto y el frontón, y no me parece mal sostener las dos escuelas, que así nos llevamos bien y coincidimos con la UNESCO, para mí, en mi modestia, lo que dice la UNESCO es ley, las primeras letras en la lengua materna y las segundas, si llegan, acompañadas de un idioma universal, es lo que hacen en Rusia y ya les pinta, ¿verdad?

ANÓNIMO XII: De parte de don Julio Lasa que si puede ir a verle inmediatamente, en su casa no, ahí, en la ferretería, por detrás, en la trastienda, yo le conduciré, por lo visto tiene una herramienta vieja que quiere enseñarle para el trabajo que está haciendo, no me he enterado muy bien, ya sabe cómo hablan estos sabios con palabras de diccionario, pase, por aquí, bueno, verá, tenía pendiente una entrevista comprometida, ¿se acuerda?, en San Juan de Luz, con Garmendia, pues don Julio ya ha hecho su parte en el enlace, ahora me toca a mí, si permite el cacheo está el trámite cumplido, perdone, a ver, sí, le espera un miembro liberado, es de la sección cultural y le dará cuanta información desee, él le dirá, para entenderse puede llamarle Abelbost, bueno, listo, ya puede pasar. Suerte.

ABELBOST: Hola, nos han dicho que podemos fiarnos, el servicio de información, ¿sabes?, por eso estoy aquí, perdona todo este teatro de la hostia pero me juego la vida, ni que decir tiene que si tú te vas de la lengua también te la juegas, pero todo sea por la cultura, ¿no? El saber no ocupa lugar. Yo te voy largando el rollo y tú me cortas cuando quieras aclarar algo, ¿de acuerdo? Siéntate, nos ponemos unos lisos y yo me quito la pipa, a la cubana, cuando estás mucho tiempo sentado te hace agujetas, pero hay que tenerla a mano. La Operación Caín la lleva ETA, yo soy de ETA, pero como la contradicción principal de nuestra lucha revolucionaria es la que enfrenta a las clases populares vascas con las burguesías monopolistas española y francesa, ya sabes, existen unos lazos de unión comunes pero no idénticos que determinan el carácter no meramente proletario de la revolución pendiente en Euskadi, pretendemos hacer una exhibición anticapitalista junto con los compañeros de la plataforma democrática que se han atrevido, por eso no la reivindicamos y la dejamos abierta, el FARE es un nombre de paja, un ensayo para un hipotético día D, así les enseñamos las ventajas de nuestro sistema de lucha y al mismo tiempo resolvemos un caso concreto, la afinidad de nuestros intereses revolucionarios se ve potenciada por la existencia de una opresión nacional común a la clase obrera y a los arrantzales,[1] administrativos, pequeños propietarios, intelectuales y asalariados en general, en esta operación demostraremos que somos capaces de golpear al capitalismo sea de donde sea. Pero mejor que conozcas los antecedentes antes que la ideología, para nosotros la cosa empieza casi en donde acaba para Leizaola y tu amigo Garmendia, fin de la guerra civil y comienzo de las represalias, fusilamientos, etc. Los que se meten con el

---

1. Pescadores.

228

poco espíritu combativo del vasco lo hacen por ignorancia o por mala fe, los refugiados en Francia dieron buena prueba de él, pero eso no se ha querido nunca difundir, Ordoki, bajo el patrocinio del Gobierno Vasco, formó un maqui heroico, el Gernika Batalloia, con 300 gudaris y bajo la dirección del general Larminat tomaron parte en la batalla de Ponte-de-Grave liberando al cabo Gironde y capturando a más de mil soldados alemanes, Ordoki fue condecorado, el propio De Gaulle revisó el batallón después de terminar la guerra, el batallón con su bandera al frente desfiló con los vencedores por las calles de Burdeos, no le llamo yo a eso repugnancia a las armas. Los americanos, en Bretaña, iniciaron unos cursillos de tres meses con unos cincuenta alumnos cada tanda para la lucha de guerrillas, las raíces que se crearon en esta unión con la CIA se prolongaron subterráneas durante mucho tiempo y nos han proporcionado más disgustos que alegrías, los nuevos guerrilleros, junto con los veteranos del Gernika, se agruparon en el Ejército de la Frontera, vivían en grupos reducidos por Ainhoa, Mendibe, etc., tuvieron algunos choques sin importancia con la guardia civil, esperaban entrar en acción en Euskadi Sur hasta que en el 47 les desengañó Agirre con la disculpa de que el Gobierno Vasco no tenía dinero, la realidad es que la lucha política no iba por ahí, Agirre esperaba la caída de Franco con el bloqueo y así restaurar los tres gobiernos, el nuestro, el catalán y el español, el plan teóricamente era perfecto, pero el fallo fue la adhesión borreguil a los hombres de la república aun después de ver sus desavenencias internas y que la cosa iba para largo, las cabezas del gobierno serían rectoras pero no regían bien y eso, ahí comenzó la política de espera, como los demás, la política funeraria, a la espera de la muerte de un solo hombre y aunque en el Pacto de Bayona los componentes de Gobierno Vasco se comprometieron textualmente a continuar la lucha en todas sus formas contra el franquismo, por lo visto la de las armas no les atraía, formaban el gobierno dos abertzales,[1] el PNV y Eusko Ekintza y cuatro imperialistas, el PCE, el PSOE y dos no sé qué republicanos más. Cuando los sucesos de Praga, en plena histeria stalinista, el PSOE arremetió contra los comunistas y el PCE, silencioso hasta entonces, empezó a destilar veneno, envió un comando armado a Ainhoa y acabó con Radio Euskadi, al mismo tiempo comenzó su propaganda acusando sin compasión de imperialista y burgués al Gobierno Vasco, estimular lo vasco en Navarra era hacer imperialismo, no te jode, entonces se definieron, así, al pie de la letra: el PC de Euskadi no es el partido hermano del PC de España, es sencillamente la organización vasca de este partido. Valientes patriotas. En el 50 los Estados Unidos y el Vaticano le dieron el visto bueno a Franco, la cosa se puso a caldo para la gran sentada a la espera, los franceses expulsaron a Agirre de la hermosa delegación de la Avenida Marceau, número once, edificio de nuestra propiedad, comprado con la ayuda de la Liga de Amigos de los Vascos que promocionó Mauriac entre otros y para colmo se lo regalaron a Franco, la crisis era colosal, pero en lugar de cambiar de táctica se agarrotó en ella siguiendo los pasos, los asientos mejor, del PSOE y la República. Éste fue el momento crítico, la desesperación de los abertzales jóvenes, no muy

---

1. Patriotas.

entusiastas del baño de asiento, empezó a manifestarse y un grupo de estudiantes bilbaínos decidieron ensayar algo nuevo, formaron un grupo un tanto cerrado para publicar la revista *Ekin*, por eso se llamó el grupo Ekin Taldea y más tarde Eusko Gaztedi, fomentaron todo lo vasco con una concepción étnica de Euskal Herria y un objetivo inmediato, no esperar sino actuar, si hasta se habían frenado las pintadas, la puesta de banderas, etc. Sobre el problema social buena disposición, sí, pero sin una toma de conciencia, los funcionarios de ETA, pues en eso se transformaría el grupo, eran muy jóvenes, bueno, todos lo somos, el mayor de 25 años, estudiantes y de familias pequeño-burguesas, pero a la larga se definieron, ¿eh?, todos fueron expulsados de sus empleos por ayudar en diversas huelgas obreras, y uno, Txillardegi, era ingeniero. No diré nombres salvo los que se me escapen de los de sobra conocidos y los alias, así correrás menos riesgos si te interrogan o se te escapa. No, ya lo sé, hombre, otro tinto, estoy reseco. Mira, los nombres y fechas son lo de menos, es como la lista de los reyes godos, no sirven para nada, lo importante es coger la idea. El PNV no les dio su aprobación, les llamaba fanfarrones, que vivían del contrabando, budistas, policías, yo qué sé, Eusko Gaztedi de Guipúzcoa respondió con una carta durísima acusando al partido de no prestar colaboración, de estar amodorrado y pidiéndole dinero o permiso para pedirlo al menos, ahí empezó el distanciamiento, luego se ha sabido que el problema tuvo mayores complicaciones, algunos del partido, los que habían pertenecido a la CIA, apoyaban por lo bajo a Eusko Gaztedi tratando de poner al partido bajo en control del grupo «servicios», les salió mal la estrategia y lo que jamás se ha sabido en limpio son las consecuencias, parece que el grupo de París, el próximo a la CIA, fue destruido por orden de Agirre, fuera lo que fuera la ruptura fue definitiva y los puros de Eusko Gaztedi decidieron cambiar de nombre y así, en el 59, apareció la sigla ETA por primera vez, ya sabes su significado, ¿no?: Euskadi ta Askatasuna, Euskadi y libertad. La organización fue rápida, se crearon las comarcas, Herrialdeak, para luchar contra el cantonalismo del partido, se estructuraron sus ramas por actividades impulsando fuertemente la del Euskera, el idioma es la baza definitiva, y reclutando militantes, un curso de seis meses y juramento de silencio, el principal órgano de expresión fue *Zutik* y a sembrar. Poco después murió José Antonio Agirre y el sucesor debiera haber sido Garmendia, ahora está fosilizado pero siempre fue el más lúcido de los viejos, al fin la presidencia fue para Leizaola y no hizo más que empeorar la línea política de la espera con su dichoso Estatuto de Autonomía republicano, en el 62, en el Tratado de Munich, terminó de bajarse los pantalones, la juerga cervecera fue promocionada por la oposición antifranquista, en el interior por Gil Robles y en el exterior por Salvador de Madariaga, los dos anticomunistas y antivascos acérrimos, los del PC fueron los únicos ausentes, los del PNV asistieron de comparsas y consintieron en firmar un tratado en el que no se nombraba para nada el problema vasco y para mayor mofa ni siquiera a la República, la esperanza del asiento, total igual, papel mojado sin fuerza práctica, el Contubernio de Munich decían los periódicos españoles. De las siembras se pasó a la lucha armada, sonaron los primeros tiros y el prestigio de ETA subió como la espuma, coño, así se hace, decía la gente, pero había que adoptar un ideario político y no sabes lo que costó realizar la primera Asamblea General, Biltzar Nagusia, no se consiguió hasta el 62 y en el Norte, allí se asentaron cuatro puntos principales. En cuanto a la nación, conciencia abertzale, a ambos lados de la frontera formamos un solo pueblo en busca de su independencia. En lo político el pluralismo defensor de los derechos humanos, condena de la dictadura fascista y del comunismo. En lo económico socialización de las fuentes de producción básica. En lo cultural la lucha por la lengua, sin euskera no hay Euskal Herria. La línea política fue la más resbaladiza con diferencias fuertemente discutidas, se infiltró un grupo izquierdista, los del disuelto Frente de Liberación Popular, los famosos felipes que con su experiencia hicieron derivar a ETA, paulatinamente sustituyeron el patriotismo vasco por el trotskismo español, se acuñaron entonces las frases de imperialismo vasco, racismo vasco, el prejuicio burgués del vasquismo y mil putadas más, en los cursos de estudio se extendió un marxismo ortodoxo, pero la base de ETA era abertzale, como siempre, llegó un momento que *Zutik* se podía distribuir lo mismo en Murcia que en Donosti, bueno, la influencia de estos pájaros fue tan funesta que se les denunció en la V Biltzar Nagusia y se les expulsó, pero ellos no querían perder el momio del nombre y se autobautizaron ETA-Berri, su influjo intelectual era fuerte y consiguieron engatusar a muchos estudiantes y escritores vascos, editaron *Komunistak* y presumieron bastante, pero cuando la base vio claramente que habían olvidado la esencia euskérica perdieron popularidad y hoy como grupo es un corpúsculo infiltrado en la VI Asamblea, que también joden con la nomenclatura haciéndose llamar ETA-VI. Su expulsión fue la victoria de Kurtwig y los maoístas, pero sobre todo de los patriotas.

Kurtwig declaró a la prensa europea: somos el pueblo más antiguo de Europa y no tenemos la intención de dejar que nos borren del mapa. Vamos a hacer un alto si te parece. Un minuto para echar un vistazo.

«...y maldición el día en que el relojero Watt descubre la máquina de vapor, el barbero Arkwright el telar continuo y el orfebre Fulton el barco de caldera, así este mismo Drummond, cuya noble alma se entusiasma con los esfuerzos de los capitalistas por elevar el nivel de vida de la clase obrera, nos habla en su informe, entre otras, de las fábricas modelo de hilados y tejidos de algodón de los Lowell y Lawrence Mills. Las casas en las que las obreras comen y se alojan pertenecen a la misma sociedad anónima que es propietaria de la fábrica, el personal que regenta estas casas se halla a sueldo de la misma sociedad, que les prescribe sus reglas de conducta, ninguna muchacha puede salir de casa después de las diez de la noche. Y ahora viene lo bueno. La policía especial de la sociedad patrulla los alrededores de la fábrica para impedir toda transgresión contra este reglamento doméstico. Después de las diez de la noche no se deja entrar ni salir a ninguna obrera. Ninguna puede vivir en edificios situados fuera de los terrenos propiedad de la sociedad en los que cada vivienda le cuesta unos 10 dólares de alquiler. Aquí vemos en todo su esplendor lo que es el consumidor racional que se preconiza: "En muchas de las mejores viviendas de estas obreras he visto un piano, lo cual quiere decir que la música, el canto y la danza desempeñan un papel importante en la vida de estas muchachas que, después de diez horas de trabajo continuo junto al telar, necesitan variación tras la monotonía más que verdadero descanso". Pero el secreto principal de cómo hacer del obrero un consumidor viene ahora. El señor Drummond visita la fábrica de cuchillos de Turner's Falls (Connecticut River), donde el señor Oakman, tesorero de la sociedad anónima, después de decirle al visitante que los cuchillos norteamericanos de mesa son superiores en calidad a los ingleses, continúa: "También en cuanto a los precios daremos la batalla a Inglaterra y esto lo lograremos tan pronto como obtengamos el hierro más barato y reduzcamos el costo del trabajo". Reducción de los salarios y aumento de la jornada de trabajo, he ahí el meollo del procedimiento sano y racional que elevará al obrero a la dignidad de un consumidor racional, para que cree un mercado en que puedan encontrar salida la masa de objetos que ponen a su alcance la cultura y el progreso de los descubrimientos...»

Un accidente con muerto no es ninguna broma.

¿Qué tal se encuentra?

Muy bien, mal afeitado, picajoso, meado, estupendo.

¿Y los niños?

No tengo niños.

Pues entonces la parienta, ¿qué tal?

Muy bien, le molestan las varices, pero bien.

Hace frío, ¿no?

Pero no llueve, demasiado tiempo sin llover, ¿no cree?

Lloverá, lo ha dicho el hombre del tiempo.

El campo lo necesita.

Saldrán hongos a manta.

Esta sería la conversación idónea, maldito si me importa el tiempo, pero de algo así deberíamos hablar para pasarlo sin presionar al cerebro, pero no, hay que insistir en el tema, agotarlo, excitar el lóbulo temporal para que sude la ilusión del miedo y eso no me deja mucho margen, debo planificar la maniobra navajera, buscar el momento oportuno y sigo la corriente, qué remedio, es difícil aparentar calma cuando se está seguro de la propia muerte por ejecución y se planea la huida con un libro por todo escudo y excusa.

—Accidentes siempre ha habido y sin embargo convenios y forcejeos salariales hemos resuelto cantidad. ¿A qué viene este show? Un numerito de auténtica mala leche pues la empresa se puede ir al traste. A pesar de la crisis sectorial tenemos la cartera llena de pedidos y sin stocks la huelga es una puñalada por la espalda.

—Haber pactado.

—¿Bajo presión? Nunca.

—¿Cuántas veces se ha aprovechado usted de las circunstancias? ¿Cien mil? No le quepa duda de la mala leche, quizá aprenda la lección, discutimos desde una postura de clase y según la fuerza del respaldo son las ventajas que se obtienen.

—Es un chantaje.

—Carecemos del principal elemento de presión en la sociedad capitalista, el derecho de huelga, y eso nos complica mucho las cosas. No podíamos desaprovechar lo del pobre Martín.

—Un chantaje que puede convertirse en asesinato.

—Cuando hable de asesinato no sea egoísta y piense en los demás, ¿qué ocurre cuando practica el viril deporte del lock-out?, ¿y cuándo empieza a circular la lista negra de líderes despedidos?, ¿y cuándo las fuerzas del orden público disparan al aire...

Cómo voy a pensar en otra cosa si estoy convencido del tiro de gracia en la nuca, si tú eres el más sensato y ya te exaltas con estas conversaciones del encierro, es una locura, quizá me lo esté volviendo, pero tengo que decidirme, si entra Abelbi con la pistola desenvainada mi última oportunidad se habrá volatilizado, discute, discutamos mientras preparo el cuchillo, eso habrá que hacer, estoy decidido, tengo que salir por mis propios pies, ya no es miedo, es claustrofobia, la de amar y temer el futuro inmediato, tan lúgubre, de marioneta.

—...y empiezan a rodar los muertos?

—En Eibain jamás ocurrió eso.

—Ahora sí, dado que los proletarios vuelan, ¿sabe?

—Demagogia.

—Ya, la demagogia es buena digestión o mala conciencia, depende.

—La cosa va mejorando para ustedes, el conflicto colectivo dejó de ser causa de sedición, del código Penal pasó al Laboral y hoy ya pueden tramitar el permiso de huelga.

—Tramite una y verá, es imposible, pertenece a una reglamentación autárquica trasnochada.

—A mí me lo va a contar. He tramitado expedientes tan engorrosos como para hacer perder la paciencia al santo Job y toda su parentela burocrática.

—Entonces no se sorprenda de que nos saltemos las normas.

—Hay que respetar las reglas del juego.

—No cuando el que baraja es parcial, son los trabajadores los que sufren represión por este asunto mientras que ningún empresario es perseguido pase lo que pase.

—Hombre...

—La iniciativa privada es básicamente injusta, pero sin el contrapeso de la iniciativa de huelga es criminal.

Te ronda la idea del crimen, revolotea con sus plumas obscenas sobre nosotros, obsesionándonos, es el momento, por eso cierro el puño valorando el pájaro en mano contra la esperanza de no sabemos qué pasará, soy el malo de las películas, cuanto más se trabaja más malo es uno, tú eres el bueno blando, por sensato, y por eso te elegí, al duro, Abelbi, se le tiene miedo pero se le respeta, por si acaso, por eso procuro ser duro, si eres blando te comen las moscas, el favor se le hace al duro buscando su complacencia, la faena al blando porque no se teme su represalia, por eso te ha tocado, en la muñeca, un tajo para desarmarte y si resistes y fallo peor para ti, donde pueda, empuñaré la pistola y que sea lo que Dios quiera, no me va a detener nadie, según dicen son inencasquillables y no hace falta mucha experiencia para apretar el gatillo, sólo el furor de salir a todo trance, aprieto el puño.

—A mí la huelga me parece siempre un mal a evitar, hasta la presente había conseguido evitar todas, incluso pagando por encima de convenios y en contra del sindicato.

—Con esquiroles.

—Obreros sensatos.

—A cambio de más productividad.

—No se puede repartir la piel del oso sin cazarlo antes, pero a veces a cambio de nada, de paz.

—¿Ha oído hablar de eso de a cada uno según sus necesidades?

—Eso pertenece a la etapa final utópica.

—Bravo, se está convirtiendo en un fiel intérprete del marxismo leninismo.

—La única verdad es la mesa de negociaciones.

—Con un asesor jurídico impuesto, con una representación de base a dedo y con un desconocimiento absoluto de la cuenta de resultados, amortización, distribución de beneficios, valor añadido...

—Otra utopía. Qué más quisiera yo que saber todo eso de mi propia gestión.

—Me desmoraliza, señor Lizarraga, le creía mejor oligarca.

—Es usted un optimista, a la gente no le interesa el balance del ejercicio, le interesa el sobre del sábado, ver a la Real el domingo y se acabó.

Allá voy, con el pulso tenso de los años mozos, a cien,

empuño el cuchillo de juguete como un hacha el aizkolari dispuesto a derribar el tronco que se opone a su objetivo, hace años, en mis años de «Jenti», no habría tenido la más mínima dificultad, con o sin cuchillo le barrería, ha sido un error dar esa voz de ataque pero ya está dada, aurrerá, y otro error levantar el puño, para herir es mejor de abajo arriba, pero no quiero de muerte, sólo el brazo armado con la pistola, con todas mis fuerzas, ahora o nunca.

—¡Allá voy!

—¿Pero qué hace? ¿Está loco?

—¡Paso!

El choque provoca una contracción sísmica, las horas de despacho no pasan en balde y a las humillaciones consecutivas se une la de la fuerza física, la que más me duele en una carrera en la que no sabría distinguir entre el cúmulo de decepciones, la firmeza del supuesto blando Abelbat, sin apear el usted ajusta como una pieza de precisión sus manos en mi muñeca que tantos pulsos de sidrería y negocios ha llevado y que ahora me sorprende con su poca resistencia, en un acrobático paso atrás de judo, sacudiéndome como para saltar a la comba, me obliga a la pirueta torpona, con golpe seco, el de mis costillas contra el duro suelo de lona, quedo fuera de combate, el chasquido del brazo me horripila, luxación, rotura, trizas del hombro, del codo, del brazo entero pues las articulaciones no me responden y permanezco inmóvil para recuperar el aliento y no gritar de dolor, dejando correr el terremoto, todo se mueve, las fuerzas desatadas de la naturaleza han invadido la tienda o lo que quiera que sea donde nos encontramos, la frenética danza de los energúmenos alrededor me quita el aire, no puedo más, me ahogo, fue una locura, el brazo está laminado, cuelga inerme y es el dolor barrenándome el cráneo en espiral el que provoca la sudoración mientras me muerdo los labios para no gritar, para que no se escape el acerico de mi alma contraída y contrariada, se acabó, quizá se acabó de veras, me siento morir.

—¡Quieto, cabrón!

—¡Dale!

—¡Toma castaña!

—Más.

—No, ya tiene bastante.

—Me lo cargo, ¿eh? Me lo cargo.

Es otra sudoración la que se superpone a la del dolor de los golpes, asciende visceral cuando la perspectiva del negro hocico, la familiar boca de la Parabellum, se pierde, avanza estrábica, cruza la barrera de la visión próxima y se incrusta en mi frente, un círculo de muerte, modelo Brigadier, calibre nueve, frío metal sobre las hirsutas cejas, coincide con el chasquido del seguro, del percutor, ahí la tengo, una vibración del índice sobre el gatillo y mi cerebro les salpicará de neuronas la negra máscara del pasamontañas, están los tres, parecen más, una multitud de encapuchados, el Ku-Klux-Klan celebrando la procesión del Corpus, la ola que asciende del vientre se nubla caritativa vista e inteligencia, me mareo sobre las olas del fallo cardiaco, el agradecimiento al velo de la nada acapara mis cinco sentidos por tanto tiempo embotados, ahora nulos a cualquier estímulo mientras les oigo hablar en un fondo que se difumina bajo los velos hieráticos del fatal desenlace, estoy vivo pero me siento morir.

—Déjale, está sin sentido.

—Si no se ha roto el cajón de los mecanismos no se ha roto nada, qué tío.

—Tiene reaños el viejo.

—Tocado del ala, valiente hijoputa, ¿pero qué pretendería? ¿Apiolarte y darse el bote?

—Te dije que mejor con las esposas y mira...

Estoy fuera de su círculo, atrapado en otro concéntrico de menor diámetro, me deslizo así hacia lo que será el vórtice del huracán, la calma del punto sin retorno, el final y aparte, el marcado en la frente por el cañón de la pistola, floto ingrávido, estoy levitando por encima de los acontecimientos, me veo a vista de pájaro, tumbado malherido y me compadezco de mí mismo, signo evidente de senilidad y a la contra me acuerdo de mi queridísima Libe con una intensidad desacostumbrada, a lo mejor, a pesar de los pesares, a nuestro modo, nos amamos, es penoso no poderse valer por sí mismo, el brazo me cuelga inerme, la autosuficiencia es el valor más alto de un hombre, por eso me acuerdo de ella, si es mi costilla rediviva tiene que estar aquí, junto al resto de huesos fraccionados, sólo ella puede ayudarme a los íntimos movimientos rituales del vestir, comer, pasar las hojas del periódico, la bragueta, triste destino humano, bragueta y calzoncillos, la dignidad pendiente de una fractura, a la barba, a los picores, a la impregnación de diversos fluidos, a la mugre, se añade la dificultad locomotora, tundido a palos, tenía que ocurrir, la tortura es la quintaesencia de la época, está agazapada entre líneas en cualquier nota de prensa, rebeliones, asesinatos, accidentes, suicidios, el hombre es un lobo para el hombre, primero le explota, después le mata, Libe mía, ayúdame, no quiero darles el gusto de mi postración, de mi inutilidad, cuando falló el molde y me troquelé los dedos, uno y medio, lo superé con la voluntad de los añorados años mozos, jamás flaqueé delante de nadie y menos de un subordinado, hacía el nudo sujetando un extremo de la liz con la boca, seguí en la prensa por más que la herida llegara a sangrar, es una cadena, la policía tortura a los huelguistas, ellos torturan al amo y el amo se rinde, claudica, liquidará por derribo su imperio particular a los auténticos profesionales del imperialismo, los usatarras del señor Turner, viva la Union Steel, para ellos todo, desde las cocinas al tren de laminación, el suicidio como forma exquisita de venganza, a ver si así lo entienden estos etistas de vía estrecha que ni siquiera se atreven a confesar su vasquismo, que ni ellos mismos saben lo que son ni lo que quieren, la sopa boba, no trabajar, nunca como ahora estuvo tan desprestigiado el amor al trabajo, parece la peste, parecen madrileños, corbata, coche, oficina y a casa con la tranquila conciencia del funcionario que fichó sus horas que ya ni siquiera son ocho, a embrutecerse con la tele, hay partido y es que ni van a la sociedad, venga a presumir de euskaldunes y cuando hablan, no digamos cuando escriben con la h jodiendo palabras, no se entienden entre ellos y se quejan de que no les entienden sus padres, no los entiende ni Dios que ya repartió haches cuando lo de Babel, ya, todas para los ingleses, los fornicantes ingleses de Norteamérica, of course, digo, si todos vamos a terminar balbuceando sus aspirados ladridos y no nos quedará más remedio que meternos por el culo nuestras banderas idiomáticas que nadie habla, ellos sueltan su ing y todos de rodillas, euskera, valón, castúo, lunfardo, guaraní, de rodillas, ing de King, el rey del acero, del petróleo, del chupachups y a tragar para entendernos, las cuento como corderos, segundos, latidos, muertos, ing de engineering, blooming, slabbing, fitting, pitting, marketing, pressing, processing, merchandising, casting, planning y no consigo dormirme, dejar de pensar en cómo el tiempo pasó veloz sin conocernos, Libe de mi vida, quisiera estar contigo, cuídame, protégeme de esta jauría hambrienta que me acosa hacia su locura, desde las palabras que hay que dominar te gusten o no, swap, standard, cash-flow, babbitt, lock-out, spot, concast, feed-back, test, meehanite, royalty, cylpebs, pert, sin que nadie se atreva a traducirlas para no pronunciar su santo nombre en vano, ni siquiera las evasivas, auto-stop, strip-tease, elementales onomatopeyas de máximo efecto, del boom al crack en el que estoy sumido al borde de la locura, si no me salvas, Libe, estoy perdido, después de todo, a la hora de la verdad, solamente en tí confío.

—A quién se le ocurre.

—A sus años no lo entiendo, podía haberle costado cara la broma. La ampolla por favor.

—Es un sicópata inestable.

—¿Sí? El último sitio en el que me lo imaginaría es en el sofá del sicoanalista.

—No le vendría mal.

—La camisa de fuerza.

—Ya no delira, despierta.

—¿Eh? ¿Qué hace? ¿Quién es usted?

Intento incorporarme y el brazo me lacera con el agudo aviso de la fractura, es un dolor frío, sudo, resulta ridículo con el fonendo colgando de la capucha negra, la bata blanca sirve para ocultar las ropas de calle que se le adivinan, los zapatos muy sucios de un barro oscuro pero no llueve, no escucho el rumor de la lluvia, me está auscultando, es un médico, la pantomima de un médico para tranquilizarme, desde atrás unas manos suaves y enérgicas me dan la vuelta, me sujetan al suelo, estoy sobre el saco de dormir, en el brazo sano, el izquierdo, noto el dolor residual de un pinchazo, sobre la mesa adivino, no veo por el cambio de rasante, el

maletín de urgencia, jeringa, gomas, cajas, a pesar de la
desconfianza su presencia me alivia.

—Tranquilo.

—¿Es usted médico?

—Mejor cállese.

No me responde, es otro el que lo hace y su timbre de
voz difiere de la gama habitual en esta última semana,
si es que llevo aquí una semana, más, casi un mes, no sé,
me parece un año, demasiado aturdido para razonar,
quizá por eso no identifique la voz, me siento absolutamente cómodo, insisto a pesar del consejo, tengo que
hacer un esfuerzo de voluntad para no hundirme en las
nubes de la blanca y muelle almohada onírica, me
cuesta mucho.

—¿Es médico?

—No, linternero, no te jode.

—¿Quién es? ¿Le conozco?

—Chist.

—Dígame al menos qué me pasa, soy un hombre
enfermo con un tratamiento riguroso. El corazón,
¿sabe?

—Funciona como un reloj.

—¿Tengo el brazo roto? ¿Qué tengo?

—No se fatigue. Cállese.

Se incorpora, mira el termómetro, lo sacude y recoge los
diversos utensillos en el maletín, el fonendo se le resiste,
no parece muy práctico, estará nervioso, quizá le
conozca y por eso no habla, o es extranjero, si fuera
francés me traducirían el diagnóstico, si estuviera Libe
le obligaría, es muy mañosa para las curas, sus
emplastos de verbena son una bendición, de qué cosas
me acuerdo, se me escapan los detalles, quisiera tener
memoria fotográfica para grabar hasta el más nimio
detalle, pero me duermo y esta vez sin inquietudes, me

siento dormir por momentos sin necesidad de conteo alguno.

—¿Me va a escayolar el brazo?

Le acompañan hacia la puerta, hasta los pasos suenan diferentes, no les veo, estoy cara al fondo del saco, no puedo girar la cabeza, ni siquiera me apetece el intentarlo, me han inyectado algún sedante y dramatizo sereno, abandonado.

—¿Prefiere cortarlo?

Calma y serenidad, eso es lo que siento, será la inyección, tranquilizante sicotropo, recuerdo la extraña leyenda del cartonaje, hipnótico no barbitúrico, la oleada de sueño me baja los párpados sin temor al tiempo, ni corderos, ni latidos, ni piezas troqueladas, me dejo arrastrar pues lo intuyo como un refugio, dulce abandono en el que apenas acuso recibo de la noticia definitiva, la voz nueva, a mi lado, susurra.

—No merece la pena, mañana le sueltan o ejecutan.

ABELBOST: Todo en orden, otro liso y continuamos, el tinto es medicinal como dice nuestro boticario don Félix, el mejor de los remedios, bueno, pues a lo largo de tantas vicisitudes ETA, por sucesivos desengaños, germinó creyendo sólo en una teoría política adaptable a sus fines, el marxismo leninismo y entonces el grupo de los fundadores, el de Txillardegi, como no estaba de acuerdo se salió, lo que son las cosas, las crisis confusionistas de la cabeza, la base siempre tiene el objetivo claro, sin nebulosas teóricas, pues la crisis coincidió con la gran escalada del setenta, el secuestro de Behil, el estado de excepción, el juicio de Burgos, pero al mismo tiempo cundió el miedo, el miedo es humano y no debe dar vergüenza salvo cuando no se sabe controlar, por eso empezaron los revisionistas atacando al maoísmo de Kurtwig y en la VI Biltzar Nagusia de ese mismo año, junto con la escalada, volvió a retroceder la fiebre patriótica abertzale, incluso en Vizcaya, al formar el Frente Obrero con el PCE, se volvió a las andadas de que el patriotismo divide a los trabajadores a favor de la burguesía, etc., es el peligro de que te manejen ellos o manejar tú las riendas, los comunistas se consideran los únicos intérpretes válidos de la teoría y los únicos representantes del proletariado, de allí salimos muy divididos, los de la VI con su felipismo por un lado y los milis de Biltzar Ttipia por otro y los del interior dando el callo y sin hacerles caso hasta que se pusieran de acuerdo, seguimos la lucha armada sin hacer caso de los que nos calificaban de aventurerismo o estrategas tercermundistas, por fin con la Operación Ogro se hizo la luz, fue la demostración de cómo golpeando en los testículos se tambalea cualquier gigante y para muchos el aceptarlo fue una autopsia, especialmente dolorosa para el PNV, como hurgar en una momia, ya te dijo algo Garmendia, ahora con la Operación Caín, que se la brindamos a nuestros hermanos de lucha cediendo los honores de la titularidad, queremos demostrar nuestra postura y los frutos que pueden conseguirse con nuestro sistema. La sigla ETA posee el mayor peso específico del grupo, el PCE es la hostia, lo sabe mejor que nadie y le gustaría apoderarse de ella, pero ya no puede, está desenmascarado. Nuestro objetivo es meridiano, la creación de un estado socialista vasco dirigido por la clase trabajadora de Euskadi y como instrumento de todo nuestro pueblo para la edificación de una sociedad vasca y sin clases, no concebimos pues una Euskadi libre para la burguesía. El problema cultural es básico y no quedará plenamente resuelto hasta la euskerización total, eso sí, partiendo de la actual situación trilingüe, hay trabajadores inmigrados que no han visto la necesidad de integrarse de lleno en la realidad nacional vasca, hemos de facilitar en todo momento tal integración, quienes legítimamente opten por no hacerlo, quienes quieran seguir siendo españoles, gallegos, franceses, necesitan ver garantizados sus derechos con el objeto de evitar la menor discriminación en el seno de la futura sociedad vasca, no somos racistas. Ciertamente que nuestra liberación como clase podía ser viable en el marco de una España o Francia socialistas, pero en nuestra opinión sólo con la independencia se podría garantizar la resolución de la otra cara del problema, nuestra liberación como miembros de una nacionalidad oprimida. A la larga somos partidarios de la abolición de fronteras cuando no haya condiciones para que un hombre explote a otro, ni para que una nación oprima a otra y nos lo ponen difícil, ¿no?, casi utópico. Condenamos por tanto a quienes desean la independencia de una

Euskadi rica y poderosa, armada hasta los dientes y apta para explotar la fuerza de trabajo de unos inmigrados sin derechos políticos y sindicales y para explotar internacionalmente a una España subdesarrollada. Nuestra fuerza ha de servir para liquidar la opresión, nunca para explotar a otros pueblos. Es más, la riqueza de Euskadi es debida en gran parte al sudor de miles de trabajadores inmigrados y así hay que reconocerlo y subrayarlo, si para los trabajadores españoles y franceses la liquidación de toda desigualdad cultural y nacional con respecto al pueblo vasco es una obligación internacionalista, para nosotros, trabajadores vascos, lo es la contribución al desarrollo de las futuras España y Francia socialistas, es pues un argumento falaz el que la lucha por nuestra independencia divide a la clase trabajadora, joder, esto hay que decirlo a gritos, lo estamos gritando con la Operación Caín. Nuestra liberación como clase trabajadora vasca será posible mediante la conjunción solidaria, nunca supeditación, solidaridad de los esfuerzos revolucionarios de todos los oprimidos y explotados dentro del estado español y francés, entendemos entonces que las organizaciones antifranquistas que quieran aliarse con los revolucionarios vascos no pueden ponernos como condición previa que abdiquemos, siquiera temporalmente, de nuestro combate por la reunificación y la independencia, han de admitir la realidad de este combate y su carácter no contradictorio con la acción revolucionaria, sobre esta base ha de plantearse la necesidad de la coordinación y del apoyo mutuo efectivo, las acciones de masas, las huelgas, pueden ganar en amplitud y ser más eficaces estallando a la vez y apoyándose en la totalidad del estado con una doble eficacia, pues se evitarán los errores provocados por el aislamiento y la inmadurez así como la concentración de fuerzas represivas en un solo lugar, esto es, repito, y me parece que me estoy poniendo dogmático, ¿no?, lo que pretendemos demostrar con nuestro mal hermano Caín. El que no lo vea claro es un ciego o un traidor. Somos partidarios de la lucha armada, no lo olvides, y por lo tanto si no pagan lo ejecutamos. Sin el olor de la pólvora la oligarquía no cede ni su posición ni sus privilegios. Ya estás viendo los melindres. Si muere su familia lo habrá querido, les sobra el dinero, tampoco les hemos pedido una cantidad como para que la fábrica se vaya al carajo ni mucho menos, en la actual situación, si así fuera, los perjudicados serían los trabajadores. Por supuesto, tienes razón, no creemos en milagros y por lo tanto de cara al futuro no olvidamos las diferentes opciones de sustitución al régimen a las que ayudaríamos en diversos grados, en proporción a lo que acepten de nuestro ideario. Resumiendo esto es todo. ¿Alguna duda? De acuerdo, terminamos, olvídate de mis rasgos que además son falsos, llevo peluca, tranquilo, nos fiamos de ti y de los datos de nuestro servicio de información, no sabes hasta qué punto funciona. El penúltimo trago, por nosotros y ¡Gora Euskadi Askatuta![1]

MAURO FERNÁNDEZ ALVÁREZ: Me puse guapo, con el de los domingos, que por experiencia de cuando lo de Mieres me lo sé bien, si vas de corbata te tratan mejor y no me trataron mal, lo del hábil interrogatorio pero en

---

1. Viva Euskadi Libre.

suave, aunque por allí resonaba cada leche de tiembla el misterio y agárrate que viene curva, pero ¿qué iba yo a decir? Lo mismo que en el sindicato, la huelga nuestra era por lo legal y si me apuras yo, como enlace, tampoco tenía que ver con la huelga, lo mío es el convenio y si apreté en lo de las normas de seguridad e higiene la cosa estaba clara, el pobre Martín aplastado bajo la bobina no es retórica, la sangre extendiéndose como una mancha de grasa es una prueba viviente, muriente, para su desgracia y la nuestra, que van unos cuantos que cascan en la fabricación de acero al paisano, la mejor aleación del mundo, y no será porque no nos interese conservar el pellejo digo yo, que buen cuidado tenemos, hasta ojos en el cogote, cuando avanza el puente grúa por la nave con el caldero chorreando baba al rojo lo adivinamos a cien metros, lo olemos, pero no hay interés, que lo de sujetar la bobina bien chorra era con la carretilla y el pobre Martín bien que se dio cuenta de que le venía encima y él no tuvo la culpa, estaba en su puesto como Dios manda y nada, a mandar, aplastado, más liso que el pecho de la Carmen que ya es decir y llega un momento en que es como si te pusieran contra el paredón, la braga o la vida, y hay que optar, que no somos el lumpenproletariado que dirían los teóricos, y se explota, natural, llega un momento que las pelotas se te hinchan tanto que se te explotan solitas, eso es lo que ha pasado, pero el convenio estaba de antes y a eso me atengo, el rapto es otra cosa, que se lo sacudan como puedan y si, algo va a pasar, nos han soltado a todos, cada uno a su puesto, como en una obra de teatro, hala, cada uno a representar su papel en la función que va a empezar y rápido, que para mañana está la comisión citada de nuevo en sindicatos para lo de las cartas, no sabemos el desenlace pero lo habrá y están muy seguros, como si lo hubieran localizado, o pagado el rescate, o yo qué sé, pero esto se acaba o empieza, según se mire. A ver, un zurito, que me he pasado a la cerveza, las he pasado canutas y no veas la sed que da el canguelo, que no hay forma de aclararse con tanto si le ves, que no le verás, pero si le vieses como si no le vieras, cuando le veas, la mar serena.

EL RIOJANO: Vaya escapada, pero no te quejes que no te pintó tan mal como a otros. Aquí tampoco se aclara nadie, pero las apuestas ya van a la par y algunos cubriéndose por si las moscas. Parecía transparente lo del rescate y a la par es una locura, no pueden matarle, sería, no sé. ¿Tú qué dices, Paco? No te vayas como el zorro sin decir palabra.

PACO: De tal tiempo para atrás ya conté, ahora ver, oír y callar, que no estoy para muchos trotes, casi, casi, para entregar la cuchara y aquí, el señor, vosotros podéis contarle, como quien no quiere la cosa se saben chismes, chipi-chapa, chipi-chapa, trapos sucios que no van a sacar los parientes, que cuando el río suena agua lleva, aunque eso sí, a lo mejor no mueve molino, de dinero y de verdad, la mitad de la mitad.

ANÓNIMO XIII: De la verdad puede, pero de dinero el doble del doble, pues no han hecho éstos pasta ni nada y no sólo en la fábrica, ¿eh?, que el medio seminarista del Ignacio, en Madrid, menudos cables tiene, según dicen, y no me extrañaría porque si no de qué le iba a aguantar

José María, si no la hinca el tío, líos de divisas y tal los que quieras, pero gordo lo de cuando el boom del desarrollo, que la gente se volvía loca a invertir y ya se estaban cociendo los matesas y soficos, supongo que dándose la gran fiesta, pues unas de las acciones vedettes eran las de CMC, subieron como la espuma, sin mayor explicación de la que como estaban en el cinturón industrial de Madrid y había que promocionarlo pues hala, alguien hinchaba perro y dividendos, se tiene que acordar, fue famosa la suspensión de pagos de CMC, Construcciones Metálicas Castellanas, con la cotización más alta en la Bolsa y a suspender pagos, de lo más chirene, ¿no?, y se pillaron las manos miles de pequeños avaros, los pequeños inversionistas que se creen los anuncios, capitalistas supongo que ni uno, las pérdidas eran tan sociales que para evitar el escándalo de la quiebra se hizo cargo el INI, eso sí, bajó la cotización de cien a uno o parecido, bueno, pues el final de la empresa nunca se supo con claridad, el estado, el INI, apechugó con las deudas y después la vendió a la industria privada a precio de saldo, pero aquello nunca se rehízo, al contrario, se desmanteló, Lizarraga se trajo toda la maquinaria de embutición, unas prensas sin estrenar, para su línea de cocinas eléctricas, así empezó con los electrodomésticos, dicen, porque nadie lo puede comprobar, que eso lo compró como sociedad anónima, pero en plan particular con su hermano y alguien más de altura, de peso, el que les facilitó el negocio, se quedaron con los terrenos de CMC que mira por donde al año siguiente vieron pasar a su vera el cinturón de ronda de la capital y se transformaron de secano en regadío, menuda cosecha para la escarola de verdes, de ser terrenos de zona industrial pasaron a ser de zona urbana, multiplicaron su valor por no se sabe cuánto, también es casualidad, ¿a qué sí? Con dinero contante y sonante se pueden hacer muy buenos negocios, supongo que el de CMC será uno entre un millón, aquí mismo, sin ir más lejos, en pequeña escala, se ha hecho algo parecido con los pisos de las viviendas protegidas.

FRANCISCO AGUIRRE ELIZONDO (PATXI): Cuando los planes de desarrollo se vio otra alegría, ¿eh?, habría más competencia pero también habría más mercado, a tope de trabajo, y la alegría se nota, que nos metimos con la última construcción monstruo, por ahora, aunque no sé si después del rapto a Joshemari le quedarán ganas, es para mandarlo todo a la mierda, ¿eh?, que se pudo retirar hace un siglo y vivir de las rentas a lo señorito andaluz y sigue en el tajo como el primero, fue con la nueva planta de laminación de chapa en caliente, nueva, como que no hay otra en Europa, igual puede, o mayor, pero mejor ni por ésta, tanto que si éramos de batalla toma fino, que se montó como cosa de relojero, pues no nos dieron carga ni nada los montadores, con galgas por todas partes comprobando las tolerancias y se ponían castizos, ¿eh?, que ya tuvimos que repetir cosas, pero el planetario es una maravilla, un laminador Sendzemir con los rodillos de trabajo en giro inverso, menuda potencia, de una pasada reduce el grosor de la banda caliente de cincuenta a dos milímetros, vaya achuchón, ¿eh?, por eso es tan delicado, pues con todas sus normas al pie de la letra no salía la producción, cuando nos dejaron solos ya lo creo que lo conseguimos, a puro huevo, de 200 pasamos a 400 toneladas diarias, modificamos los márgenes para que no saltaran los automáticos y a producir, el tiro lo más importante pero suelta de aquí y aprieta allá evitamos el bucle, había un control de rayos X que tuvimos que modificar, lo paraba todo incluso antes de formarse soja, menudo chivato, y así, ahora, no para la marcha y la estructura es buena, ¿eh?, bien batida, hacemos cantidad y calidad, es la derecha, mira cómo andan los de la máquina herramienta, preocupados, que si hay que ir a la mecánica de precisión, a lo caro, pues el «Jenti» siempre por delante, eso sí, poniendo las pelotas encima de la mesa, jugándoselas, que no tiene a nadie detrás guardándole las espaldas, y era otra forma de trabajar, aparatos de comprobación, medios a barullo, no como con el primer horno, aunque a los viejos aquello nos tira, ¿eh?, si ves el laboratorio de control te caes de culo, de lo mejor, pues le dio por vigilar como si fuera su primera piedra, no veas, y las controló personalmente todas, hasta los ladrillos de la nave, que se cepilló a una cuadrilla de albañiles porque les vio un paño sin mojar los ladrillos, si los pones secos absorben humedad de la masa y fraguan peor, y aquí estamos ahora, que volvemos a las andadas de la estabilización, que este país es la leche, parece un serpentón ruso, arriba, abajo, arriba, abajo, pues tirando chapa, no a cien, que hoy no tira nadie a cien, pero bastante alto, chapa para embutir y troquelar, parte para la línea puñetera de los electrodomésticos, chapa decapada para carrocerías, también hicimos chapa magnética para rotores, dinamos, ya sabes, pero no era lo nuestro y zapatero a tus zapatos, la experiencia es un grado, ¿eh?, que en fundición, la fundición la hemos mamado, ¿eh?, en fundición los amos y en moldeo en arena para piezas especiales, gigantes, todos a hincar el pico, ya te dije cómo pisábamos antes la arena, como la uva, meca, qué tiempos, y en forja al revés, piecerio medio, cantidad, piezas que ni te imaginas, todas las que van con el trébol de cuatro hojas y te las encuentras hasta en la sopa, sin embargo para pieza grande no, es lo de la experiencia, lo del zapatero, mira, cuando entramos en la Seat fuimos a por todas y con los cigüeñales nos dimos la torta, bueno, esto no lo cuentes, andaban jodidos pues los tenían que importar, los nacionales cascaban, pues fuimos nosotros y Patricio, algún otro despiste también, y Patricio ha mamado la forja, ¿eh?, tan seguro que si una herramienta suya sale con el menor defecto te la cambia sin decir ni pío y no tiene que cambiar ni una, ¿eh?, pues sus cigüeñales no cascaban y los extranjeros sí, nos retiramos, en forja es un fenómeno y a cada cual lo suyo, como Aristrain con la magnética y me parece bien, que nadie es Dios, nosotros seguimos exportando chapa mucho y palanquilla a no decir y nos pinta, por algo será, hace años estuvo un alemán de gafas, jer-doktor-profesor-ilustrísimo-Gansgaitas, estudiando para una tesis el aprovechamiento que le sacábamos a los hornos viejos, lo que nosotros hacemos a pelo ellos lo aprovechan por lo científico y ése es un pecado nuestro, ni la industria ni la Universidad se preocupan, lo que se hace en casa siempre parece una chorrada y la preocupación viene después, ¿eh?, a vueltas con la precisión, calidad, versatilidad, que así picamos con los electrodomésticos, lo único que hacemos bajo patente, ¿eh?, lo único y ahora parece que los de la Union quieren chupárselo, yo que Joshemari se lo daba, si pagan bien todo, que se lo metan donde les quepa, a nosotros lo único que hace es complicarnos la vida.

AITOR ARANA (MONDRAGÓN): Ahí picamos, bueno, picó él, como la gente andaba loca comprando cosas, pues eso, si en cada anuncio de la tele salía un cacharro nuevo, se presentó una oportunidad y nos metimos, si hay que hacer se hace, no se deja para mañana, geroa alperraren leloa,[1] también influyó la querencia de las cocinas de carbón, que aún seguimos vendiendo y no me explico, para Galicia, dicen, coño, la de discusiones y disgustos, mira, si nos hubiéramos lanzado al coche hubiera sido otra cosa, el coche es lo que hace andar a la industria, pero son palabras mayores, eso sí me gustaría, y se hubieran agrupado varios industriales si uno sólo no podía, seguro, que empezamos haciendo en la provincia todo el piecerío y ahora poco a poco los catalanes se están arrimando a Barcelona toda la industria auxiliar, natural, dependemos de ellos, cuando Barreiros se fue a tomar vientos cerraron mil en Éibar, les tenía por el morro y les imponía los precios de mala manera, pero de eso a independizarse con la aeronáutica hay un abismo, que aquí no se hacen cohetes ni satélites artificiales ni siquiera aviones y si empiezas a especializarte mucho te joden, como con los aceros, vendes para fuera y terminan pidiéndote un kilo de cosita de encargo, la piedra filosofal o como se diga, en el fondo lo nuestro sigue siendo la cantidad, que con el tiro del planetario me volvía loco, cuando no recoge bien la bobina se hace en la banda un bucle hacia arriba, entonces dar marcha atrás y entra uno con el soplete a cortar el fleje, con traje de amianto por el calor, eso tuvimos que hacer, yo en la batalla es donde me encuentro más a gusto, como la Real en campo húmedo, mira cómo sale el redondo, que con tanto probar el personal se te desmanda, fueron los años de la

---

1. Más tarde, la cantinela del perezoso.

apertura y los de comisiones se nos pusieron de uñas, como si uno no fuera un obrero. Pero ¿quién no es un obrero aquí? Si al mismo José María no tienes más que darle la mano, ¿de qué le faltan los dedos?, de metérselos en la nariz, no te jode, que ésa es otra que va a acabar con las fábricas, si yo tengo cincuenta millones de qué voy a montar una industria, lo meto en la Caja a plazo fijo y ahí está pues, a vivir que son dos días, si no ganas para disgustos, yo veo bien lo de los sueldos, que se quiera ganar más, yo el primero, pero a regatear en el convenio, a discutir, pero lo de la huelga es una putada, no conduce a nada, y ésta de ahora, ¿qué?, si iba a dar lo que pedían y por un accidente tonto a la calle, se está perdiendo más que, que, una putada, no se produce, se han caído las bóvedas, me cabrean estas cosas, coño, no las entiendo, para mí el trabajo es sagrado.

Francisco Aguirre Elizondo (Patxi): Es que le tenían ganas, ¿eh?, aquí no se había parado una hora jamás y se la tenían jurada, le venían rondando, buscándole las cosquillas, por fuera con lo de la contaminación y por dentro con lo del comité de seguridad e higiene y el tontorro de Martín se lo puso a huevo, un accidente tonto, era un manchurriano que no se lamía de despiste y con gente así siempre habrá accidentes, pobre hombre, ni siquiera llevaba puesto el casco, no es que el casco fuera a salvarle, ¿eh?, pero es tan de costumbre como atarse los pantalones, el hombre no era de expediciones y no sé qué diablos pintaba allí, a echar la parrafada con el del pueblo, a escaquearse cinco minutos, se pone debajo y encima, en vez de salir por piernas, extiende los brazos para sostener una bobina, lo siento, me da pena, pero prácticamente murió de puro tonto, si él no hubiera estado debajo, que no tenía que estar, la caída no hubiera tenido importancia, y ya es casualidad, una entre un millón, que la carretilla es una Clark que puede con una tribu de elefantes saltando a la comba, y es como para pensar mal si la cosa no fuera tan criminal, el fallo fue más bien del conductor y se plantaron de repente, ¿eh?, quieto, para, como si lo tuvieran ensayado, un plante a cara de perro y en cinco minutos toda la fábrica, ¿eh?, y cualquiera le decía que él había matado a su compañero, la leche, en realidad la culpa no es de nadie, es un accidente, el trabajo es así y al que no le guste que se vaya a una tienda, mira, detrás del mostrador pocos accidentes laborales tienes y bien que se avisa y hay normas, ¿has visto a la entrada? Un letrero bien grande: en este mes llevamos ene accidentes, no seas tú el ene más uno. Pues nada, las normas se las pasan por el sobaquillo, que ya sé que son incómodas, pero por algo están, si hasta el análisis de sangre obligatorio una vez al año procuran saltárselo, y mira, a los que manejan el cotarro en la sombra se la trae floja la seguridad personal, lo que quieren es follón para medrar en sus politiquerías, por más que se habló nada y al guisajo del Mauro lo metieron en un puño, para mí que no tiene nada que ver y está actuando en contra de su voluntad, el toro nos ha pillado a todos y como Joshemaría no salga bien el acabóse.

FRANCISCO IZQUIERDO: Veo que le ha cogido gusto a la paleontología, me alegro, le ha pasado como a mí, el verse rodeado de fósiles le estimula a uno, es la adaptación al medio, la anécdota prometida no tiene mayor importancia que la de demostrar cómo el eslabón perdido funciona con relación al sexo lo mismo que el individuo más evolucionado, ya sabe, la seriedad por encima de todo, no es mujeriego porque no alterna con su mujer, ni con ninguna, eso se deja para los viajes de negocios, la seriedad es por encima del cinturón, por debajo el desembrague no cuenta y a mí, moralmente, no me parece ni bien ni mal, es por desmitificar al del hacha megalítica labrada, fue después de mi siniestra intervención en la Kraftmaschinenwerke, paramos en Zürich por algo relacionado con el money y a mí me dio el esquinazo, como allí hablan todos los idiomas se refugió en su vascuence para inutilizarme, una chiquillada, me enteré porque después fui yo quien tuvo que inutilizar cierto negativo a buen precio, no digo que sea su costumbre porque actuó de novato, sino que existió esa vez y resultó divertido, me hubiera gustado verlo, en Zürich son muy delicados, los suizos, como todo el mundo sabe, se masturban con papel de seda, es una ciudad aséptica con su Odeón intacto recordando las meditaciones de Lenin en el exilio y si hoy es el refugio de la mejor mariconería europea lo es con discreción, las cosas se exhiben sin charanga, las joyas, los relojes, y los bancos televisan cara al público las últimas cotizaciones de la bolsa de Nueva York, eso sí, advierten que con quince minutos de demora para que nadie se llame a engaño, y la Oficina de Entretenimiento para Altos Ejecutivos es, entre todas las respetables entidades forjadas a golpe de divisas millonarias, la más discreta y silenciosa, para un círculo más reducido y selecto que el de los iniciados del *Playboy*, una masonería astral, sus sesiones privadas de lesbian-show, live-show y cualquier-capricho-show, jamás trascienden, cumplen su misión cerradas sobre sí mismas, permiten por vía protagónica la descarga de los deseos más reprimidos de su distinguida clientela, tan cargada de responsabilidades, hay todo un catálogo, menores, razas diversas, travestis heterogéneos y maravillas corporales que permiten suponer la profunda utilización de inyecciones de silicona, cada uno, en su recoleta intimidad, puede confeccionar su propio programa, ÉL, con mayúsculas, eligió el ménage à trois con gemelas de ébano por lo cual le alabo el gusto, no pudo cumplir el programa íntegro por la teoría darwiniana del Pithecanthropus erectus, cuanto más comido menos erectus, supongo que cualquiera de sus asténicos cacereños inmigrados, con aquella variedad de color y sistemas, hubiera satisfecho las necesidades del trois y del trois cientos, pero eso no empaña el regodeo exquisito, en lo que no le alabo el gusto es en caer en la pueril tentación del culto a la personalidad, la alabanza somático tarzanesca que le llevó a posar en la decorativa postal, recuerdo de feria en la que se deposita la cabeza sobre el disfraz de cartón, adamita de pene tremebundo con la leyenda de «remember my member», quizá por los efluvios no digeridos del Bleu Feneque, burbujeante francés de importación, tentación no disculpable en ÉL, con mayúsculas, un hombre de su talla y que después me vi obligado a recuperar, postal y negativo, no sin echar un vistazo antes de proceder a su destrucción, eso no es disculpable, lo del buceo en la negritud sí, ¿quién se hubiera negado a tan delicioso festejo a pelota loca y por qué? Lo que no comprendo es su posterior negativa a implantar en fábrica los sistemas evasivos de descarga por transferencia, cuando él había comprobado personalmente su eficacia, propuse y me fue rechazado implantar el sistema japonés, no por vía erótica de muñeca inflable sino por vía violenta, el de instalar una habitación insonorizada con su imagen, la del mayúsculo ÉL, un muñeco de trapo que los empleados sometidos a fuertes tensiones podrían golpear con un bastón ad hoc, el efecto catártico de tal desahogo incrementaría la productividad de modo inmediato, hubiera evitado muchos disgustos y me atrevo a decir que la actual huelga no se hubiera producido, pues bien, no sólo no se aceptó la propuesta sino que después de hacerla nuestras relaciones empeoraron sensiblemente.

CELSO TRINCADO BODELÓN: Sí señor y no me venga con más sellos, la resurrección de don Celso me ha costado un disgusto y si ya se lo dije insisto para que se percate, murió, para los efectos muerto y cómo se reirá ahora si lee las noticias de Eibain en la prensa, y si yo sobrevivo es por pura ausencia, mi historia no existe, es la de las renuncias, sí señor, que me negué al tinglado de los jovenzuelos de la IBM, ése fue el gran salto del desarrollo en las oficinas, meter un cerebro electrónico, ordenador para los entendidos y desordenador para los que lo disfrutamos, a don José María le dio el perrenque por ahí y se apuntó a lo moderno, no le va pero estamos a la última moda, llegaron con ganas de poner todo patas arriba y ya lo creo que lo hicieron, necesitaban superficies horizontales, temperatura constante, insonorización, música ambiental, caramba con la criatura y todos a su servicio, y me negué a entrar en el equipo, yo sigo con mi tampón y a mi aire, que si cursillos de perforistas, de programador, de lenguaje binario, y después de las tarjetas perforadas que si era mejor la lectura óptica, si no paran, en cuanto te montan lo uno se sacan de la manga lo dos y se ponen a estudiar lo tres, son unos camelantes y las facturas enloquecieron, sí señor, que al de cien mil si se le pasaban un millón protestaba, pero si se le pasaban diez mil cerraba el pico, ese aparato tiene el mérito del elefante, la memoria y para de contar, le da igual ocho que ochenta, y nos hace hablar como alucinados, que si computa tantos dígitos por segundo, y yo me retiré por el foro según costumbre y así sobrevivo, que varios cerebrósidos palmaron por pedantes, fue la locura de las devoluciones, nos devolvían letras como escombro, bueno, eso es lo habitual y don José María apuntándose a todo lo nuevo, pero ya tuvo detalles de mala leche, de la mala sangre que le estaban haciendo, sí señor, cuando vinieron presionándole para montar un stand en la Feria de Muestras de Barcelona y mira que eran los inventores de los trucos devolucionarios, de los pretextos, sólo pagamos los días tal y tal, que nos giren de tal forma, triplicado, letra gótica, mil detalles para poder devolver y maldito si interesaba el stand, pero la cosa política y aceptó y no se le ocurre otra cosa que decorar el panel del fondo con los impagados de Barcelona y provincia, la que se armó, se retiró y no volvieron a presionarle con el stand y ahora sólo vamos a las ferias monográficas y de eso no se enteran los jovenzuelos y por eso desfilaron unos cuantos de los ibemes, me acuerdo de uno de sus argumentos favoritos, los ordenadores permiten la combinación de los métodos de la informática con el análisis de sistemas y la centralización de las decisiones y eso es lo más revolucionario en la moderna estrategia empresarial, le llamaban estúpido porque no hacía caso de sus informes y análisis y no se daban, no se dan cuenta de que sí, de que sus rapports los estudia, pero como él es el centralizador de la decisión al final decide como le da la gana y lo hace con su buen ojo de cubero, sí señor, que por encima de la informática está el sentido común y de ese sentido carece el cerebro electrónico, si son tan pedantes que todo es electrónico, hasta las guitarras, en mi época era eléctrico pero ahora eléctrico es poco, tiene que ser electrónico, allá ellos, con su palabrería se pierden y anda que les den por donde amargan los pepinos, cada uno a lo suyo y yo al margen, a lo que manden, sí señor, y cuando da la hora a casa, que en mi casa yo soy el único sí señor y que les zurzan a todos, más claro agua.

FÉLIX SOROA PEÑAGARICANO: Sí, somos amigos, de toda la vida, cuando él se instaló aquí ya estaba la farmacia de mi padre, la única del pueblo, por eso los viejos la llaman botica zarra, botica vieja, ahora somos media docena de farmacéuticos que peleamos con las recetas de la Seguridad Social, terminaremos todos siendo funcionarios administrativos, no se receta una fórmula porque en el seguro se arregla todo con la especialidad, cuanto más cara mejor, tiene un carácter reivindicativo sobre la cotización obligatoria, bueno este es un tema monográfico que nos llevaría a ninguna parte, pues sí, somos amigos, de la misma quinta, coincidimos también en Lagunak, la sociedad gastronómica y de ahí la cosa pasó a la rebotica, no es que se mantenga una tertulia a la antigua usanza, ya ve, pero pasan los amigos a charlar un rato y aunque esto se ha convertido en un medio laboratorio conservo la camilla, me gusta mirar al microscopio sentado en la camilla, a veces echamos aquí la partida, pero hace tiempo que no, le gusta ganar siempre y para evitar discusiones no jugamos y en paz, los amigos siguen pasando, pero el pueblo es un híbrido, no somos ni rural ni urbano y a la rebotica le pasa igual, está desordenada porque cada vez hago menos trabajo de análisis y las muestras se me amontonan, con la edad uno prefiere la especulación verbal, y mire, mi opinión es la de la mayoría silenciosa, se arreglará pacíficamente con el pago del rescate y el pobre Joshemari podrá asistir a la metódica cena de los días tres, en lo que va de siglo no se ha perdido una y no va a fallar ahora por rapto más o menos, espero que no tenga dificultades con su salud, está delicado pero no tanto como presume, a todos nos gusta presumir de enfermos, pero aquí tiene al doctor y él le puede aclarar ese punto mejor que nadie, además de ser su médico, uno de los pocos que todavía saben algo de medicina, es su amigo íntimo y parece abunda en mi opinión, ¿no doctor?

DOCTOR PIÑEIRO: Don Félix también es doctor, por eso me lo llama a mí con su tinte de cachondeo fino, pero yo también hice mi tesis, lo que pasa es que no presumo como él de sabio, porque es un sabio, y nos tiene acogotados a todos los del pueblo con su prepotencia mental, ahí donde le ve con más de cien kilos que supondrían un corazón generoso es un dictador, las apariencias engañan, pero por una vez, sin que sirva de antecedente, coincido en su opinión, la salud de José María puede resistir la aventura si transcurre dentro de una normal anormalidad, si no hay violencias o situaciones excepcionales, la enferme-dad para el médico es secreto de confesión y no voy a revelarle detalles, pero la dolencia cardiaca que padece es mínima y el tratamiento es preventivo, no curativo, por otra parte sencillísimo de seguir y me consta que se está respetando, no, lo que me preocupa no es su salud sino las circunstancias, se hace un chequeo general en el

Opus, en Pamplona, todos los años y el último, muy reciente, no podía ser más satisfactorio para su edad y condiciones de trabajo, su tensión de ejecutivo la soporta francamente bien, jamás llegó al stress y eso que está sometido a todos los agentes stressores que nuestra civilización puede ofrecer, cuestión de encarnadura, no fuma, bebe moderadamente y el único peligro está en su amistad con don Félix, desengañado farmacéutico que orienta toda su actividad científica a un desmesurado culto del estómago, el tripasaco que no gourmet, cava con los dientes su propia fosa, por eso se suspendieron aquí las partidas de cartas, que nos sacaba los cuartos de mala manera y sustituimos las pérdidas por degustaciones de sus experiencias en un intento de amortización en especie, su bibliografía científica es sintomática, *Análisis organoléptico de la sidra, La maduración de la caza antes del guiso, La toxicidad del tabaco en las angulas* y el no va más en la mixtificación ácrata, *Poder antibiótico del vino de Rioja,* baste decirle que es el único boticario incluido en una guía gastronómica, una especialidad ya oficial, sopa de ajo de Félix Soroa, farmacéutico de Eibain, lo que no me explico es cómo no le expulsan del colegio, le anulan el título y le niegan el ejercicio de la profesión.

Félix Soroa Peñagaricano: Eso es lo que deberían hacerle al doctor sus ilustres colegas del comité deontológico del muy ilustre colegio médico, puestos a sacar trapos sucios verá, hay un proyecto para sustituir al médico de pueblo por una computadora centralizada en Madrid, llamas por teléfono al «INP Medical Computer and Olé» y te da la respuesta, optalidón y el importe de la conferencia, y este pobre hombre, aterrorizado, para poder conservar empleo y clientela se estuvo especializando, siguiendo cursillos particulares con todos los curanderos de la región, en especial con el petrequillo de Betelu, hábil coyuntador de huesos, que aquí, con la fábrica, la traumatología rinde lo suyo y ahora está forrándose en la más perfecta de las ilegalidades y encima no se pierde uno de mis experimentos culinarios, que en mi modestia, a la hora de la práctica, se reducen a la sopa de ajo antes mencionada y la manipulación de setas, revuelto de zizak en la temporada, en primavera, revuelto, ¿eh?, no tortilla, son los perrechicos, el Tricholoma Georgii según Linneo, Joshemari es un buen buscador, como buen vascongado le gusta el monte y las setas y nos baja de Kiskitza buenos cestos y a esa merienda nunca falta el doctor, como es medio diabético y yo en mi inocencia un día le expliqué que las zizak, por un componente antiglucémico, se pueden considerar algo así como la insulina vegetal, pues para qué quiere mejor disculpa, Joshemari a veces nos acompaña con alguno de sus famosos montadores extranjeros, a los de alcurnia, cuando les quiere demostrar afecto, no para, no sé cómo le puede gustar ese ritmo de vida, a lo mejor ahora el cautiverio le sienta, una cura de reposo, al menos físico, ya le digo, amigos desde la juventud y cuando empezó con los hornos yo le hacía cantidad de análisis, cal, carbón, no tenía químico, incluso de aceros que me hizo estudiar una enciclopedia metalúrgica, le gusta que el equipo sea de amigos y me ofreció entrar cuando constituyó la sociedad anónima para encargarme del laboratorio, pero no quise, no me va esa torrentera, aquí soy autónomo, amo y criado en una pieza, con un auxiliar y un chico para los recados, la empresa, si es que se puede llamar así, conserva el rostro humano, nos contamos las penas, brindamos por las alegrías y por la noche es más fácil conciliar el sueño, Joshemari es un enamorado de su trabajo, de la siderurgia, pero si se hubiera limitado al tallercito con las cocinas probablemente sería más feliz, al otro «Jenti», un hombre bueno si los hombres pueden ser buenos, no le hubiera pasado lo que le pasó y a él no le habrían raptado ni estaría en boca de todo el mundo y a lo mejor la tertulia de la rebotica se hubiera consolidado, quién sabe, a ninguno nos vendría mal un poco de sosiego, por Dios, si esto es la locura, yo, a mi edad, por lo único que lucho es por conservar mi calma interior, sin ella no entiendo la vida, palabra.

DOCTOR PIÑEIRO: Liberal horaciano, una especie a extinguir, en el fondo a muchos nos gustaría disfrutar de ese reducto boticaril pero a la mayoría nos resulta inviable, casi por las mismas razones yo tampoco le acepté a José María el ofrecimiento de médico de empresa, es el estar en el epicentro de la lucha social, las bajas por enfermedad son un campo de batalla en el que han perecido bastantes galenos y eso que Lizarraga se preocupa, fue él, no el Ayuntamiento, el que cedió la lonja para el ambulatorio del seguro y con mi clínica tiene un concierto de reserva de camas privadas para casos especiales, pero es inútil, al que le vienen mal dadas nadie le convencerá de que no es el sacamantecas de sus obreros y mostrará sus propias mantecas como prueba irrefutable, verá, la vida de un médico de pueblo es dura, si un amigo te saca a las tres de la mañana de la cama porque su hijo llora no te puedes negar ni poner mala cara, y todas las noches hay canciones, pero lo prefiero a ser un gran empresario, hay que tener su encarnadura para resistir, quizá sea la pasión del mando, el ejercicio del poder, pero en el caso de José María se me hace difícil esa motivación, sí, siente pasión por su trabajo y sin él se derrumbaría, pertenece a una casta especial de difícil clasificación taxonómica, a usted le será muy difícil clasificarle a través de la encuesta, sobre todo si no introduce el factor vasco que decide el análisis en los hechos y nunca en las palabras, le voy a contar una anécdota aclaratoria, un sucedido, tenía un caso de gripe recalcitrante y el enfermo empeñado en seguir un tratamiento aparatoso de mucha inyección y antibiótico con ningún efecto sobre la enfermedad virásica, le obligué poco menos que a la fuerza a una simple toma de aspirina, cambiando la marca para que no la identificara y luchando contra el efecto sicológico del bajo precio, aspirina y sudar en la cama, lo encontré por la calle restablecido y le pregunté, ¿qué tal la aspirina?, y la respuesta fue desconcertante: mal no me ha hecho. Sus palabras podrían desmoralizarme, pero su conducta no, hoy es mi mejor paciente con una fe ciega en lo que recete y por supuesto en la aspirina.

AVELIO SOLER: Esto se acaba y no hay quien lo pare, el plazo para la entrega de la pasta lo tenemos encima y nada, macho, veremos por dónde salen, que yo esto lo veo más parado que el caballo de un fotógrafo. Mi opinión la conoces de sobra. Claro que Lizarraga exporta, pero estamos en lo mismo de siempre, se exporta lo elemental, redondo por ejemplo, las siderúrgicas europeas van por la alta especialización, por los transformados selectivos y no se ocupan de lo baratillo, nos compran lo barato y nos venden lo caro, aleaciones sofisticadas, coño, y éstos a presumir de que son alguien, pero si en el fondo están sostenidos como el resto del país, por la exportación de trabajadores y la importación de turistas, las dos únicas fuentes de divisas no inflacionarias y es que mientras se siga así, dominando el cómo y desconociendo el por qué no haremos nada, macho, muy buenos técnicos y se acabó, como en las pirámides ser picapedrero y con picapedreros y manitas sólo no se va a ninguna parte, estamos laminando chapa como la madre que los parió, a la perfección, ¿y qué?, el paso siguiente lo darán ellos, los que sean, que serán americanos y nosotros a copiar, ahí está mi variación del concast, si resulta cierta será un paso adelante en la colada continua y aquí me tienes esperando a probarla en Pittsburgh, si les convenzo que espero que si, pero al menos se escuchará, se argumentará y se discutirá el asunto y con un mínimo de credibilidad se hará la prueba, el caso más reciente lo tengo en un amigo, Dino Alonso, tenía la idea de un plástico magnético hace años, la patente no se registró hasta que no se marchó a Estados Unidos en donde le dieron pie a experimentar, y así la tira, aquí me consta que a san José María bendito le propusieron innovaciones que significaban algo en tecnología, no simples modificaciones del modus operandi que para eso él se las pinta solo, lo del tratamiento de la chatarra con nitrógeno líquido, parecía una chorrada y ahora ya se está utilizando, la congelación a menos doscientos es tan brutal que permite un fraccionamiento cómodo y casi sin consumo de energía, también un procedimiento biometalúrgico de precipitación de minerales con un sistema de caldos de cultivo bacterianos parecidos al del thibacillus ferroxidans, una premonición de don Félix, creo, uno de sus curiosos disparates, pero ya se está utilizando un método similar de precipitación bacteriana para metales raros en Rusia y en más sitios, es un sistema casi gratuito, leche, claro que hay culpa para todos, para experimentar, investigar, hace falta un tamaño crítico de empresa, unas condiciones mínimas muy grandes y esto es la micronesia industrial, cada guipuzcoano que domina un oficio monta su taller propio y hala, a jorobar al vecino a la espera de que su aprendiz se independice y le jorobe a él, a pesar de la Comisaría del Plan de Desarrollo cuando se dieron cuenta de la jungla microindustrial ya era tarde, pero si yo he visto en un descampado a una familia de gitanos inyectando los objetos de plástico que después rifaban en su tómbola ambulante, orinales y otras maravillas por el estilo y con los papeles en regla como empresa transformadora, ¿cómo quieres que mi amigo Dino desarrollara ahí su fórmula de un plástico magnético? Ahora que el mercado está podrido exigen cien millones para instalarse. Nada, macho, a comprar royaltis, porque pensar que la gente se una en un centro de investigación comunitario es pura ciencia ficción, si hasta hay tíos que no te dejan pasar a fábrica para que no descubras sus secretos que casi siempre resultan harapientos. Y es que falta base, por lo menos teórica, que en Lizarraga se tuvieron que suspender las reuniones sabáticas de coordinación por los disparates que soltaba el Aitor, el mozo tiene más pelotas que el caballo de Espartero pero no razona, no le ha llamado Dios por ese camino, cada vez que abría la boca quedaba en ridículo y por aquello del principio de autoridad reunión fuera, y su eminencia reverendísimo don José María también chocaba con la nueva ola, que menudos águilas tecnocráticos había fichado, pero él siempre queda a flote, no faltaría más, al pijín del Izquierdo le machacó un día, estaba exponiendo sus mariconadas marketinianas y la verdad, no había Dios que le entendiese, le cortó de golpe con un gure aitá, zeruetan zerana, santu izan bedi zure izena, etor etcétera, creo que se dice así en vasco, padre nuestro que estás en los cielos. ¿Qué he dicho?, le preguntó. No sé. Bueno, pues si no sabe ni el padrenuestro lo mejor es que se calle, desde entonces el Paco, tan fardón con sus idiomas, le odia a muerte. Como ves las reuniones no coordinaban demasiado y es una pena porque la idea es válida. Y de hacer futurología menos, esa es otra, ni un estudio prospectivo de lo que iba a pasar en el lustro siguiente, de eso nada, macho, tan sólo una vez el divino adelantó la posibilidad de tocar material aeronáutico pero, con el fracaso de los electrodomésticos, los bienes de equipo resultaban utópicos y no se volvió a hablar. Por cierto, te voy a presentar a un yanqui, viene a por lo de los electrodomésticos, a lo mejor les interesa comprarlos, viene en nombre de la Tool pero en realidad es el experto de Union Steel, menudo momio si se lo compran, se quitan un muerto de encima y amortizan el rescate. Habla español, estuvo trabajando en Venezuela un par de años.

ALBERT J. WERTHEIMER: ¿Cómo está usted? Alberto, Albert, sí. Encantado de conocerle. Mucho gusto. Es mi primera visita a Eibain, a España, sí, y no puedo decir si gusta por situación política difícil, pero esto no es lo normal, ¿verdad? No conocer a mister Lizaraga en vivo, ¿cómo se dice?, personalmente, pero yo tener, pero tengo ganas, es un gran hombre de empresa y muy duro en negocios, me gusta, serio, muy serio, me gusta, cumple su palabra, en Sudamérica no así, españoles de España diferentes, no tanta vaina, España es Europa. Situación difícil pero yo espero liberación de mister Lizaraga, querer saludar a él personalmente, es un gran líder industrial, mi opinión buena, muy buena, ha hecho lo más en la condición histórica de su nación y sociedad, ¿me comprende?, en más libertad, en más zona de influencia, en Estados Unidos por ejemplo él famoso y el trébol marca famoso y la industria en muchas, muchas naciones, seguro, porque pertenece a raza especial de hombres, hombres como Ford, Dow, Firestone, Turner, los del General Motor dice un chiste en mi país, no chistes, perdón, Turner es el big boss de Union Steel, ellos son los hombres que entienden industria como factor progresivo de la Humanidad, por eso Eibain, todo País Vasco, ser rico. Esta raza de hombres, como mister Lizaraga, creadores de riqueza, hacen su país rico, su gente rica, dan mentís al comunismo. Un gran hombre, espero no pasarle nada malo y final feliz. Mister Turner también desea suerte, llamar por teléfono. ¿Un trago? Okey, un whisky siempre viene bien, se dice así, ¿no es verdad?

JULIO LASA BARRIOLA: Por supuesto, el idioma es una bandera, fíjese en el gaélico, el valón, el occitano, y algunos así lo manejan, ya lo dijo Humboldt, la división del género humano en naciones no es otra cosa que su división en lenguas, y para Unamuno la lengua era la suprema expresión de la raza, hoy decimos etnia, el término raza es demasiado explosivo, hay una tendencia, aun en contra del conocimiento propio, a corresponder de forma biunívoca lengua y estado, como si en Suiza se hablara el suizo, vaya, cuando todo el mundo sabe que hay estados con varias lenguas oficiales así como lenguas que son oficiales en más de un estado, la consecuencia es que hoy por hoy el euskera es el tema más conflictivo que existe en el país y a partir de su propio vocablo el decir vasco, vascuence o euskera, puede definir todo un modo de pensar. Incluso, según los académicos, euskera es una forma secundaria y dialectal, la académica es euskara aunque así nadie lo diga por la calle. El idioma hablado se subdividía y sigue subdividiéndose en tantas variantes como regiones, aquí se hablaba con bastante pureza por estar en el centro de Guipúzcoa y ésta ser la única provincia rodeada a su vez por provincias vascas, pero con la inmigración masiva motivada por la industrialización se ha erderizado bastante, el erdera es el castellano. La Academia de la Lengua con buen sentido común y a fin de literaturizar el idioma decidió la unificación del mismo, pero esta buena idea, por razones extralingüísticas, se ha convertido en manzana de discordia. Seleccionando perfecciones de uno y otro lado surgió el euskera unificado, el batua, pero tan perfecto que no lo habla nadie, es algo de laboratorio y alguien con más sentido del humor que mala intención lo denominó euskeranto, su símbolo de combate se concretó en una norma entre otras muchas, la inclusión de la h muda que utilizan los franceses y que del lado español no existe, así un apellido pasa de Irigoyen a Hirigoyen con la consiguiente repugnancia visual que no fonética, sólo la aspiran los franceses, pero mucho menos que la h inglesa o alemana, es algo imperceptible, bueno, pues el escribir con h o sin h se ha convertido en el principio de una clasificación dicotómica similar a las claves de los naturalistas, con h-sin h, católico-ateo, marxista-demócrata más algo, etc. Los defensores del perfeccionismo se oponen a los defensores del escribir como se habla confiando en que la gente terminará hablando como se debe hablar, como manda la Academia, y en este enfrentamiento asistimos a la paradoja de que la juventud intelectual está a favor de lo nuevo y se vuelca en su casi totalidad a favor de los académicos y en contra del pueblo, esto es tan grave que de llevarse al extremo produciría la escisión entre el idioma hablado por las masas y el idioma escrito de los mandarines, afortunadamente se están suavizando las posiciones para acortar distancias, pero la paradoja subsiste ya que la normativa no asciende de la base al vértice, sino que desciende en sentido contrario, quizá sea una medida necesaria para llegar a obtener un idioma literario y bien es verdad que exige una fuerte dosis de valentía, lo importante es que hoy se escribe más que nunca en euskera y se empieza a leer y la paradoja, empezando por su capacidad para sobrevivir, es condición inseparable de este idioma. Yo soy de los sin h y no por ideas sociopolíticas sino porque así lo mamé desde pequeño y porque además, como etnólogo, es la forma que de veras me ayuda a seguir la pista del hombre vasco en la cuenta atrás del tiempo perdido. Eso no les gusta a sus últimos entrevistados, pero qué le voy a hacer, entre otras cosas, a mis años, tampoco tengo ganas de volver a la escuela.

IÑIGO ABAD IRIONDO: La década de los sesenta estuvo marcada por el término desarrollo, que no por los planes de desarrollo en sí, y si se hubieran ejecutado con la coherencia con que actuó Lizarraga ahora nos encontraríamos sobre una plataforma de maniobra más posibilista, como siempre don José María optó por el crecimiento, siempre por delante de los conciertos económicos y con una autofinanciación desacostumbrada, insisto una vez más en lo de la autofinanciación, la inversión es nuestra ópera máxima, la factoría número dos fue una epopeya financiera, pero se consiguió poner en marcha el tren de laminación de chapa más moderno de Europa, cuando se apretó el botón inaugural no había por delante ningún diseño, al menos que estuviera en venta en el mercado, si su automatismo era perfecto, su utilización por parte de nuestro equipo técnico no era menos impecable, el éxito fue rotundo, acentuamos la exportación colocando nuestros productos siderúrgicos en los mercados que los colosos multinacionales descuidaban por orientarse a una vanguardia extrema, en el interior incidimos además agresivamente en el piecerío industrial, forja y fundición, en un objeto clave de la época, el coche, cualquier modelo de coche, puede estar seguro de que no se pone en rodaje sin varios kilos metálicos manufacturados en Eibain, de bielas a cigüeñales hemos hecho y hacemos de todo, las infinitas variantes puede verlas en el catálogo último, un alarde tipográfico del departamento de marketing. El término desarrollo fue mancomunado al de consumo, se pasó a la civilización de consumo en razón de tomar el automóvil como principal factor expansivo, sin el 600 hoy España sí que sería diferente, fue la gran zanahoria inalcanzable que nos obligó a correr, la misma nomenclatura de los modelos marca esta aceleración un tanto angustiosa, el R-4, R-6, R-8, R-12 de Renault tiende a infinito, y con el coche todo el gran cortejo de televisores, cocinas, lavadoras, frigoríficos, etc., bajo el punto de vista social el desarrollo consumista no es homogéneo ni coherente con las necesidades reales, es significativo que, por ejemplo, los televisores se hayan difundido en los países mediterráneos a una velocidad tres veces superior a los de los escandinavos, pero si induce al desarrollo material y en una economía capitalista el razonamiento es válido, pues bien, la zanahoria del consumo nos hizo picar a nosotros en el campo de los electrodomésticos, aprovechando una absorción de instalaciones muy favorable de CMC y como quiera que teníamos un contrato de transferencia tecnológica con la Union Steel, optamos por la licencia de su subsidiaria europea, Ménage Belgique, para cocinas y calentadores, las dificultades a pesar de todo eran obvias pues nos salíamos de nuestro campo específico y con un mercado ya casi saturado, pero a don José María le llevó, no digo la nostalgia de sus cocinas de carbón, que siempre se ha sentido orgulloso de ligar el nombre de Lizarraga a las cocinas, pero sí su espíritu de lucha como cuando optó por el primer horno. Se argumentó largo y tendido sobre las dificultades a salvar y cuando dijo su frase favorita de decisión obstinada, «eso habrá que hacer», todos supimos que la suerte estaba echada, eso habrá que hacer y se hizo, por supuesto, y se hizo bien, la queja de esta decisión no está en el fracaso, pues la línea cubre con creces sus cargas de estructura sino en las fuerzas que restó impidiendo otra visión más lúcida del mismo don José María y que él mismo expuso en una mesa redonda en la Cámara Oficial de Industria como posible salida al estrangulamiento competitivo guipuzcoano, cuello que está prácticamente encima, dado el nivel técnico, la intensidad de relaciones intersectoriales y la dotación de mano de obra experimentada, existen las mejores condiciones para la expansión de complejos mecánicos de alto valor añadido como la electrónica, mecánica de precisión, aeroespacial, etc., pero lo intuitivo primó en la toma de decisión y mejor hubiera sido esta opción, no sólo de facilitar materia prima adecuada, sino de ejecución de producto terminado más acorde a nuestra idiosincrasia que el menaje electrodoméstico. Pero todo hay que comprenderlo en el contexto de la época, que viene a ser algo así como la saga del Opus Dei, o la saga de un milagro económico lleno de avances, retrocesos y feroces contradicciones, que tras la estabilización el programa sólo se sostuvo con un grado de equilibrio aceptable hasta el 65, más o menos, después la inflación se convirtió en un mal galopante que todavía no hemos sabido frenar, la publicación del informe del Banco Internacional de Reconstrucción y Fomento, el Banco Mundial, fue un best-seller, algo así como el Nuevo Testamento de la economía española en el que nos decían verdades de perogrullo, que en vez de más puertos pusiéramos más grúas por kilómetro de puerto construido para aprovecharlos de verdad, que se acabaran los planes que se empezaban, lindezas por el estilo, con aciertos coyunturales como fue el ingreso en condiciones ventajosas en el Fondo Monetario Internacional y el pago de la deuda italiana contraída en la guerra civil en unas liras tan devaluadas que resultó un negocio, se insistió en medidas efectistas sin un criterio riguroso, en la ampliación de líneas se empleó carril de 45 en vez de 54 con lo que se impide el desarrollo de velocidades comerciales o se acelera el desgaste, en fin, la historia es tan reciente que todos nos la sabemos y estamos convencidos que más se debe a la inercia del fuerte avance europeo, en donde nos enganchamos como furgón de cola gracias a sus progresivas inversiones de capital, más que a unos mandatos de los planes de desarrollo que nunca fueron vinculantes ni indicativos para nadie, tanto es así que el tercero ha quedado reducido a la figura poética del horizonte 80 con sus timbres de alarma desmantelados ante la brutal realidad de los precios, el desorden interno condujo de nuevo a la postura especulativa, si es que alguna vez se abandonó, a pesar de los beneficios de anteriores épocas no se renovó el equipo y en la provincia la situación de papel y máquina herramienta llegó a la angustia, en esto también fue ejemplo excepcional Lizarraga con la número dos y hay que tenerlo muy en cuenta por lo que significa de criterio industrial en una nación donde proliferan las mateses. El escándalo de Matesa, empresa ejemplar e investigadora, fue el principio del fin para el Opus, su tecnocracia quedó en evidencia, intentó salvarse con el gol de su aproximación a Europa, su idea más querida, firmando un acuerdo preferencial con la CEE, acuerdo que no asociación al Mercado Común que ellos ya sabían inviable por los condicionamientos políticos, se dieron grandes ventajas a cambio de nada y se presentó como un éxito, fue en vano y desde el setenta sigue Ullastres jugando a eso, la crisis del petróleo fue otra coartada para prolongar la situación dubitativa, pero la cosa ya está clara, la crisis es política y el papel protagónico ha pasado de los industriales a los políticos, nuestra huelga es una buena muestra, el infortunado Martín no es más que una excusa. Nosotros seguiremos esperando y con el mazo dando, trabajando en cuanto nos dejen, y con la expectativa de transferir ventajosamente los electrodomésticos a los americanos que aprovecharán, es por lo que quieren comprar, el ofrecimiento de Bayona para instalarse en Francia con costos más baratos, con el fruto Eibain-Bayona piensan acaparar una parte más sustancial del mercado europeo en el que ya están con su fábrica belga, las multinacionales sí saben jugar estas bazas fronterizas que a nosotros de momento nos dan bastante miedo, pero que a la larga habremos de afrontar si queremos sobrevivir.

APOLINAR GARCÍA TORRENTS: Ahora lo ve vacío, en calma, hasta las probetas tienen polvo, en estas vacaciones he tenido tiempo para ponerme al día y después aburrirme, algo excepcional pues siempre vamos por detrás de fabricación y a tope para no perder el paso, como puede comprobar es un laboratorio de control francamente bueno, ultramoderno, no se parece en nada al laboratorio convencional de retorcidos alambiques y sabio distraído, los procesos químicos se han reducido al mínimo, la física y la automatización se imponen, este espectrómetro Brewmeyor es de lectura directa, le utilizamos para el cuantitativo de aceros, nos da simultáneamente treinta elementos, ¿qué le parece? Antes, para obtener el mismo resultado, necesitábamos una marcha analítica inacabable, es fantástico, su único defecto es el precio. Yo entré con el segundo horno eléctrico, cuando se agudizaron las necesidades de calidad, por lo tanto no soy de la vieja guardia pero sí de los veteranos, el químico, siempre me llaman así, el químico, y como lo soy me gusta el nombre, en una época fui el único título universitario de la plantilla y la asimilación no resultó fácil, si existe cierta desconfianza hacia el ingeniero figúrese hacia el universitario, quizá por eso control de calidad no es ejecutivo en el organigrama, es un staff de dirección técnica, mejor para dormir tranquilo, pero eso no indica cerrazón por parte de don José María, una desconfianza sí, pero sabe evaluar las circunstancias y con la número dos se volcó en el laboratorio, adelante con lo que le haga falta, me dijo, sin pasarse pero carta blanca y hoy bien que le gusta enseñarlo a los visitantes, se siente orgulloso de él y eso para mí es una satisfacción, es un hombre desconcertante en la apariencia, pero si se analizan sus hechos son de un gran rigor, es un adorador de la practicidad debido a su formación empírica, que sorprende por su agudeza, cada uno de sus cinco sentidos parece un espectrofotómetro, antes era él quien clasificaba los lingotes de arrabio por las características de fractura, rompiendo una muestra, y yo le he visto dar a ojo composiciones de grafito y silicio muy aproximadas y verdaderamente válidas para la tolerancia con que antes se trabajaba, la experiencia es un grado y somos los titulados los que tendemos a minusvalorarla, es un error, yo he aprendido aquí bastante más que en la facultad, hoy los informes del laboratorio pesan, ha habido casos muy curiosos, hasta detectar el soborno de un ingeniero por parte de una casa suministradora de mazarotas exotérmicas, verá, el acero calmo se cuela en lingoteras de cabeza ancha y por diferencia de volumen entre líquido y sólido, por contracción, al enfriarse, aparecería un espacio vacío, un rechupe a lo largo del eje central del lingote, con la mazarota se evita, pues da un enfriamiento más progresivo, salvo una pequeña cavidad en el extremo superior, pero se despunta el tocho y queda el lingote como metal sano, lógicamente cuanto menos haya que despuntar menos metal se desperdicia, el control de los rechupes detectó una profundidad exagerada o un consumo exagerado de mazarotas para evitarlo, ambas coincidentes con una misma persona, el encargado de fabricación, un catalán, y don José María no se dedicó a espiarlo, forzó de inmediato una disputa y el culpable decidió marcharse, aquí hay una, así son los cortes transversales del despunte para control, ¿a que parece una escultura abstracta de ésas que no se sabe lo que representan? Salvo las que me piden de recuerdo vuelven para chatarra, sí, puede quedarse con ella, no faltaría más. No sabría definirlo, mis contactos con él son exclusivamente profesionales, quizá peque de absorbente, le gusta ser el centro, pero es que le guste o no le guste lo es, Lizarraga es la obra de una única persona, don José María.

JOSÉ LITEO HERNÁNDEZ: Estoy preparando un cuento para el Premio Hucha de Oro, como exigen la exaltación de una virtud humana me pareció oportuno lo de la huelga. A ver que le parece, es el arranque. Martín ve la masa enorme del fin del mundo, de color azulenco, balancearse ante sus ojos, la bobina de chapa laminada con los ocres picotazos del óxido, con el etiquetón colgando de la pletina, su sentencia, tan cerca que extiende los brazos para ayudar a la carga, como en la era, allá en el pueblo, cuando en el carro se desequilibraba el heno hacia las varas, haciendo fuerza, ¿cuántos kilos podía sujetar?, fue entonces, en el primer contacto de sus dedos en el metal, sintió que no podría, no pesaba kilos, pesaba toneladas, sintió en la mano como cuando se apoyó en la misma masa enorme de la locomotora diesel intentando salvar a su mejor amigo, metal insensible a su caricia, a su puñetazo, a su esfuerzo, oyó los gritos de aviso y se dio perfecta cuenta de que no tenía salvación, la bobina seguía deslizándose sobre sí misma, hacia su lado a pesar de los bíceps tensos, un giro lento que le arrinconaba contra el muro, muerto, lo supo en cuanto la bobina inició el giro, la notó en su tórax, las trizas del costillar, el crac del esternón, la piel no soporta la carga y se rasga, fluyen vísceras rojiblancas, recuerda el reventar de la morcilla en la chimeneta, el del perro canelo bajo las ruedas de la locomotora diesel del fin del mundo, allá en el pueblo, y se escapa fuera de su propia envoltura somática acompañando en revoltijo a las ideas, a las palabras que no pronunciará jamás...

LIBE ERAUNCETAMURGUIL (SEÑORA DE LIZARRA-GA): Ay, amá virgiña, cómo le agradezco el venir, se ha portado muy bien, ya me contó Edurne y no sabe cómo se lo agradezco, tenemos un plan, ya sabe, recuerde su promesa, por favor, que no salga de estas cuatro paredes y si no puede aceptar, por lo que sea, recuerde, ni una palabra, ¿verdad?, que somos dos mujeres y no somos pobres mujeres, guisajas, es que en esta sociedad el que hace es el hombre, el gizona hace y deshace y sin gizona nada y por eso así nos vemos de impotentes, que Iñaki no vale para nada, parece mentira, con el nervio que tienen sus hermanos, por eso recurrimos a usted, es forastero y nos inspira confianza, una combinación, ¿eh?, y conste que don Julio nos habló muy bien, le estima y por eso, ¿me comprende?, le presentaré a mi marido, de eso me encargo yo misma, ya lo creo, aunque no quiera, que es un obstinado y mal lo estará pasando el pobre, ay amá, si nos hubieran llevado juntos no sufriríamos tanto, tiene que conocerle, es un gran hombre, pero un gran hombre sencillo, un trabajador, ése es su pecado, el trabajo, que no vive para otra cosa, ni vicios ni nada, el trabajo y sólo una vez al mes a la sociedad, la única escapada, se dice pronto, si podíamos pasar el año entero de vacaciones, que tampoco a mí me parece bien, pero no, ni un día, todos al trabajo, los domingos vamos al cine de las cuatro, cuando vamos, si hacen de aventuras, de no pensar que hay algunas, de esas especiales de arte y ensayo que la gente va por ver sus partes a las artistas sin pasar a Francia, las vaqueradas las que más le gustan, a mí no, yo prefiero las de amor, de amor en familia, con los líos de los padres y los hijos que eso es lo que más siento en la vida, no tener familia, no tenemos hijos y es que nos casamos mayores y con el miedo de que nos saliera mal, hay un problema terrible de subnormales, pobrecitos, somos socios protectores de su asociación, pues por miedo no nos atrevimos y me gusta verlo en el cine, hubiera sido una buena madre y moderna, me gusta la educación a la moderna y sé que hubiera discutido con Joshe, bueno, pues a esas películas vamos y a la salida del cine me deja con el coche en casa y él se va a la fábrica, ¿qué le parece?, hasta los domingos y muchos días de fiesta se los pasa enteros, ni a comer viene, y eso que no tenemos hijos y todo se va a quedar para los sobrinos y las monjas y también para obras de caridad que en el testamento, ay, amá, si no quiero hablar de eso, que Dios sabe lo que estará pasando el pobre, y se mete en el trabajo que viene a casa perdido, con el traje nuevo que parece un buzo de grasa y porquería y me acuerdo de mozo con el dichoso tragante que llegaba de sucio y un mal olor que teníamos que fumigarle las ropas, apestaba y él se reía, es muy sencillo, los dos lo somos, en el fondo procedemos del campo y en el campo se ven las cosas con más natural, sin hacer tantos ascos, que un remedio para el aguazón de la vaca, cuando no hacía de empacho, en invierno de tanto comer y no moverse, o con arraitako, estreñida, ay, amá, era meter el brazo con aceite de oliva y por el ano meter sal y sacarles pues era el estilo de unas mucosas lo que las cortaba, el excremento, según, y como lo más natural del mundo los dos hicimos alguna vez, si le viera cuando la visita del Ministro, lógico, y el Ministro sería incapaz de meterle el brazo a la vaca, seguro. Recuerde su promesa y vamos al plan, aquí están las condiciones, la hermana Nekane sacó una fotocopia sin que la vieran, es el miércoles en un hotel de París, el hotel de l'Observatoire, en el barrio latino, está señalado en el plano, no hay problema, sí lo hay pero quiero decir que decidiéndose se puede solucionar, si no lo manda Iñaki lo tenemos que mandar nosotras y por el amor de Dios, nosotras estamos temblando, no se lo diga a nadie, para el lunes tenemos junto el dinero, no nos pregunte, junto pero no en billetes pequeños, que nos es imposible sin que se enteren y alguien tiene que estar allí para convencerles, lo que quieran, si no lo aceptan así como quieran, cómpreles joyas, lo que pidan y no se preocupe por los gastos, los que quiera, los que necesite, si aparece Iñaki o un enviado, él qué va a aparecer, le deja el campo libre y mejor, es que aceptan, que me lo ha prometido pero no sé qué líos se trae entre manos y no puedo correr riesgos, no me fío, es criminal jugar así con la vida de una persona, ay, amá, no quiero dispararme y no duermo desde el día ése si no es con inyecciones, que estoy drogada y se me va la cabeza, me gustaría ser hombre o haber estudiado y saberme mover por el mundo, iría yo, aunque me encerrasen no podrían evitarlo, si es que a las mujeres nos tratan como seres de segunda categoría, que no podemos hacer nada sin la firma del hombre y ni votamos ni nada, no tengo hija, ¿verdad?, pero si la tuviera me gustaría que fuera de los pantalones vaqueros y fumase y a estudiar fuera, independiente, y la píldora y todo, que Dios me perdone, pero si ya sé que se pasan, pero es como para enderezar un esqueje, si te sale torcido hay que doblarlo al contrario para que quede en medio y no hay que escandalizarse, que mayor escándalo es esta falsa mansedumbre y ni siquiera es pecado, no lo confesamos, y estoy atada de pies y manos y no puedo hacer nada por mi pobre Joshe, perdone las lágrimas que no sé cómo me quedan todavía si no hago otra cosa que llorar, no sé cómo agradecérselo, hasta el lunes, cuente con mi amistad, con la amistad y el agradecimiento de toda la familia, para toda la vida, pero por el amor de Dios no lo comente con nadie, las paredes oyen, hasta el lunes.

LEANDRO SANTAMARINA: Un momento, por favor. ¿No tiene nada que decirme? ¿Nada? ¿Está seguro? Pues yo diría que tanto va el cantaro a la fuente que al fin se rompe, me parece que está metido en un buen lío y se lo ha trabajado a pulso, vamos a ver, ¿tiene pasaporte? Sí, claro, es de curso legal, pero con su permiso me lo quedo, se lo devolveré cuando se vaya del pueblo, puede quedarse, por supuesto, pero sin cambiar de pensión y a partir de ya visitándome tres veces al día, antes de las comidas como dicen ciertas prescripciones, no, por favor, lo hago por su bien pero no me dé las gracias, sería demasiado, le saco del lío antes de que se convierta en un delincuente, encubrimiento, fuga de divisas, ya sabe, niñerías, cumplo con mi oficio de niñera, eso es todo, no merece las gracias, lo haría por cualquier tierno infante descarriado. Si insiste le ataré más corto, pero de momento recuérdelo, antes de las comidas y que aproveche.

Arriba, y le habían tenido que sacudir para despertarle, para emerger de la profunda beatitud fisiológica del tranquilizante de la que todavía no se había desembarazado, no era como las otras veces, arriba, arriba, y el latigazo del nervio atento, de animal acosado, le incorporaba de golpe tropezando con la atadura del saco, la cremallera tropezaba siempre en el mismo punto, ahora hilvanaba la trama del dolor, el brazo roto o lo que fuera, de su loco intento de fuga, la inyección hipnótica y de nuevo se repitieron las escenas del rapto, la asfixiante capucha de franela ahogándole y por segunda vez se encontró en el coche tirado como una alfombra en un viaje hacia, despertó, hacia casa o el paredón, así le había informado la última voz antes de dormirse, el recuerdo de un acento persuasivo como el de los anuncios audiovisuales, un diamante es para toda la vida, y con la toma de conciencia plena, despejado, se dio cuenta de que la vida, la suya, podía acabar de un momento a otro, el viaje sin retorno del amanecer, con el sueño helando los tuétanos, con las nieblas forcejeando por escapar del valle, así se los llevaban al amanecer cuando el famoso paseo, le dieron el paseo, al amanecer, y la alborada sorprendía la escarcha de cadáveres tapizando la cuneta, en la guerra como en la guerra, del dolor del brazo irradiaba la angustia física del temor a la muerte, célula a célula se transmitía a todo el cuerpo y el sudor frío, eterno compañero de cautiverio, le atenazaba la garganta impidiéndole hablar, se lo habían prohibido, sólo escuchar, quizá orientarse, actividad imposible, el ruido del motor y el traqueteo de los baches proporcionaban una información nula, sobre las duras botas que le oprimían contra el suelo los hombres parecían seres inanimados, afilando las armas, en un descampado, en una borda, en un barranco, ¿por qué no en la extraña tienda de lona?, ¿por qué el trabajo del desplazamiento con el peligro de ser descubiertos?, por desembarazarse del cadáver, en la costa, junto al mar de los balleneros y se veía desplazado entre la espuma de las rocas, desangrándose en un pajar con las gallinas picoteando alrededor, rematado entre los helechos del bosque bajo el agitar de alas huyendo del disparo, enterrado bajo el alud de un barreno en la cantera de áridos, contaminando el agua potable del embalse abrazado a cien kilos de palanquilla y en un segundo, el corto espacio eterno del presente viaje, junto a las mil imágenes de su propia muerte, el recuerdo de toda una vida que cambiaría por el brazo escayolado, por taparle la boca al dolor, al incontenible griterío del miedo que ya no aleteaba en el corazón, se disparaba en la boca en gruñidos pánicos, atemorizado por el grito de temor que se le iba a escapar, y la extremidad lacerada, cómplice involuntario, se abatía sobre el horrendo abismo mordiendo la franela para sostener el edificio de una dignidad que sabía era cuestión de tiempo, unos segundos más, el desplome definitivo, material de derribo, escombro, sintió el freno antes de desaparecer en la sima, y el alarido cedió su plaza a un corazón desbocado, llegaban al final de su historia, mañana en los periódicos podría leerse, en tal sitio, al amanecer.

—Si, es aquí, no enciendas.

—Atención, señor Lizarraga. Instrucciones. Baje del coche y siéntese en el suelo. Cuente hasta cien. Entonces puede quitarse la capucha. Después haga lo que quiera pero no llame a la policía hasta dentro de media hora. Calcule a ojo pero largo. Si cumple bien quedará libre. Si lo hace mal muerto. Media hora. ¿Comprendido?

—¿Libre...? ¿Quiere decir...? Sí, sí, media hora, lo que quiera, una hora, comprendido.

—Baje con cuidado no se rompa más cosas.

—¿Libre...?

—Agur, jauná.

—¿Agur...?

Dio un traspiés, no controlaba sus movimientos ni emociones con el rigor que hubiera deseado y se sentó, inclinándose, dejándose caer, tocó hierba, intentó respirar profundo y la franela por poco le ahoga, empezó a contar, conteo angustioso de segundos, cadáveres, corderos, piezas troqueladas, acarició el suave pasto, alrededor habría algún trébol, lauburu de cuatro hojas, su marca, o a lo mejor ninguno, sin suerte, sería una broma nefanda el tenerle así engañado para rematarle sin que opusiera resistencia, tan confiado, acababa, noventa, noventa y uno, noventa y sonó el disparo, algo tiró de la subclavia paralizándole el brazo sano, el izquierdo, un rayo de fuego, de hielo, el amago de un infarto para caer desplomado, el disparo de un acelerón al ponerlo en marcha, el ruido del motor alejándose de su campo auditivo, un susto de muerte, jadea, va recuperando el aliento, pasó, más de cien porque no había parado de contar, ahora sí, podía quitarse la capucha, tiró de la agria tela y el mundo le volteó los sentidos, el mareo de la libertad, el campo, el paisaje de siempre, desde su niñez, pero algo no cuadraba, la ausencia del sol, no amanecía, la luna y las estrellas forcejeaban contra las nubes sin intención de retirarse, era de noche, un paseo nocturno con la maravillosa posibilidad del retorno a casa, volver del paseo, era un hombre libre, un hombre en libertad condicional como todos los hombres, y las lágrimas saltaron la barra de los párpados inundándole el alma y cuando se quiso dar cuenta estaba arrancando a puñados la hierba y metiéndosela en la boca, masticán-

dola por sentir el verde sabor de la libertad y así estuvo
voluntariamente, en la noche, llorando y masticando
hierba durante una incontrolable sucesión de minutos
hasta que los nervios volvieron a su cauce.

Nadie, una campa desierta y abajo, junto a la arboleda,
al final de la valla, la sombra de una casa con la palabra
BAR mal iluminada y más lejos otras casas con el aire
de ser un pueblo español, no francés, y el relente de la
noche golpeando su cuarteada ropa le animó, no sería
una trampa, demasiado barroca, y empezó a andar
consciente ya de sus actos, sacudiéndose la chaqueta, se
veía entrar como una aparición, sucio, roto, mal
encarado, se frotó los ojos, se alisó el cabello, se veía con
el aire de un trasgo huidizo y las gentes huyendo de
veras ante su presencia fantasmagórica, no tenía dinero,
apoyó la palma en la puerta del bar y empujó con un
suspiro resignado.

Un hombre levantaba las sillas y las colocaba sobre las
mesas para despejar el terrazo. La mujer y la hija
barrían. Ningún cliente salvo el borracho o dormido del
rincón, quizá el abuelo. No huyeron.

—Buenas noches.

—Buenas.

—Está esto muy tranquilo, ¿no?

—Como siempre. A estas horas qué quiere, íbamos a
cerrar.

—Vamos a ver, ¿podría sentarme, descansar un rato,
comer algo?

—Para eso estamos.

—¿Qué podría comer? Algo sólido, sencillo.

—La carta.

—¿No me reconoce?

—No ¿por qué?

—Por nada, es una tontería, perdone, como voy de estas

pintas, ha sido un largo viaje, estoy agotado, en realidad no me hace falta la carta, algo caliente, lo que sea.

—Usted dirá.

El sentido del gastrónomo no coincide con el del hombre hambriento, los días que fueran, a base de conserva, le habían acercado a la elementalidad de la infancia, a la sencillez del caserío, ni langosta, ni caviar, ni salmón, ni faisán, ni siquiera había pensado en otra cosa que no fuera el plato cotidiano de colores violentos, nutritivos y la boca se le hizo agua al pronunciarlo.

—Huevos fritos, chistorra o chorizo frito, es igual, y patatas fritas, muchas. ¿Es posible?

—Sí, claro.

—¿Tiene teléfono?

—Sí.

—¿Podría llamar? No es conferencia, bueno, llamaré después de comer, será mejor.

—Cuando quiera.

—¿Podrían darse prisa? Estoy agotado y algo nervioso ¿de veras no nos conocemos? No, déjelo. Para beber tinto, un buen rioja, un Viña Cumbrero.

—No tenemos.

—El que tengan.

—Paternina.

—Vale, deprisa, por favor.

En el caserío las yemas eran de un rojo brillante, las gallinas comían maíz y los ponían en cualquier sitio, el amarillo de estos huevos daba la opacidad del progreso, pobres, encarceladas y con luz eléctrica simulando soles para forzar sus puestas, sabía lo que era ese encierro, pero mojó el pan y saboreó la gloria de a pesar de todo seguir vivo, rebañó el plato con fruición, hasta dejarlo como la patena. No se atrevió a pedir más, el estómago lo acusaba. Remoloneó el pensamiento, los jerezanos están acaparando el vino de la Rioja, demoró los sentidos, el calendario de la Caja de Ahorros planteaba la existencia de una escuela de escultura vasca en doce láminas, hierros absurdos, tenía que decidirse.

—¿El teléfono?

—Al fondo a la derecha, junto al servicio. Es de pesetas.

—Oiga, es que...

—¿Qué?

—¿Podría dejármelas? No tengo suelto.

—Tome.

El dedo se le resistía entre los orificios del disco, nunca marcaba directamente, otra persona le ponía en comunicación con cualquier lugar del mundo, con su domicilio particular, y el número de casa también se resistía, hizo memoria, con la izquierda más difícil, marcó varias veces, las obras de la telefónica, por fin dio la llamada y esperó asustado el sí, quién es, dígame, bai, ni naiz, reconoció la voz de su hermano, lo repitió para que entendiese.

—Si, soy yo, José María.

—...

—Bien, estoy bien, eso creo, libre, sí.

—...

—No hay moros, no hay nadie, solo, pero no pidas explicaciones, estoy nervioso, ahora mismo, venir rápido.

—...

—Aquí, espera un momento, no lo sé. Oiga, por favor, ¿dónde estamos?, ¿qué pueblo es este?

—Gainchurizqueta, ¿qué otro iba a ser?

—Gainchurizqueta, en un bar de las afueras, no sé, a ver, un momento, ¿cómo se llama el bar?

—Zubiaurre. Venir rápido, oye, voy a colgar, estoy muy nervioso, espera. ¿Y Libe? ¿Está bien?

—...
—Rápido, por favor.

Colgó sin despedirse. Dio media vuelta y se enfrentó a cuatro pares de ojos expectantes, había sentido su fija curiosidad en la nuca, la cara del tabernero era un cuestionario.

—¿Le pasa algo?

—Soy Lizarraga, acaban de soltarme.

—Cojonian, haberlo dicho, hombre de Dios, pero si está todo el país pendiente de usted, lo acaba de dar el telediario, siéntese, estará agotado. Maite, saca la botella de Martell, una copa levanta el ánimo, si quiere algo, si podemos hacer algo por usted no tiene más que decirlo.

—¿No me reconoció?

—Pues no, mire que ha salido su foto todos estos días pero no, con esa facha, perdone, pero si se ve en un espejo se dará cuenta, tiene que haberlas pasado de a kilo, ¿no?, una facha que hasta me temía el pufo de la comida, si quiere algo a pedir, ¿un purito mientras espera?

—No fumo, gracias, ¿darán con este sitio?

—Fácil, no es el Palace pero se conoce. Por cierto, quien le habría reconocido de estar aquí es un sobrinillo que trabaja para usted, Andoni, de representante, es un chaval más despierto que el aire, se las sabe todas, ése es capaz de vender catecismos en Rusia, llegará si se le echa una mano, el jefe de ventas le tiene entre ceja y ceja, le ve espabilado y teme la competen...

Entró la policía armada, la metralleta lista, el rostro forzando un gesto amable, los números cubrieron el espacio con reflejos profesionales, el de los galones preguntó.

—¿El señor Lizarraga?

—Yo soy.

—A sus órdenes. Ahora mismo llega una ambulancia para trasladarle a su domicilio, esté tranquilo, está a salvo.

—Ya lo sé, muchas gracias.

—¿Podría indicarnos el lugar exacto en que le soltaron y cuánto tiempo hace de ello?

—Aquí, en la puerta, ahora mismo.

—¿Está seguro?

—No estoy seguro de nada.

—Déjele.

Ordenó el de paisano, de la brigada especial antiterrorismo. Hizo salir a los hombres armados con un gesto y para crear un clima de más confianza pidió una cerveza. Mientras se la abrían preguntó al dueño del bar.

—¿Cuánto tiempo hace que entró?

ANÓNIMO XIV: Soy andaluz, figuraos cómo veo el problema regionalista, tela marinera, si hasta la propia oposición democrática nos asimila miméticamente al poder central cuando las estadísticas sobre renta, vivienda, analfabetismo, son una denuncia de cómo se ha convertido la Andalucía interior en la gran reserva de mano de obra sin cualificar y la costera en la sala de fiestas de Europa, si alguien necesita de un estatuto de autonomía somos nosotros, pero un estatuto hecho por la clase trabajadora, el pueblo andaluz está en contra del desequilibrio regional causado por la propia burguesía andaluza en connivencia con las burguesías de las regiones más desarrolladas, si así se ponen de acuerdo para conservar el becerro de oro y la mano de obra tirada, ¿cuál no sería el grado de explotación andaluza con las únicas autonomías de Cataluña y el País Vasco?, pues sería el descojono de los santos inocentes, por eso a mí el FARE me parece una trampa como un piano, como la trampaza del folklore andaluz del tablao y la guitarra por toda vía de escape, y los toros, por supuesto, ¿a que os suena ridículo el grito viva Andalucía Libre? Hay trampas fascistas tan emotivas como la de América para los americanos y yo sé lo que me digo. A más de uno de Jerez habría que hacerle lo biográfico y no a este tío.

ENEKO: A la vejez viruelas, quién iba a decir que visitaría de nuevo el hotel del gratis, no esperaba encontrarle por aquí, la verdad, no, no quiero entrar en discusiones nacionalistas salvo dejar sentada una cosa, la actual violencia vasca es provocada por circunstancias externas y desde luego no tenemos la exclusiva, es más, en el fondo yo diría que la violencia física es contraria a nuestra naturaleza, hay un culto a la fuerza física, eso sí, como bien demuestran los deportes rurales, levantar piedras, remar, correr, segar, etc., pero no cabe en ellos el enfrentamiento hombre contra hombre, no existe la lucha ni ningún tipo de pelea, en el fondo es que no se admite ni siquiera jugando. Algo ha pasado, pues, algo que ignoro.

PEPE: En chirona estaremos juntos pero no revueltos que por aquí apesta a chorizo, ¿verdad, Pertur? Esto no lo entiende ni el olímpico, así que no puede ser para largo, lo del FARE es un bluff que no resiste el menor análisis, ni un análisis mío que todavía me creo lo de Fátima y que el cauce de las asociaciones políticas se ensancha con el uso, como el de las mujeres. Lo de Fátima porque me caen bien los portugueses. Lo único seguro es que a los faristas, etarras o lo que sean no los localiza ni su madre, los gendarmes franchutes estarán disfrutando como un marica en un campo de nabos, cuando los de la OAS se refugiaban aquí era al revés y los carabineros tranquilos, toma y daca, mientras no nos hagan la jugada del paleto por otro motivo a mí el FARE, sea lo que sea, me la trae floja, lo que cuenta es la huelga.

JOSÉ GARCÍA PÉREZ (TRAMPAS): Si sabré yo de trampas, por la de garabos que ha hecho uno para comer y para lo otro, y en lo político, así que no me creo la del FARE, ¿qué quiere decir? Frente Antifascista Revolucionario de Eibain o beba Maskola, con cualquier licor o sola, lo mismo da que da lo mismo, los grupos euskéricos, los que se llaman abertzales, no han querido entrar en la Asamblea Democrática, siguen sin tragarnos a los socialistas, por lo visto somos partidarios del imperio, no te jode, todavía andamos con ésas, aquí lo que pasa es que el denominador común de estar todos en contra nos ha unido, pero lo del rapto no nos va y lo del chivato menos, ninguno de sus vecinos se ha atrevido a ir al entierro y algún amigo tendría, digo yo, y eso es miedo, un pueblo amedrentado se convierte en mierda, no es bueno dominar por el miedo, no, no lo tenga, no nos están escuchando y aunque lo hagan, pero si en esta celda estamos los blancos, al jefe le gusta jugar al micrófono oculto y tal, es un moderno, ¿no le ha contado lo del Watergate? Se lo sabe de sobra, aquí estamos los limpios de polvo y paja y nos van a soltar, ya lo verá, hoy le liberan y nos sueltan para despejar el campo, ya le digo, había tajada y todos a cortar del bacalao, a apuntarse, pero sin el pobre Mauro que dio la cara al principio por lo legal, vertical y tal, no nos habríamos comido un rosco, está algo cascado, pero es un veterano de la cuenca asturiana y eso pesa, menudos tíos, la del 62 fue sonada, sí, hay problemas, no los va a haber, lo vasco sí que es vertical y lo obrero horizontal, se libra solo el que coincida en el cruce, menudo momio, y si me apura los capitalistas son los vascos y el pueblo, ¿quién forma el pueblo vasco?, supongo que los que viven y trabajan en este país, no podría consentir que a mis hijos les exigieran pedigree, mis hijos estudian euskera porque quieren, pero si fuera obligatorio lo dejarían de inmediato, es la diferencia democrática, lo vasco está muy revuelto, que han cambiado mucho los tiempos, antes eran los católicos y ahora que los curas se meten más con la política que con Dios no pisa la iglesia ni Diógenes a no ser un encierro, una asamblea, pero a misa ni Diógenes, mi padre vino de Salamanca por el veinte, más o menos, y en la Lanera de Rentería por la tarde a rezar el rosario, ¿qué le parece?, y los viernes de cuaresma daban fiesta para ir al sermón de las cuatro, pero eso sí, al liquidar les descontaban las horas que habían faltado, fenómeno, las tuvo que pasar canutas, si llovía andaba descalzo, se quitaba las alpargatas para no deshilacharlas y lo que son las cosas, lo mismo tenían que hacer los obreros vascos, en calzado algo se mejora, pero en fin, hasta que no se pueda votar seguiremos sin saber lo que piensa cada uno, mire, nos largan, para mí que hemos ganado los huelguistas, el rapto enmascara el triunfo pero bienvenido sea, menuda batallita, estábamos en las últimas.

PERTUR: La charla para los presos. Darle ligero no sea que se arrepientan. A mí me importa un comino de quién sea el éxito, bien me ha jodido, soy de los comunes que hay que vivir del pluriempleo, ¿qué pasa?, especialista en coches mal aparcados y con el tiberio este los chivas han funcionado a destajo, menuda red de malla fina, hemos caído como moscas, está la provincia limpia como una nube limpia, pero a ver si nos aflojan en la apoteosis, así que no enredar, ¿eh?, tranquilos, que el perturba soy yo. Hay que rellenar esta ficha, manías, la mía se la saben de memoria. ¿Sabéis lo que voy a hacer el día que me den una papeleta para votar? Limpiarme el culo con ella, sí señor, y bien a gusto.

Otra vez transportado y sin saber la hora, me acaricio la muñeca, extraña dignidad residual, no la pregunto, no quiero hablar con nadie y aun en la calma de la libertad ansiada me da cierto pánico el trasponer el espacio de puerta a puerta, de la ambulancia a casa, las calles de Eibain están desiertas, ciudad entre dormida y rota sin mi presencia tumultuaria, la que provoca el acúmulo de sombras vivas, personas alrededor del portal desbordando en contraste por la plaza, sin saber cómo las de paisano se habrán enterado y espero envuelto en la manta, a no sé qué, a que por arte de magia me incorpore al hogar, espero inmóvil y noto la enredadera de la tensión oprimiéndome el brazo izquierdo, es el temor a desfallecer en público, sostiene el rescoldo del miedo entre flashes de fotos, rumor de voces y aplausos de palmas agradecidas.

—Cuando usted quiera.

—Pues ahora o nunca.

—¡Joshemari!

—¡Bienvenido!

—¡Enhorabuena!

De cabeza, en zambullida atravieso los gritos y el tumulto, la cabeza gacha, sin bracear hasta el refugio de unos brazos, abrazo fraterno, muy prieto, desde niños no lo habíamos repetido y alrededor rostros conocidos, estoy en el familiar recibidor con las escaleras, la verja, el paragüero, igual a sí mismo, miro en torno mío recreándome en el refugio de lo cotidiano, todavía sin atreverme a soltar las riendas de los sentimientos, aparento, doy la fachada apuntando con el índice, avergonzándome de mi propia estupidez, pero convencido de la reclamación.

—Iñaki, tienes que demandarme a los del timbre de alarma.

—Sube, no pienses ahora en nada concreto.

—Cuidado, despacio.

—Relájate.

Alrededor de la mesa camilla, abrazado a Libe, lloro, nunca habíamos llorado juntos, ahora lloramos sin podernos contener rodeados de rostros amigos que fuerzan el gesto para dar una sensación de calma que sus bocas de hablar apretado desmienten, luchan para que no se produzca el silencio que mi boca hermética puede provocar, y les animo con la mirada, es confortable el sonido de vuestra conversación, seguid, es el calor humano de vuestro aliento lo que necesito, ánimo, adelante, me hace falta y no quiero confesarlo, seguid, no me dejéis en evidencia.

—Te voy a preparar un sopicaldo del que te gusta, necesitarás algo caliente, con una yema.

—Un baño le sentaría.

—Después le reconoceré, el aspecto no es malo, cansado, eso sí, agotado, es lo natural.

—Haz café para todos y saca unas pastas, por ahí habrá.

—Te presento al señor Santamarina, es el jefe de policía, se ha portado estupendamente.

—Le dejo aquí un cuestionario, es un test de recordatorio, se lo he preparado yo mismo para no fatigarle, lo va estudiando con calma, tómese su tiempo, ya lo comentaremos, a veces un detalle puede dar la pista.

—Oiga, doctor, ¿necesita algo más?

—No, para un primer vistazo tengo lo necesario.

—Parece en forma, ¿eh?

—Ya te lo decía yo, no hay quien pueda con un «Jenti».

—A los periodistas es mejor liquidarlos de golpe con una rueda de prensa colectiva, a eso no te puedes negar, pero cuando quieras, cinco vaguedades y fuera.

—Eres más famoso que el tato.

—No han parado de llegar cartas, telegramas, conferencias, hasta de Estados Unidos llamó hoy el Turner ese interesándose por ti, estuvo muy amable.

—Y un pliego de firmas con la adhesión de todos los empleados.

—Se acabó la huelga. Mañana entra el primer turno completo. Con ganas, ¿eh?

—No parece roto, luxación quizás, te lo inmovilizaré hasta que pueda hacerte la radiografía.

—Ahora lo mejor es dejarles solos.

—Eso, que descansen.

—Te metes en la cama y duermes. Toma este comprimido, uno solo, de momento lo que más te conviene es dormir a pierna suelta.

Algo no marcha cuando el objetivo humano se reduce al deseo de conseguir el sueño con lo que de renuncia tiene, el dormir como voluntad vital es algo decadente, próximo al suicidio pero sin un ánimo revanchista, sin su carácter de venganza, uno se suicida contra alguien y se duerme contra sí mismo, filosofías, estoy cansado, les doy la razón con movimientos de cabeza, sí, a todas las proposiciones sí, dejándome arrullar en los brazos de Libe me abandono y no es el descanso para reanudar la actividad, sabia medida que nunca empleé, es el intento de recuperación para decidir sobre mi promesa de abandono, si mañana entran conforme lo pactado tengo que planificar el futuro, pero gravitando en las consideraciones sociales del rapto las piezas no encajan y no estoy en las mejores condiciones para solucionar el puzzle, pasatiempo que nunca me atrajo, ni los jeroglíficos, ni las adivinanzas, y sin solucionarlo sé que soy incapaz de seguir, no estoy hecho para volar, el vacío me aterra, jamás elegiría ser águila, tigre sí, las patas firmes en el suelo, las garras, los colmillos, el salto poderoso, no temo la lucha a pie firme, en el vacío sí y floto como en la proposición de los de Bayona, instalarse al otro lado de la frontera es un salto en el vacío, en qué lugar y a qué lado habré dormido estos días de abismo, la pieza ausente del puzzle, noto las manos de Libe acariciando mi piel desnuda y es el mejor sedante, nuestras pieles rugosas de años trabajados no se conocen tan bien como debieran, no llegaron a conocer la ternura juvenil, la pasión de los años mozos, pero reconfortan, es lo más confortable que jamás conseguí y he necesitado el fracaso de mi concepto patriarcal de la existencia para darme cuenta de ella, de que ella existe para mí, no por mí y debo esforzarme en existir para ella si todavía soy capaz, dormido noto su tacto y voz que me consuelan, me asienta sobre el cálido colchón de lana, bajo las frescas sábanas de hilo, a mi lado, haciéndonos el único amor que conocemos, la mutua compañía.

—Duerme, biotz, duerme, como de pequeño, amonak dio, ene potxolo...[1]

—¿Qué hora es?

—Qué importa la hora, Joshe, duerme, te conviene.

—Se oye gente.

—Es la una, están saliendo y hoy parece fiesta porque hay trabajo. Se ríe. Se canta. Voy a cerrar la ventana.

—No, ábrela, quiero oír los ruidos de la calle, ver el cielo, ¿te acuerdas de los buenos tiempos? Volvía a casa del tajo, sucio, cansado, pero feliz.

—Tenía que fumigarte la ropa, lo mismo que la que te

---

1. La abuela le dice, mi pocholo...

quité ayer, de un pringue de miedo, no merece la pena ni llevarla a la tintorería, y un olor malo, me recordó al de los tiempos del horno, cuando los carboneros, menuda peste.

Así debió posarse la paloma sobre el cráneo de los apóstoles, en un instante la luz, la iluminación del aire familiar de personas y cosas, del parece que le conozco, del yo he estado aquí antes, podía ser, inverosímil pero podía ser, ingenioso y dramático, tenía que comprobarlo, tras el reposo lo comprobaría, calma, si encajaba la pieza en el rompecabezas la decisión renunciadora sería afirmativa, sobre todo sería triste, la demostración de que no merecía la pena seguir, estaba seguro, conocía la pieza sin necesidad de visitarla, pero de todas formas iría, muy triste.

—¿Olía tan mal?

—Ama virgiña, lo mismito o peor, como si te hubieras metido en un estercolero.

—Pues ni cuenta.

—Anda, descansa, duerme otro rato.

—Prefiero despejarme, hay mucho que hacer.

—Duerme.

—Se me habría atrofiado la nariz, se acostumbra uno a todo.

—Anda, duerme.

Es duro acostumbrarse al inexorable desmoronamiento de facultades que acompaña al paso de los años, al fallo de la fortaleza física en el intento de fuga y aún peor al deterioro de los sentidos, tenía ojo de magnífico cubero y nariz que parecía un espectrógrafo de gases y sin embargo no lo detectaron, lo voy a comprobar de inmediato, en cuanto pueda sacudirme la jauría de curiosos que montan guardia a la puerta, el carácter organoléptico de las materias primas y las variables del proceso de fabricación habían sido mi fuerte y algo me quedará, no puedo estar acabado cuando siento como me siento, capaz de reorganizar mi vida al derecho o al revés, pasan alegres los ruidos familiares de la calle, ahora un grupo de jóvenes canta desafiante, cruzando la plaza, lo que todos alguna vez hemos tatareado, me siento uno de ellos.

—Escucha.

—Déjate de músicas anda, duerme.

—Tengo que entenderles.

—Te la sabes de memoria, tonto.

> Geurea da ta, geurea da
> Geurea da ta, geurea da
> Geurea da ta geurea
> Geurea da ta, da ta, Euskalherria
>
> Askatasuna eskatzen dugu
> herri ontako alkate jaunari
> eta berak ematen ez badigu
> eskatuko diogu Patxi zaharrari[1]

Claro que me la sé de memoria, la creía racialmente vasca y es la misma canción que entonan en la iglesia, fue un descubrimiento, otro, y le seguí la pista con curiosidad patriótica, con un ritmo más lento, más tranquilo, reclamando siempre una paz y una patria intangibles, la celestial, desde el coro las voces blancas

---

1. Es nuestro y es nuestro... nuestro pueblo es Euskalherria. Pedimos la libertad al señor alcalde del pueblo y si él no nos la da se la pediremos al viejo Patxi.

imploran, la paz sea con nosotros, Señor danos la paz, y libertad, los judíos la cantaban en yidish marchando hacia el estreno de Israel, un origen más ecuménico de lo esperado, es una canción folk, un blue negro americano sin emancipar, añoranza de lo porvenir mientras varía, cambia, muta en el largo camino, intercambia savias en el entramado de sus raíces dispares, acaso un himno más desafiante que victorioso, y esta diferencia es la que quiero entender, si la cantan conmigo o contra mí, circunstancia que debo aclarar antes de la decisión final, la actividad es mi único refugio, en el pensamiento me descorazono.

—Diles que suban.

—¿Quién?

—Los periodistas, los que quieran verme, voy a quitármelos de encima.

—Abad te tiene preparadas unas cosas, quiere estar presente por, como dice, relaciones públicas, ya sabes, lo diplomático, es por arroparte y me parece bien, no estás acostumbrado a estas tonterías, no te van, mira, mejor levántate tranquilo y después de comer los recibes.

—De acuerdo, me los pones de postre y tú a mi lado, no te separes nunca.

—Siempre estoy a tu lado, Joshe.

YON AGUIRREGOMEZCORTA: Eres un optimista si crees que te vas a enterar de algo, a este tío no le sacan una palabra ni los de *Cambio 16,* pero ya sabes, el secreto de su fortuna es el secreto a voces de todas las fortunas, comprar barato y vender caro, claro que eso es un arte, si lo domináramos no estaríamos aquí, al menos yo no, del *Diario Vasco,* sí, y me importa un bledo lo que diga, anoto la chocholada y al periódico, prácticamente lo tengo ya escrito, para lo que va a decir, lo de siempre, emoción, misterio, alegría, es un cashero, le contó a un amigo que de soltero, cuando vivía la madre, le pilló una noche en la cama con la criada. ¿Y tú que hiciste? Qué iba a hacer, contestó, negar. Así que espera información de la buena. No sé si será cierto, de este hombre se cuentan tantas cosas, pero el caso es que en cuanto se murió la madre se casó con la sirvienta demostrando una vez más su alto sentido de las finanzas. No, no creo que se vaya a vivir a otra parte ni abandone nada, no sabría vivir sin estar encima del tajo, la fábrica es su vida, de todas formas de eso sí que no se enteraría ni su sombra hasta que no estuviera hecho.

KARMELE DURÁN: No sabes cómo son, secreto profesional, no te dejan ver la fábrica por dentro ni te dicen ni pío, ni que fueras espía rusa y quisieras copiarles el invento, caramba, conmigo, con eso de ser mujer y el coqueteo, en un reportaje sobre la industria del Norte, lo de siempre, el topicazo, ya me contaron algo, el más asequible del clan es Patxi, pregúntale a él, sin querer soltaron cosas tremendas, con el tren de chapa que tanto presumen, por lo visto, según las instrucciones de origen, no alcanzaban ni la mitad de la producción, si tenían que hacer 400 toneladas día pues la mitad, algo así, creo, y a base de eliminar controles de presión, de temperatura y un aparato de rayos X que denunciaba el menor fallo, hace como una radiografía continua de la chapa y si hay un fallo detiene el cacharro, pues eliminándolo no tenían por qué parar nunca, ojos que no ven corazón que no siente, así ganaron tiempo y alcanzaron una producción rentable, a la española, las instalaciones las vi desde arriba, impresionan, y el trabajo es de armar cancha, pero tienes razón, él es un personaje interesante, me apetece conocerle, aunque en estas circunstancias no veas cómo estará, yo de *La Voz,* de San Sebastián, ¿y tú?

LUIS DE LA CUADRA: Lo que quieras, pero sin carnet de periodista lo que haces es intrusismo, así, como lo oyes, es como si nosotros pusiéramos un bufete de abogado, está prohibido, ¿no?

—¿Es verdad que le torturaron para obligarle a firmar las cartas?

—¿Es verdad que le torturaron para obligarle?

—¿Es verdad que le torturaron?

—¿Es verdad?

La verdad es un bicho escurridizo y el peinar la zona no da resultado, se cree saber dónde está pero nadie lo encuentra, el que vislumbra una huella quiere hacerla pasar por su verdad, en definitiva es una mentira que todavía resiste, me están mareando, no ha sido un buen invento el de este circo, no tenía por qué aguantarles, sus magnetófonos, sus barbas, sus pipas, les dije que no fumasen, un disfraz barato el de la inteligencia, insolentes presumiendo de intelectuales, presumirán de yo fui el primero en entrevistarle con el fulgor de las armas, y darán a la imprenta la huella de su verdad, ni siquiera sé si les contesto, si oyen mis insultos, Abad está a la altura de las circunstancias y por una vez el alfeñique de Izquierdo sirve para algo, se gana el sueldo con largas cambiadas, a ver si pasa la media hora y puedo dedicarme a dar con mi verdad, una huella inequívoca me dará la confirmación de la pieza ausente, si la encuentro estoy decidido.

—...a esta introducción sólo añadiremos el ruego de que, terminada la rueda de prensa, para la que tienen media hora, se nos permita olvidar este penoso asunto. Por favor, no fumen y procedan con orden, sin reiteraciones. Cuando quieran.

—¿Cuántos eran?

—¿Reconoció a alguno?

—¿Sabría localizar el sitio?

—¿Qué tal le trataron?

—¿Tenían acento extranjero?

—¿Le obligaron a un pacto secreto?

—¿Pagó el rescate?

—¿Quién lo hizo?

—¿Confía en que la policía dé con ellos?

—¿Mantendrá las condiciones?

—¿Sabe que algunas son ilegales?

—¿Afectará el rapto a sus planes de expansión?

—¿Y de modo sicológico?

—¿Se considera un enemigo del pueblo?

Cabrón.

—¿Hablaba con ellos?

—¿Trataron de adoctrinarle?

—¿Le tenían atado?

—¿Cómo pasaba la jornada?

—¿Qué leía?

El Capital y no pongas la sonrisa del conejo porque no lo has leído, ninguno de vosotros lo ha leído, no lo ha leído nadie.

—¿Le obligaron a leerlo?

—¿Lo entendió?

Otro cabrón.

—¿Es verdad que le torturaron para obligarle a firmar las cartas?

Vosotros me estáis forzando, esto es un tercer grado, podríamos hablar de cualquier cosa y tomar unas copas, sería más lógico, es absurdo que en mi propia casa tenga que edificar la misma barrera mental que allá, en el hueco del puzzle. ¿Qué tal se encuentra? Muy bien, limpio, afeitado, sin picores, estupendo. ¿Y los niños? No tengo niños. Pues entonces la parienta, ¿qué tal? Muy bien, le molestan las varices pero bien. Hace frío, ¿no? Pero no llueve, demasiado tiempo sin llover, ¿no cree? Lloverá, lo ha dicho el hombre del tiempo, Casi siempre acierta, es el acertijo del calendario vasco, el más antiguo de la península, zaragozano incluido, dispuesto por el meridiano de Vitoria, el tiempo se ha transformado en una ciencia exacta y en efecto, las primeras gotas de un dulce sirimiri repican en los cristales, llueve, el aire se esponja, hacía falta para el campo, los animales y las personas, la piel se suaviza y el cuerpo se acomoda mejor a su relieve, está más en su ambiente, ya queda menos, la lluvia templa los ánimos, imprime carácter. Saldrán hongos a manta, ya lo creo.

—¿Sintió alguna vez miedo por su vida?

—¿Tiene alguna pista?

—¿Alguno era zurdo, por ejemplo?

—¿Son auténticas las fotos publicadas en Francia?

—¿Qué sintió al verse libre?

—¿Han variado sus proyectos?

—¿Cuál va a ser su primera decisión?

—Ir a cenar a Donosti, a la Parte Vieja.

—¿Lo dice en serio?

—Todos los días tres de cada mes ceno con el Senado, los fundadores de la sociedad, la Lagunak, no he fallado nunca y no veo la razón para fallar hoy.

—He entrevistado a Xamurra y sé que le esperan, pero ¿no tiene miedo de que pueda ocurrirle algo?

—Pues no, todavía quedan muchos industriales sin raptar. No van a repetirse, ¿verdad? Resultaría aburrido.

—A modo de resumen, en pocas palabras, ¿podría definirnos el rapto?

—Hombre, es algo turbio, oscuro, indefinible, eso es, indefinible, además ya saben, el definido no puede entrar en definiciones, es algo tremendo.

Cuando no sabes si al minuto siguiente serás un hombre libre o un cadáver el cerebro se apelotona y eso nadie lo puede describir, hay que vivirlo, como tampoco se puede describir el paso del proyectil que penetra por la nuca y sale por la frente, hay que morirlo y de esa experiencia nadie regresa.

—Por favor, señores, pasa de media hora, la entrevista ha terminado. Les doy las más expresivas gracias por su colaboración y al mismo tiempo confío que en sus escritos reflejen el alto espíritu de que ha hecho gala el señor Lizarraga.

—Quisiera su opinión...

—Ahora no, por favor, llámeme al despacho mañana, ¿quiere?

Mientras Abad daba gracias, estrechaba manos y eludía compromisos, los corresponsales fueron saliendo en lánguida procesión entre feliz y defraudada, sólo uno quedó en pie, junto a la puerta, esperando su excepcional turno.

—Abre la ventana, menuda peste a tabacazo.

—En la sociedad no te molesta.

—Mujer, es por la lluvia, quiero sentirla cerca.

—No te enfríes. Mira, es la persona de quien te hablé.

—Está bien, que pase.

José María Lizarraga Múgica: Antes que nada, lo primero, muchas gracias, Libe me ha contado lo que ha hecho por nosotros, mejor dicho, lo que estaba dispuesto a hacer, pero es igual, muchas gracias, por eso le concedo esta entrevista, la palabra de Libe es mi palabra, le he estado observando, sí, muy prudente, apagó el pitillo y no preguntó nada, esperaba resarcirse con la exclusiva, supongo, me jacto de conocer a los hombres al primer golpe de vista y con usted fallo, no sé equilibrar en su justa medida el ofrecimiento generoso y la compensación en cotilleos, cotilleos no, datos biográficos, me sorprende su interés por mi vida anterior al rapto cuando ese hecho es el único periodístico que me ha ocurrido, un scoop le llaman, en inglés, claro, pues la falta de un juicio crítico exacto es la demostración para mí de que no estoy recuperado y seamos sinceros, si accedo a esta charla es para liquidar de una vez el compromiso, la deuda, no para contarle vida y milagros que ya le habrán contado unos cuantos porque según tengo entendido ha hablado hasta con las ratas del pueblo, ¿no?, quiero acabar cuanto antes, necesito recuperarme de veras, se me han acumulado asuntos muy importantes, podrá figurárselo, ¿no?, ¿cómo está el refractario de los eléctricos?, eso no le interesa al público lector de *El Caso* pero para mí es vital y el refractario es un detalle entre un millón, por otro lado usted se avino al plan con el fin de sonsacarme algo, algún misterio y lo siento pues soy un hombre sin misterio. Mire mi mano, es mi secreto, hasta le faltan dedos, índice y anular, en el baremo para determinar la indemnización económica a la que tiene derecho cualquiera de mis obreros, por incapacidad permanente parcial, lo pone al pie de la letra, índice y otro dedo que no sea el pulgar, 25%, y a mí nadie me ha indemnizado y no se me redujo la capacidad laboral en ningún porcentaje, al contrario, la he multiplicado por cien, mire mi mano y compárela con la suya, después escriba lo que quiera, no hay misterio, triste porque no tener misterio es como no tener encanto, pero la vida de un trabajador no tiene más contenido que su trabajo y el mío está ahí, a la vista, sin ningún misterio, mi realización, lo que me marca, eso sí puedo decírselo, es la colada, el horno soltando la maravilla de un dardo de luz fluida, maleable, que yo puedo conformar a voluntad, el dominio sobre mi acero desde la vena al rojo líquido, soy feliz cuando le veo salir con mi marca en el lomo, el trébol de cuatro hojas, eso siempre me ha hecho sentirme hombre, una sensación especial, la acería es un oficio de hombres, nunca he sido tan feliz como cuando yo mismo picaba el ombligo y salía la vena rozándome, esa sensación de que materialmente podía fundirme con el metal al menor descuido, acero al paisano, yo mismo convertido en uno de mis tochos y con mi marca, me hacen reír los progres cuando suspiran por su lema de vive peligrosamente, creo que ese sentido de dignidad, de hombría de bien, lo tiene todo mi equipo, los jóvenes no sé, pero los viejos sí, los de la vieja guardia lo teníamos muy dentro, esto ya tiene categoría de confidencia y espero se sienta compensado, al menos en parte, no es hostilidad ni antipatía, quizá simple escepticismo, soy, no, estoy muy escéptico, pero quizá sea la falta de forma física, no estoy recuperado, le voy a contar una razón nimia pero válida, los hombres de mi generación, de mi gremio, hemos luchado por construir un país industrial y lo hemos conseguido, la metalurgia es una realidad, pero ayer Libe me puso una fuente de inchaurras, nueces, me gustan las nueces, eran todas hermosas, iguales, sanas, muy ricas, pero venían marcadas con un rombo, se habían convertido en un producto industrial de serie importado de California, eso me recordó el nogal que había, todavía está, en la puerta del caserío, en donde mi padre empezó a funcionar con un taller primitivo, debajo de ese nogal he dormido yo muchas noches de viento sur y me he dormido comiendo las nueces más ricas del mundo, eso creía, manchándome las manos con el tanino de la cáscara verde, oliendo su sabor áspero, nadie cuidó del nogal, todavía está allí, pero muerto, no da ningún fruto, ahora si los guipuzcoanos queremos comer nueces hemos de importarlas, triste, ¿no?, señal de que algo no marcha, y esto hay que tenerlo en cuenta si se nos acusa de conservadores, de que no inventamos, si hay algo por inventar ya lo han inventado los americanos, si quiere enviar una postal típica del país resultará más certera la de un cubilote vertiendo que la de un frontón, esta charla es la señal de que no estoy recuperado pues nunca he sido escéptico ni tampoco filósofo, con esto terminamos, he pasado tiempos difíciles y todos los salvé con la misma llave universal, el trabajo, una llave que le recomiendo aunque no esté de moda, el trabajo personal, no confíe en el de los demás, nadie le va a sacar las castañas del fuego, yo no voy a escribir su libro, ¿me entiende?, bueno, le repito las gracias, en cualquier caso le sirvió de consuelo a Libe y eso siempre se lo agradeceré, de todas formas debo hacerle una advertencia para no llamarnos a engaño, creo que ya se lo advirtió mi hermano, cuidado con lo que escribe, ya he tenido bastante publicidad gratuita, si se pasa no dudaré en demandarle, si no escribe nada mejor, más amigos. Encantado y hasta siempre.

No pongas esa cara de circunstancias, querido hermano, ya sé que no es lo tuyo, lo tuyo son los madriles, el buceo oficialesco, el salir por peteneras y el no hincarla, pero tenías la firma y quiero que te des cuenta, las dos cosas a un tiempo. Cualquier excusa, con tal de que te largues, me vale.

—Supongo que como vice te habrás hecho cargo de los asuntos pendientes, ¿no?

—Dejémoslo en que Abad me tenía al día.

—¿Se envió a la Vasconia?

—Medio.

—¿Y lo de Urbanasa?

—No.

—¿Hierros Loinaz?

—No.

—¿Frankfurt?

—Tampoco.

—Dime lo que servimos y acabaremos antes.

—La mitad de Vasconia.

—Y me lo dices así, tan tranquilo, ¿cómo reaccionaron?, ¿pero es que no tienes sangre en las venas?, ¿has hablado con ellos?, ¿qué has hecho, di?

—Ocuparme de un tal José María.

—¿Cuántas anulaciones?

—No te sulfures, lo tuyo se ha politizado y esperarán, nadie quiere significarse, al contrario, se harán los simpáticos, ya verás como esperan.

—Lasai, mutil, lasai.[1] Tendré que hablar yo personalmente. Que venga Iñigo a ver si nos aclaramos. Durante la guerra los militares descubrieron una

---

1. Tranquilo, hombre, tranquilo.

materia prima inagotable, agotara lo que se agotara no servía de excusa, todo se suple con celo, decían, última ratio de la voluntad, algo absurdo que a veces daba resultado, el celo, el hombre es el único animal de celo perenne.

—Antes tendríamos que aclarar otra cuestión, es un tanto delicada y mejor los dos solos, en familia, Edurne aceptará lo que le digamos, la tiene a la superiora muy mansa con tanto rezo.

—¿A qué te refieres?

—Hombre, a los cincuenta millones.

—La madre que nos parió. De eso no quiero hablar a solas contigo porque a lo mejor te estrangulo. ¿Qué te pasaba? ¿No querías rascarte el bolsillo? Ni que fueran tuyos, me estaba jugando el pellejo y tú, ¿qué?, ¿o acaso preferías que desapareciese?, ¿qué ibas a hacer tú sin mí, desgracias? Mejor que no hablemos, no me calientes, no me recuerdes lo que pasé por tu racanería, por poco...

—Oye, el asunto lo llevé yo y lo llevé bien, la prueba es que estás aquí sano y salvo, por lo menos deberías agradecerme la gestión, no fue sencilla.

—No me calientes, ¿dónde está la dificultad?, ¿no tenías un talonario a mano?, ¿un bolígrafo?

—Fue una gestión de envergadura, el Gobierno va a prohibir el pago de rescates.

—Pero no el mío, coño, por lo menos no el primero.

—Te pones como siempre, imposible.

—Pues entonces déjalo estar.

—Hay un problema contable, el dinero salió de la empresa y bajo mi punto de vista jurídico es un gasto particular del que ella no puede responsabilizarse.

—¿Qué quieres decir?

—Lo que has oído, que debes de cargar tú con esa cuenta.

318

—Iñaki, hermano, estamos solos así que deja de parir chorradas legales o te parto la cara.

—Hablemos con calma, incluso aceptando que fuera de la empresa no existe ese concepto en el presupuesto oficial y nos complicaría los resultados con Hacienda. Deberías pagarlo tú y después ya veríamos.

—Pues yo opino todo lo contrario y tú como abogado, sí lo eres, opinas igual, nos ayudará a enmascarar nuestra cuenta de resultados. No me calientes más.

—Las cosas nunca son tan sencillas como tú las ves, ¿en dónde los cargamos?, ¿en donativos?

—En gastos de gestión.

—Es absurdo.

—He dicho que en gastos de gestión y eso habrá que hacer.

—Pero...

—Eso habrá que hacer.

—Ya.

—Así me gusta. ¿De acuerdo?

—De acuerdo. La familia unida jamás será vencida, hay que aprovechar los slogans.

—Asunto concluido.

—Voy a llamar a Abad.

—Hay un último detalle.

—¿Cuál?

—Pase lo que pase jamás vuelvas a hablarme de los cincuenta millones. Jamás en tu vida.

—Descuida, hombre, sólo quería puntualizar.

—Por si acaso.

Iñigo Abad Iriondo entra en la salita de estar con el mismo aire profesional con que entra en la sala de reuniones del consejo, con la misma seguridad coloca el maletín de ejecutivo sobre la camilla y saca las impecables carpetas de cifras inexorables, es capaz de iniciar los informes con un decíamos ayer como si nada hubiera pasado, sin embargo calla, le detiene un gesto, apenas un fruncimiento de don José María, les basta con mirarse.

—Oye, Iñaki, si quieres puedes retirarte.

—No, si prefiero...

—Ya. Hasta luego y no te sulfures demasiado, no te conviene.

—Descuida.

Decíamos ayer, eso serías capaz de decir, inapreciable médium, pero nada de lo que decíamos ayer nos vale hoy y escúchame con atención telepática, sabes hacerlo y mejor aún, sabes traducirlo al lenguaje binario de las computadoras y esta vez es necesario que no te equivoques ni en el más nimio de los detalles, nunca te equivocas, por eso estás aquí, el paréntesis ha cambiado mi planteamiento existencial, eso y las nueces importadas de California, si nos hemos vuelto de espaldas al campo y hemos echado a correr en dirección contraria por algo será, por una renta per cápita que no tiene por qué conducir necesariamente a la democracia, objetivo muy secundario, pero sí, de forma inequívoca, a la salida de la miseria, objetivo primario, y en esa carrera me comprometí conmigo mismo y creía que con mi pueblo, simplificando mi pueblo es Eibain y Eibain me ha crucificado, por eso hoy vamos a decir lo contrario de ayer, para que comprendan qué carrera es la buena, la gente se mueve hacia donde se mueve la gente y yo me desplacé con ellos tras el resto de la humanidad, unos pasos atrás, es posible, pero en su misma dirección, marcaría mal el paso pero la dirección es la buena, en la guerra a los soldados analfabetos les colocaban zapatillas de distinto color y en vez de izquierda-derecha les mandaban lablanca-lanegra y al final marcaban el paso y mataban enemigos como el primero de la clase, toma nota, los electrodomésticos a los americanos de la Union Steel, como sea, pero que sea lo mejor posible, al barbilampiño de Albert Wertheimer le puedes, estoy seguro, y ahora escucha, por atención porque es una bomba, Lizarraga S.A., la número dos incluida, la número dos en particular, a los de Vitoria, sí, has oído bien, hay que ofertar a Vitoria, hace años hicieron una extraña maniobra de tanteo, enciende como sin querer el rescoldo y negócialo, si se entera tu mujer, tu amante o el cura párroco sale mal, dos personas y ya somos multitud, redondeas por arriba y me lo sirves con dos cubitos de hielo, que se vaya enfriando, lo suficiente para que rebaje el cinco si consiguen convencerme, es nuestro límite de negociación, nunca nos hemos salido de él y si lo hiciéramos ahora sospecharían algo y si la sospecha nace el asunto muere, no caigas en la tentación que te la pondrán suave, me dices lo que te ofrezcan y ya te lo amortizaré yo en gastos diversos, no quiero otro comprador, son los más duros y quiero que ejerzan su fuerza en Eibain, los de Vitoria y para ellos, si actúan de intermediarios tampoco interesa, es algo muy delicado, mecánica de precisión, si se agita explota solo, si se deja enfriar demasiado se forma el lobo, cuando se enfría el caldo en el horno y el acero solidifica tenemos lobo, la única forma de abrir brecha es la dinamita, mis razones son muy poderosas, definitivas, pero no me gustaría llegar a la dinamita, tenemos tiempo por delante, paso lento, vista larga y mala intención, primero, antes que nada, recuperar el tiempo perdido, sudando la camiseta, es lo normal, cuando lleguemos a una producción decente iniciamos las gestiones.

—¿No te asombras?

—No señor.
—Pues yo sí estoy asombrado.
—Es lógico.
—Eres mi hombre de confianza. Lo sabes, ¿verdad?
—Seré una tumba.
—Estoy seguro.
—Puede estarlo. Y del resultado final también.

LEANDRO SANTAMARINA: Si se marcha todo está arreglado, tome sus papeles, el pasaporte, no tiene que cumplir ningún otro trámite, me alegra su decisión, me alegra por usted, ha salido con bien aunque por poco se le complican las cosas, no creo que hayan sido muchas molestias, ¿verdad?, teniendo en cuenta las nimiedades de tan sólo huelga, crimen y rapto, es lo menos que podía pasarle. Bien, termina la aventura y empieza la rutina, el escrutinio de Fuenteovejuna, qué se le va a hacer. ¿Hasta otra? Espero que no.

YON AGUIRREMEGOMEZCORTA: Pues mira por donde yo me quedo, tengo una corazonada, no es seguro, seguro no hay nada salvo la muerte y el fraude fiscal, pero aquí hay gato encerrado, este hombre nos oculta algo, algún pacto secreto o alguna pista, no sé, algo, lo de ir a cenar a la sociedad es una machada camuflante, la coartada de hacerse el jatorra, de decir aquí no pasa nada, todo sigue igual y no voy a perder mi afición a la buena mesa, cara al público eso es más importante que el salir corriendo a la cama con la mujer, hace tiempo publiqué un artículo en *Lui*, con seudónimo, claro, una teoría sobre la relación directa entre el abundamiento digestivo y la atrofia genital, aproveché mi experiencia en la mili, en la marina, de ayudante del brígada sanitario encargado de la desinfección y desinsectación a bordo, la gente formaba en el combés en camiseta, en pelotas, para la revista de rebenque y allá íbamos con una lupa en busca de ladillas, no fallaba, un tío canijo con la verga así de grande, andaluz, un buen tripasai con el pito corto, vasco o quizá asturiano, me falló Olaizola que se había circuncidado y calzaba buen mango, el vasco en general es más digestivo que erótico, no es que carezca de sensibilidad, al contrario, el amor lo entiende como una ternura evasiva, indirecta, muy pudorosa, es el suspiro de una canción típica, una delicia. ¡Ay, ené, nic ere nainuque! ¡Ay, ene, zua naibazenduque! Yo también quisiera, si tú quisieras. Es un amor contenido, hasta hace bien poco en algunos pueblos como Azpeitia, Azcoitia, regaban la plaza con galipot para que no se bailase agarrado, hay un extraño pudor hacia las manifestaciones externas, pero eso se acaba, las costumbres se internacionalizan y las chicas son las que más tiran, a mí lo que me gusta es lo relacionado con el sexo, pero como puedes comprender no estoy en el sitio adecuado para publicar sobre el noble arte, tengo unas fotos deliciosas, de época, de cuando las casheritas bajaban a tomar los baños a la playa con camisa de cuerpo entero, poco menos que en camisón, se mojaba la tela y al pegarse a la carne el efecto era de lo más provocativo, algún día las publicaré, hoy se bañan en bikini y no te hacen efecto, mientras tanto hay que salirse del standard como se pueda, es una corazonada y si ocurre algo aquí estoy yo para contarlo.

PACO: ¿A quién va a encontrar por aquí a estas horas, buen hombre? A los pensionistas, los demás están en el currelo, chipi-chapa, chipi-chapa, se acabó lo que se daba, es lo normal si es que dura. No se preocupe, ya le despediré yo del personal. Y siga mi consejo, no se deje engatusar por las siglas y pregunte siempre quién sale ganando, o perdiendo, que es lo mismo pero al revés. Con música de La Internacional, arriba los de la cuchara, abajo los del tenedor. Hasta cuando quiera.

ANTÓN APALATEGUI MURUA: En fin, como alcalde me alegro del restablecimiento del orden, de momento un poco tenso pero ya se relajará, todo lo que empieza acaba, es ley de vida, me habrán puesto verde pero no traiciono mi condición, soy de derechas de toda la vida y no lo niego, no es ninguna vergüenza que yo sepa, podrán llamarme cualquier cosa menos chaquetero y es que si me apura los peores no son los izquierdistas convencidos sino los católicos que viven como musulmanes, negocian como judíos y rezan como fariseos, así no hay quien se entienda, por eso medran los habilidosos, si no existieran las fuerzas del orden ya veríamos en qué quedaban tantas lágrimas de cocodrilo. En fin, si viene otra vez de turista o de vacaciones ya verá cómo Eibain es mucho más acogedor y agradable de lo que parece, han sido unos días muy malos para todos. Lo comprende, ¿verdad?

Hacia el Este la niebla cede en su cerrazón con el primer rayo de la amanecida, la espera dentro del coche, limpia con la mano el vaho del parabrisas, a pesar del escalofrío baja la ventanilla con un giro lento de manivela, con la misma parsimonia se sube el cuello del comando, con la brisa inundan el vehículo los ruidos de muy de mañana, el piar de los pájaros, todavía existen, el gruñir del acero mordido por el laminador, la tos seca, metálica, de las forjas e imponiendo su delicadeza el olor del campo tras la lluvia, saborea el ozono, el olor es muy importante y aguarda solitario el nacimiento de las formas según avanza la claridad del día.

El amanecer le encuentra aparcado al borde de la escombrera, en la senda marcada por la rodadura de los camiones y el golpe de los volquetes, donde el verde paisaje de las lomas se degrada en la montaña artificial de escoria y chatarra inútil, cerro que se desfleca en inverosímiles objetos deteriorados, la taza de un water, el pedal de una bicicleta, la junta de caucho y fracciones herrumbrosas de difícil identificación.

Lizárraga abre la portezuela y desciende del coche, el desolador panorama acentúa su soledad, es un hombre solitario y lo comprueba, meticuloso mira en todas direcciones, los pájaros, el ozono y la fuga de una rata, ningún otro signo de vida alrededor, sacude los pies entumecidos, guarda las manos en los bolsillos del chaquetón y se dirige hacia el camino de tablas y cascajo.

Sube con parsimonia, las tablas, simplemente tiradas sobre el suelo, permiten la ascensión de carretillas sin que se hundan sus ruedas en el barro, los zapatos no emiten ningún ruido sobre ellas, si se las abandona sí, la heterodoxa composición de la montaña cruje bajo las pisadas, recuerda los tiempos heroicos con trasiego de pirámides, cierra los ojos, reproduce la marcha última encapuchado, los ruidos devienen familiares, superpuestos en la memoria coinciden salvo en el rumor de fondo, la acería estaba muda por la huelga.

Llega a la garita y abre la puerta descerrajada, es un barracón de tableros mal encajados y sin lucir, el primitivo tingladillo sobre el horno histórico evolucionó de depósito de herramientas a refugio del vigilante nocturno, hasta quedar en el más absoluto de los abandonos según crecía la montaña artificial y la fábrica se prolongaba hacia el interior del valle, entra, está en el espacio teórico del primitivo tragante de su primer horno alto y ahora, prevenido, el tufo le golpea con la fuerza de una prensa, porque lo espera, es algo impalpable pero real, algo que aún revolotea en el ambiente, que rezuma bajo la capa de escombro, el gas de los desmayos espectaculares ya no marea, sólo el advertido olerá un algo cerrado y ocre, un olor de ambigua identidad, ni siquiera tapiza el paladar con su primitivo regusto metálico, pero está ahí, indeleble, impregnando las paredes y la ropa de quien viva días y noches en continuo roce con sus tablas mal encoladas, suspira, no estaba en Francia, en algún lugar de Euskadi Norte, estaba en casa, en su propiedad privada, lo pone en varios letreros destartalados bajo el trébol de cuatro hojas con la huella de los impactos de carabinas de aire comprimido, blanco ideal para juegos infantiles, propiedad privada, prohibido arrojar basura.

Aplica el ojo a una de las rendijas, se ven los dientes de sierra de la fábrica, casi toda la mole de la número dos, las primeras casas del pueblo y la torre de la iglesia lo que significa que allí está la plaza y en consecuencia, en los soportales de enfrente, su hogar, y en el primer

piso, tras el balcón de hierro forjado, su dormitorio.
Libe se habrá despertado sola en la cama preguntándose adónde habrá ido este hombre sin desayunar, amá virgiña, tan temprano y con este tiempo le va a dar un patatús, agobiada en faenas domésticas murmurará la recomendación paradójica y sempiterna, deja que trabajen los jóvenes, tú ya has hecho bastante. Tapa la rendija con la mano para sentir la corriente de aire.

Se vuelve hacia el interior, ningún signo de habitabilidad, la tienda de lona no existe pero sí tiene que existir la huella de una evidencia, se agacha, en cuclillas va tanteando, su fuerza de voluntad sensibiliza la yema de los dedos en una auscultación decisiva, pasa y repasa entre la capa de polvo, le duelen los riñones, se incorpora, se limpia las manos con el pañuelo y vuelve a palpar el suelo en una sistemática triangulación topográfica que revela clavos, trozos de carbón, acúmulo de años, tose por el polvo, ya no diferencia el olor, lo tiene dentro, asimilado, el muñón del anular izquierdo da la alarma al contactar con una diminuta astilla, tantea, es el mugido berrendo de la ballena embarrancada, la pesada maniobra del camión y las órdenes, silencio, al suelo, mentalmente revive la circunstancia angustiosa y el sudor acude reflejo, allí está la pequeña huella del cuchillo manejado a lo berbiquí, un orificio troncocónico, cierra los ojos y reproduce el tacto, la misma sensación de las migas de serrín, buscándole por medio mundo y no había abandonado su casa, la confirmación le tambalea, se apoya en la rústica jamba de la puerta, respira hondo el aire libre, lo que hubiera dado por poderlo hacer días atrás.

Peor, mucho peor de lo que se figuraba puesto que nadie podría imaginarse un refugio tan ideal salvo aquellas personas que conocieran su existencia, que supieran el elemental funcionamiento de la escombrera fuera de servicio y las costumbres rutinarias del mantenimiento, personas muy familiarizadas con los hábitos de la empresa, una traición absoluta porque sólo podía proceder de un íntimo, ¿Patxi? ¿Abad? ¿Mondragón?, daba igual el nombre, la traición era de la idea, la falsedad de la gran familia hermanada en la producción de acero, veía cada uno de los detalles del rapto con una lucidez especial en una nueva película del hombre en trance de ahogarse, sabían cosas, le interpelaban con cosas íntimas, le echaban en cara fragmentos del pasado, anécdotas históricas como la de Jáuregui, y lo de Jáuregui no lo sabía nadie, cuando ampliaron con los segundos hornos, la cosa iba bien pero el dinero contante escaseaba, Jáuregui era el contratista y la obra nueva se convertía en vieja, se retrasaba a pesar de los hombres, el cupo de cemento y las demás facilidades que le daba, lo que necesites pero termina, no te preocupes de los plazos, le había impuesto una penalización leonina, acaba, el caso es acabar y cuando acabó no había una peseta, créditos volanderos, se trataba de Jáuregui o Lizarraga y no le quedó más remedio que aplicar el contrato a rajatabla, se arruinó él solo, por comprometerse a lo que no podía cumplir, discutió con el único testigo, su amigo íntimo, su brazo derecho, más que un hermano, si te dedicas a rescatar ineptos te hundes con ellos, Mikel, el otro «Jenti» se enfureció y ahí empezaron a enfriarse sus relaciones, cuando murió atravesado por la varilla, mejor no pensarlo, fue un accidente, nadie se suicida por los negocios, los de Wall Street eran enfermos mentales, Jáuregui con el tiempo se hizo de oro construyendo en la Costa del Sol, por arruinarse a tiempo, en Eibain no hubiera pasado de albañil distinguido, pero lo de los plazos, la promesa rota de no te preocupes de los plazos, tenía un único testigo, Olaso y estaba muerto, estaba claro como la luz del día y explicaba toda una conducta, a través de las conversaciones domésticas la transmisión de un ideario con ejemplos concretos.

Desciende de la lúgubre montaña con el amargo sentimiento de haber reconstruido el puzzle, el arrabio desplaza al aroma de la tierra húmeda, monta en el coche y medita una decisión contra natura sin prestar atención al hecho físico de conducir por un trayecto que se sabe de memoria.

—Hola, Feli, ¿puedo pasar?

—¿Cómo que si puedes, Joshemari? Estás en tu casa, adelante. Qué milagro, después de tanto tiempo. No sabes lo que me alegro, pobre, estás muy bien para lo que has pasado, nos tuviste rezando todo el día, muy bien te encuentro, pero que muy bien.

—Mala hierba nunca muere, ya sabes ¿Está tu hijo?

—Sí, durmiendo, hace el turno de noche, ¿quieres que le avise?, ¿quieres tomar algo?

—Quisiera darle una sorpresa. A solas. Es cosa de hombres.

—Lleva una temporada fatal, de los nervios. La huelga nos ha afectado a todos.

—Mientras me preparas un café, ¿hace?

La viuda de Olaso se retira a la cocina. Lizarraga cruza el breve comedor desviando la vista de su amigo, la foto de boda preside la estancia, el otro «Jenti», encorbatado, sonríe del brazo de su esposa. Por los bordes del marco de alpaca aflora el sepia de los años. Llama con los nudillos antes de entrar.

—¿Mikel? Soy yo.

—Adelante, don yo.

Sentado en la cama, en camiseta, podría ser su amigo redivivo, las facciones del rostro no son iguales, pero tienen el mismo aire de familia recio y obstinado, inconfundible. El tórax, con los músculos prolongados hacia los hombros de forma rotunda, tienen la misma anchura recubierta de vello oscuro, se lo figura en tensión forcejeando contra él como en los buenos tiempos, compitiendo en el juego y el trabajo, apostando. Le afecta el parecido.

—Hola.

—¿Qué pasa? ¿Viene solo? Viene a por algo, todo lo hace por algo, ¿qué quiere?

—Hablar contigo, Abelbi.

El hombre da un respingo, un escorzo rápido y la Parabellum dormida bajo la almohada luce su negra opacidad en una mano firme que no tiembla. El hombre de acción adulto se contradice en un cuarto de soltero demasiado juvenil para sus años con los posters de Che Guevara, Miss Janvier y Euskalherria, un plano rematado por el guiño circular de Logroñaldea.

—Ni un grito, ni un movimiento, las manos quietas.

—Deja el circo, he venido solo, no le daría un disgusto así a tu madre por nada del mundo. Sólo quiero hablar contigo.

—Pues desembucha mientras me visto.

—Deja la pistola, ya no me das miedo y tampoco te atreverías a disparar en tu casa.

—No des consejos, coño, y larga lo que sea.

Tuteando e iracundo la voz se le vuelve más grave, bajo una máscara se identificaría plenamente con la del recuerdo, la del odio capaz de inducir a una fuga desesperada.

—¿Por qué?

—¿Por qué? No lo diré, eres la rehostia de listo, adivínalo, ni aunque me torturen que no podrán, me largo.

—No hace falta.

—¿No me has denunciado?

—No, ni pienso hacerlo.

—Eso no te lo crees ni tú, cabrón.

—Desaparecido el misterio se acabó el miedo, así que no me vuelvas a insultar o te pego una leche.

—¿Con el brazo roto?

—No está roto.

—Lo siento.

—Me habéis convencido así que no voy a tomar ninguna represalia contra ti ni contra nadie, a los demás no los conozco y tampoco tengo el menor interés en saber quiénes son.

—Angelical criatura. Mantendrás los sueldos, no discriminarás a los readmitidos, regalas cincuenta millones, ¿y qué más?

—Ya te digo, me habéis convencido y renuncio a mi papel de cerdo capitalista. Vendo a los americanos. Me retiro por el foro y así Eibain podrá conocer una prosperidad sin límites.

—Eso es una cabronada.

—Es la jubilación. La partida de cartas, la siesta y no jorobar al prójimo. Es lo que queríais, ¿no?

—No podrás. El pueblo se te pondría en contra, perderías la fuerza carismática que tanto te gusta.

—Ya he podido.

—No podrás vivir sin tener a la gente bajo tu pata, no sabes vivir sin mandar a todo cristo.

—Espera y verás lo que es bueno. Vendo.

—No serás capaz de dejarlo, estás viejo y necesitas tu droga. Tienes demasiado orgullo del pasado y demasiado miedo del futuro.

—Espera y lo verás. No necesitas huir.

—¿A qué has venido?

—A comprobar mi teoría, pero sobre todo a saber por qué has participado tú, ¿por qué, di?

—Estoy hasta los huevos de tu paternalismo.

—Eso no es una razón para empuñar la pistola, ¿de dónde te sale tanto odio?, ¿de dónde?

En realidad se lo estoy preguntando a tu padre, al amigo que jamás me traicionó, nos fuimos separando ideológicamente, él nunca quiso ser patrón pero nunca dejó de ser amigo, en las discusiones se ponía de parte de los que consideraba más débiles, discutíamos pero después me compensaba con su esfuerzo sobrehumano, me lo dedicaba a mí, a nuestra amistad que también él notaba se iba debilitanto, nunca pensé en ello, pero a lo mejor, no, no puede ser, no quiero que sea así, su esfuerzo productivo le llevó a las exhibiciones peligrosas, a la enseñanza de los curveros, al lanzazo que le atravesó de parte a parte, por mi culpa, no fue por mi culpa, ya está bien, me retiro y que cada uno haga lo que quiera, es muy cómodo hacer responsable al de arriba pero siempre, en toda sociedad, en todas las fábricas, hay uno arriba dando órdenes, es el gran culpable, el chivo expiatorio, la coartada de los débiles, pero sin él la cosa no anda, alguien me sustituirá y ese alguien me pondrá en los altares, y si no al tiempo.

—De las pelotas.

—Me gustaría una explicación más racional.

—En el encierro lo hablamos todo.

—Y también leído, ¿no?

Mientras se viste, al abrir el cajón de la mesilla de noche y sacar el reloj, la cartera, se ve un libro, la mitad del título, «ital», y del autor, «arx», reconocible entre un millón de volúmenes, aún perdido en la vasta estantería de la biblioteca universal lo detectaría sin el menor esfuerzo. Es el mismo. Lo señala irónico con sonrisa cansada.

—¿Eh? ¿Qué?

—¿Lo has leído?

—Dijiste que no lo habíamos leído los del grupo, yo desde luego no y eso estaba haciendo, pero es un rollo, mejor que lo acabes tú, toma, te lo regalo, a lo mejor te sirve de prueba.

—No te voy a denunciar.

—Me la trae floja, de todas formas me largo.

—Te doy mi palabra.

—Eres tan sádico que preferirías eso, guardarte la denuncia para chantajearme el agradecimiento eterno, para tenerme bajo tu pata, cosa que nunca has podido.

—Tienes un cerebro sucio y rencoroso.

—Quien fue hablar, el de la venganza vendedora, otros vendrán que me harán bueno, ¿eh? No podrás renunciar, ya lo verás. Media vuelta, las manos contra la pared.

—¿Qué pretendes?

—Largarme.

—Y si no te obedezco, ¿qué?, ¿serás capaz de disparar con tu madre ahí al lado?

—La pobre amatxo en la cocina preparando el café para el gran jefe, todo el mundo corre a cumplir tus menores deseos, eso es lo que te gusta y no podrás renunciar a ello.

—Le destrozarás el corazón si te fugas.

—Si no me he liberado ha sido por ella, por no hacerla daño, pero ya lo has conseguido, eres tú quien destroza todo lo que te rodea, no me dejas otra salida. Media vuelta o disparo.

—¿Qué vas a hacer?

—Espera, por curiosidad, ¿quién ganó el famoso pulso de los dos «Jenti»? ¿Mi padre o tú?

—¿Qué importancia tiene eso ahora?

—Por curiosidad.

—Onek, el que no está.

—Bravo, la amistad más allá de la muerte, él me contestó lo mismo, onek, el que no está. Os pusisteis de acuerdo para guardar el secreto, ¿eh?, no para morir.

—Tu padre fue mi mejor amigo, jamás haré nada en contra de uno de los suyos, no necesitas largarte.

—Me rompes el corazón. Hala, contra la pared.

—No hagas nada de lo que después tengas que arrepentirte, piensa en tu madre.

—¿A qué viniste entonces?

—Quería sa...

—¡Revienta de una vez!

Sobre la sombra de su silueta, en el muro empapelado, crece la mancha oscura, geométrica, del cañón del modelo Brigadier, nueve largo, inencasquillable, un signo de admiración que se desploma en el vértigo, el acero choca sabio contra el cráneo, detrás de la oreja y el industrial se derrumba arrastrando consigo sombra y consciencia, la sangre fluye generosa.

JULIO LASA BARRIOLA: Le voy a echar de menos, es difícil dar con un interlocutor que le aguante los rollos a uno, le voy a dar el último y a presentárselo, aquí, Pernando, un zahorí, ¿no se lo cree?, es cuestión de fe, desde luego, pero Pernando vive de localizar aguas subterráneas con la varita, de mágica nada, intuición, lo que sea pero muy sui géneris, eso se tiene o no, como el Rh negativo, es idiosincrásico, empezó en su pueblo, en Amézqueta y los del pueblo son sus más fanáticos seguidores, en una campa preciosa está la ermita de San Martín, frente a Txindoki, una sierra impresionante, pues dio con el regato oculto y ahí está la fuente pública, desde hace años aliviando a romeros y excursionistas, orgullo de los amezquetarras, es la intuición, un tercer ojo o un sexto sentido, como quiera llamarlo, y la gente de aquí confía en lo extrasensorial, en adivinar a golpe de corazón, tenga en cuenta que el primer congreso de Brujología del mundo se celebró en San Sebastián y no hace tanto, Lizarraga cuando necesita agua para sus instalaciones siempre cuenta con un zahorí para dar con ella, sobre todo confía en Pernando y si le sigue llamando por algo será, el mismo José María tiene algo de magnetismo, a veces tiene aciertos que no se explican sin una percepción extra.

PERNANDO: Bueno, antes me picaba si no se lo creían, pero ya me da igual, si es mi profesión no puedo andar por ahí haciendo exhibiciones, con una tarifa, natural, a tanto la hora de monte y un porcentaje según el volumen que salga, pues sí, es algo que se tiene o no se tiene, de nacimiento, pues con dos varillas de mimbre atadas en V y las sientes vibrar en los pulsos, ¿eh?, y zapa, las sientes tirar hacia abajo y a veces ya tiran, depende del volumen y también de la sensibilidad de la persona, yo lo noto en seguida, a veces como un zurriagazo, que no las sujetas, para mí el mimbre lo mejor, tengo otras más finas, más caras, de barba de ballena y una de marfil que me trajo don José María de París o así, pero al mimbre le tengo más costumbre, sí, también para objetos metálicos, pero eso de los tesoros no da para vivir, en un concurso internacional de 30 objetos de toda clase localicé 29, el primero, sí, segundo un irlandés y tercero un valenciano, por Valencia ya le tienen afición y los hay buenos, a Lizarraga jamás le fallé, casualidad, porque si no hay tú no inventas, pero así es, la última con el levante del dos y contra el ingeniero de fuera, un tal Soler, al tío le daba algo nada más verme y después pretendió burlarse pero no pudo, ya advertí yo que haber había pero no suficiente para la refrigeración, ¿cuánta necesita?, porque cantidad no hay por aquí, para beber sí, sacamos dos litros por minuto, yo cumplí y la gente del pozo ya bebe, lo que no puedo es sacar de donde no hay, en el tinto ya lo creo que hay agua, cantidad, el penúltimo chiquito, por más despedida que sea no se puede decir el último, nunca se sabe.

EL RIOJANO: ¿Cómo? ¿Pero no saben la noticia? Se han cargado a Lizarraga.

«...aparece frente a la cuota inaprehensible de ganancia como una proporción fija, uniforme, tangible y siempre dada, pese a todos los cambios. Si todo el capital se hallase en manos de los capitalistas industriales, no existiría interés ni tipo de interés. Por oposición a éste la ganancia del empresario aparece, pues, ante él como algo independiente de la propiedad del capital, y más bien como resultado de sus funciones de no propietario, de obrero. Va formándose en su cerebro la idea de que su ganancia de empresario, lejos de hallarse en contradicción con el trabajo asalariado y de ser trabajo ajeno no retribuido, representa, por el contrario, su propio salario, un salario de vigilancia, wages of superintendence of labour, un salario de categoría más alta que el del simple obrero asalariado, 1.º por tratarse de un trabajo más complicado, 2.º por ser él mismo quien se paga su propio salario. Pierde completamente de vista que su función como capitalista consiste en producir plusvalía, es decir, trabajo no retribuido, y en producirla además en las condiciones más económicas, ante el hecho antitético de que el capitalista percibe el interés aunque no desempeñe ninguna función como capitalista, simplemente por ser propietario del capital, y de que, por el contrario, la ganancia del empresario corresponde al capitalista en activo aunque no sea propietario del capital con que opera. La forma antagónica de las dos partes en que se divide la ganancia y, por tanto, la plusvalía, hace que se olvide que se trata simplemente de dos partes de la plusvalía, sin que su división altere en lo más mínimo su naturaleza, su origen ni tampoco sus condiciones de existencia...»

—¿Cómo te encuentras?

—¿Cómo quieres que me encuentre?

—Me figuro. No te esfuerces en hablar. Tampoco leas demasiado, no te canses, reposo absoluto.

La muerte es el reposo absoluto y de momento no tengo esa intención, prefiero cansarme con la lectura de mi buen amigo Carlos, si es difícil de por sí con el cráneo trizado más, pero me relaja, a veces es un simple acto mecánico, como aquel de contar segundos, ovejas, muertos, piezas troqueladas, hay que acabar las cosas que se empiezan y acabaré el libro, pocos ciudadanos podrán presumir de haberlo leído íntegro, estoy seguro, ocurre como con el *Quijote,* pero me adormezco en su compañía y el sueño es dulce, entrecierro los ojos y se me difumina la constante presencia de Libe, pobrecilla, no se ha separado de la cama, vive sobre la butaca, es la primera visión de mis despertares y la que más deseo, su cara cansada, duerme en el sofá convertible, a la vera de mi cama blanca de hierros esmaltados, blanca habitación de blancos visillos, blancas paredes y blancas batas pendientes de mi salud, la del doctor Piñeiro, amigo si los hay de carne y hueso y me vanaglorio de estar en su clínica, en una de las diez camas privadas que sostengo a perpetuidad para mis empleados por si en alguna urgencia falla el seguro y estoy en ella como si fuera uno de mis propios empleados, igual, y no voceo por ahí mi condición democrática sin trato alguno de favor porque el trato es óptimo y no puede ser mejorado, con Libe junto a mí puede decirse que estoy de vacaciones y nos las tomaremos los dos en cuanto me den de alta, a la orilla del mar, en las Canarias iniciaremos las vacaciones anuales de un año entero y así año tras año los que nos queden por vivir juntos, tripa al sol mejorarán nuestras articulaciones, echaré de menos la lluvia, ahí está, tropezando contra la ventana, las gotas corretean por los cristales, me gusta sentirla, se ha descolgado y ya no parará hasta el verano, en Maspalomas hay un oasis de maravilla, y la vuelta al mundo en un crucero de recreo, demostraré de lo que soy capaz, de vivir, de estar vivo hasta la hora de la muerte y jugaremos a la ruleta en Montecarlo, y haremos un safari fotográfico en Kenia y lo de la aurora boreal en Noruega, y arreglaremos el caserío de Irún, es un bonito lugar, allí descansaremos de nuestros prolongados descansos, que no se me olvide, en el fondo del valle de Oyarzun, hacia Peñas de Aya, hay un terreno ideal, quiero comprarlo y sacar el permiso antes de que lo conviertan en paraíso ecológico y no dejen levantar una nave más, lo haré tras la liquidación definitiva, sé que puedo contar con Abad, lleva las cosas muy bien, me limitaré a supervisar el proyecto, demostraré que tenía razón en mis predicciones y que soy capaz de marchar en vanguardia, será una sorpresa tras el desmantelamiento de Lizarraga S.A. más sorprendente que las vacaciones eternas, sabiéndose organizar hay tiempo para todo, en principio nos bastará con un horno pequeño, un eléctrico de seiscientos kilos, de juguete, la aeronáutica es la punta de lanza futura y necesita de aceros aleados, muy especiales, para rodamientos de aviación y cosas así, muy solicitados de presión, velocidad, carga, si sale pasaremos a su transformación, seremos los primeros en conseguirlo, un trabajo casi de laboratorio, será complicado, la cal ha de ser purísima, pero en cantidad mínima nos la podemos fabricar en un horno de recocido, ya veremos, y aquilatar la fórmula con cucharilla, un poco más de titanio, algo más de cromo, lo que sea, pero saldrá adelante sin royaltis de ninguna especie, necesitaremos un técnico, un ingeniero preparado como el Soler, a ser posible guipuzcoano para evitar resabios, con el especialista y la vieja guardia soluciono lo que me echen, es una campa ideal de acceso cómodo, valdrá, la producción nunca será masiva, todo lo contrario de ahora, no haré un reposo absoluto, además, los viajes con tanta ruleta y foto cansan lo suyo, hasta presenciar la primera colada, después tripa al sol, los negocios se pueden atender por teléfono, claro que Oyarzun es un valle paradisíaco y yo sin lluvia me seco, podríamos hacernos allí mismo la casa, una villa no muy lejos, que se pueda ir paseando a la fábrica, las obras sí las atenderé personalmente, no me fío de los destajistas, mira lo que pasó con los del sistema de seguridad, un vistazo de vez en cuando, con pasar una vez al día será suficiente, vale, en cuanto me levante a comprar el terreno, eso habrá que hacer.